Institutrice puis directrice d'école, **Josette Boudou** *est l'auteure de nombreux romans à succès comme* Le Printemps d'Antonia *et* Les Grillons du fournil. *Elle consacre son temps à l'écriture et au journal d'une association culturelle. L'académie des Sciences, Arts et Belles-Lettres de Clermont-Ferrand lui a décerné le prix Gandois 2005 pour son roman* Le Mur de la destinée. *En 2008, elle a obtenu le prix Lucien Gachon pour* Les Chemins de toile.

Les Chemins
de toile

Du même auteur

Aux éditions De Borée

La Maison d'école
La Nuit des abeilles
La Ronde des saisons
La Vallée des Bruyères
Le Mur de la destinée
Le Printemps d'Antonia
Le Secret de la Roselière
Les Craies de couleur
Les Feux de Bois-Colombe
Les Grillons du fournil
Marie, fille des montagnes

Autres éditeurs

Contes des Sources et du Vent des Monts-Dore
La Bonne Cuisine de Bretagne
La Bonne Cuisine Normande
Les Bonnes Recettes de la Cuisine Auvergnate
Les Bonnes Recettes du Périgord

Essentiels
45, rue du Clos-Four – 63056 Clermont-Ferrand cedex 2

Josette Boudou

Les Chemins de toile

deBorée
ESSENTIELS

« Tel est l'homme, il voyage pour contenter son inquiétude… Il aurait atteint les limites du monde que ses yeux et son imagination chercheraient encore au-delà… »

George SAND
Voyage en Auvergne (Journal – 1829)

I

Préparatifs

— TU ES DONC TELLEMENT PRESSÉ de partir loin de moi, de me laisser seule ici tout un hiver ?

Flora fronçait les sourcils d'un air de reproche attristé. Tête basse, une moue d'enfant dépité aux lèvres, le jeune garçon assis près d'elle semblait au bord des larmes.

— Tu ne seras pas seule, dit-il rageusement, il y a la grand-mère, maman, et puis tu as des amies... Moi je veux partir ! Ce n'est pas juste ! Le père me traite toujours comme un gamin et il...

— Mais tu n'as même pas tes quatorze ans ! coupa sa sœur. Tu auras bien le temps, va, de courir les routes avec les hommes. Alors, j'en suis sûre, tu regretteras la maison et tu me regretteras, moi surtout !

Un bras passé autour de ses épaules, la jeune fille tenait Vincent serré contre elle. Tendrement, elle appuyait sa joue contre les courtes boucles brunes de son frère, s'efforçant de calmer sa déconvenue. Dans trois jours, le père et Gabriel, leur aîné, repartiraient pour de longs mois. Comme toujours, les femmes, aidées de l'adolescent, assureraient la bonne marche du commerce. La grand-mère, elle, consacrerait tout son temps au petit cheptel familial : six vaches, deux veaux de l'année, les porcs, les lapins, la volaille. Mais Flora devait lui venir en aide de plus en plus souvent. La vieille Cathie se plaignait de rhumatismes qui, c'était visible, gênaient le moindre de ses mouvements. Soixante-quatorze années de vie trop rude avaient raison de sa vaillance légendaire.

Un soupir échappa à la jeune fille tandis que Vincent reprenait ses lamentations.

— Gabriel, il avait mon âge quand il est parti pour la première fois ! J'ai eu mon certificat, comme lui, alors pourquoi je dois rester ici comme si j'étais encore un gamin ?

Le ton était amer. Flora ébouriffa légèrement les cheveux de son frère et le serra plus fort.

— Écoute, dit-elle radoucie, notre frère est né en mars. Toi, tes quatorze ans tu les auras en décembre seulement. Le père te trouve trop jeune, il veut te protéger, c'est normal.

— Non, il ne veut pas me protéger comme tu dis, il me croit incapable, et ça, je peux pas le supporter !

D'un élan puéril, il cacha son visage dans le cou de sa sœur. Flora avait quatre ans de plus que lui, mais ils étaient unis presque autant que deux jumeaux. Depuis sa naissance, elle veillait sur lui mieux encore que leur mère. Sa déception, elle la comprenait ; pourtant, sans l'avouer, elle se réjouissait de garder encore un peu tout près d'elle ce petit frère qu'elle ne voulait pas voir grandir.

Ils étaient assis sur un gros tronc d'arbre couché, dans le petit verger proche de l'étable. La jeune fille leva les yeux vers l'horizon. Au fond du ciel, paraissant beaucoup plus lointains dans la brume qu'ils ne l'étaient réellement, les monts du Cantal dressaient leurs croupes bleues au-dessus des pâturages. À l'opposé, presque invisible derrière les arbres fruitiers, la chaîne des monts Dore cachait le fond du ciel pâle de ce début d'automne. L'odeur sucrée des fruits planait dans l'air encore tiède. Çà et là, un rai de soleil infiltré sous les feuilles faisait luire l'ovale d'une prune bleue, la rondeur écarlate d'une pomme mûre.

Une subite tristesse envahit Flora. Depuis le dernier printemps, elle passait par des phases de mélancolie suivies d'une joie inopportune dont elle ne pouvait se défendre. Une silhouette furtive, un regard bleu, unique, la hantaient. Il ne fallait pas, c'était impossible, elle le savait. Et pourtant… La voix de Vincent qui avait enfin relevé la tête fit brusquement disparaître l'image à peine évoquée.

— Ils vont charger demain, tu crois ?

— Sans doute. Le père veut partir mercredi.

Le jeune garçon revit alors en pensée les préparatifs de l'automne précédent. Grand et fort, Gabriel aidait son père à disposer dans la voiture les gros ballots de toile et de tissu soigneusement emballés de papier fort. Ferré de neuf, le cheval, lui aussi était prêt pour le grand départ. Pendant plus de six mois, il allait sillonner les routes, vers l'ouest. Et de village en village, de ferme en ferme, Gabriel et son père iraient d'une porte à l'autre proposer leur marchandise.

Depuis trois générations, peut-être plus, qui sait, les Lacaze se livraient au négoce de la toile. Ils n'étaient pas les seuls, loin de là. Dans tous les villages des environs, près de la moitié des hommes pratiquaient ce métier itinérant. La majorité des femmes, les vieillards et les enfants restaient sédentaires. Que seraient-ils allés faire sur les routes, par tous les temps ? Si de rares épouses accompagnaient leur mari, la plupart avaient la charge de leurs enfants, de leurs vieux parents. L'époque était dure ; pour vivre, on devait gratter sou à sou. Les plus jeunes à l'école, les autres prenaient soin d'un peu de bétail ou d'un commerce ouvert dans le village. Pour assurer le quotidien, les artisans demeuraient sur place. Mais ceux qui partaient « avaient la route dans le sang » comme l'affirmait la vieille Catherine à sa petite-fille. Et elle baissait la voix pour ajouter :

— Surtout, n'en souffle pas un mot à ton père, mais ils ne sont pas si différents des bohémiens dans leurs roulottes… Bon, j'exagère un tout petit peu. Pourtant vois-tu, petite, comme les romanichels, nos hommes ne peuvent pas tenir en place, tout simplement !

Flora et ses frères avaient vu le jour dans ce village d'un peu plus de six cents âmes, hameaux et fermes compris, aux confins du Puy-de-Dôme et du Cantal dans la petite région de l'Artense. Beaucoup de foyers laissaient leurs hommes s'expatrier pour six à sept mois au moins. Peu importantes, trop morcelées, les exploitations agricoles ne permettaient pas un élevage intensif. Quant à l'agriculture, l'altitude ne favorisait guère que le seigle ou le blé noir réservés le plus souvent à la consommation familiale ; on cultivait aussi des pommes de terre, mais, là encore, la totalité de la récolte servait à nourrir la famille. Pour trouver de riches et gras pâturages, il fallait descendre plus bas, vers le bassin d'Aurillac ou bien, aux beaux jours, mettre les bêtes à l'estive ; mais louer un pacage d'altitude revenait fort cher alors, par nécessité, on quittait le pays pour améliorer l'ordinaire.

Au village, quelques commerces vivotaient, bon an mal an. Dans l'ensemble, la clientèle n'était guère aisée. Quatorze ans après la fin de la Grande Guerre, de nombreuses cicatrices, peu visibles parfois, appauvrissaient encore les campagnes. Seuls, trois ou quatre négociants en toile avaient réussi à s'enrichir. Les autres, malgré des semaines d'efforts, devaient économiser sou à sou pour réaliser une maigre épargne. Qu'était devenu le bon temps d'avant-guerre où les fermières des régions visitées dépensaient sans compter pour le trousseau de leurs filles ?

Tout en vérifiant les essieux et les ressorts des hautes roues de la voiture, Romain Lacaze songeait qu'il lui faudrait régler plusieurs traites pour s'acquitter de l'achat des marchandises. Mais, que diable, s'il n'avait presque rien à vendre, autant rester chez lui ! La concurrence était rude. D'année en année, les clientes exigeaient un choix toujours plus varié de marchandises. Il fallait bien les satisfaire.

Pendant ce temps, Gabriel alignait un à un, dans la remise, les nombreux ballots de toile qu'il allait falloir charger. Comme son père le lui avait appris, il notait tout, soigneusement, dans un grand carnet noir avec son crayon à mine grasse : la provenance, les variétés, le prix d'achat, le prix de vente décidé par Romain, à débattre avec la clientèle bien entendu.

Encore, il ne fallait pas se plaindre, les marchandises arrivaient par le train depuis les filatures du Nord ou de l'Est. On se contentait d'aller les prendre à la gare la plus proche avec le cheval et la voiture. Le voyage, cependant, prenait près de huit heures pour l'aller et le retour.

— Enfin, songeait Gabriel, rien à dire ! Mon grand-père, lui, partait s'approvisionner sur place, et il devait quitter les siens six ou sept semaines plus tôt.

Le jeune homme, cependant, n'avait jamais songé à exercer une autre profession. Depuis il ne savait quand, dans sa famille, il en était ainsi. Il se remémorait les récits de son grand-père décédé l'année de ses huit ans :

— Mon père, disait le vieux Toine, avant de pouvoir s'acheter un âne, c'est sur son dos qu'il transportait ses marchandises ! Toute sa fortune dans une boîte en bois tenue par des bretelles, oui petiot ! Sous la pluie, la neige, dans le froid qui te gèle jusqu'à la moelle ou sous un soleil si cuisant qu'il te dessèche les poumons, toujours par les chemins de traverse, les sentiers de rocaille, les défilés montagneux. Son métier, c'était ça et parfois pire encore. Mais ils étaient solides, nos anciens. Enfin, peut-être pas tant que ça, ils ne devenaient pas centenaires les pauvres diables. Pense un peu, mener une telle vie…

Gabriel savait qu'à force de voyager avec son père, un jour viendrait où il en aurait assez appris pour devenir indépendant. Mais tant que la santé de Romain ne lui interdirait pas les voyages, le jeune homme se doutait bien qu'il ne laisserait pas la place. C'était ainsi dans toutes les familles et les jeunes s'inclinaient.

Ses pensées tout à coup revinrent à Julie, sa presque fiancée, du moins l'espérait-il. Celle-là lui manquerait, sûr ! Rose, blonde, elle avait tout pour séduire et, naturellement, au premier coup d'œil elle avait conquis Gabriel. Il ressentit un petit pincement au cœur. La jalousie… Qui sait si, malgré toutes ses belles promesses, la jeune fille n'allait pas jeter son dévolu sur un autre garçon, de préférence un qui ne voyageait pas pour la toile ? La campagne de vente était si longue, interminable. Julie se rendrait au bal à chaque occasion, elle aimait tellement danser... Et là...

Gabriel passa en revue les jeunes gens qui resteraient au village. Le fils du maréchal-ferrant n'était certes pas un rival éventuel, celui des boulangers non plus. Trop timides, pas du tout entreprenants, ils n'intéresseraient pas la jeune fille. Sylvain Rouchy, par contre, l'aîné de l'épicerie-quincaillerie sur la place de l'Église, lui paraissait plus dangereux. Beau parleur, sûr de lui, si la jeune fille le voulait, il avait ses chances. Pourtant, le plus à craindre était sans nul doute le fils du pharmacien. En ce moment, il n'avait d'yeux que pour Flora, mais si elle le décidait, une aguicheuse comme Julie le mettrait dans sa poche en moins de temps qu'il n'en faut pour le dire... Fataliste, Gabriel haussa les épaules. Si cela advenait, qu'y pourrait-il ? Rien, strictement rien ! Autant ne plus y penser.

Son travail achevé – on ne chargerait pas avant le lendemain –, le jeune homme regagna la chambre qu'il partageait avec Vincent. Un moment, il se contempla dans le miroir fixé au-dessus de la table de toilette. Ses cheveux bruns, très souples, sa moustache, lui donnaient un air à la fois viril et charmeur. À vingt-deux ans, il était grand, large d'épaules, ce que les femmes appellent habituellement un bel homme. Oui, mais... Francis Clavérol le valait largement. Et puis un fils de pharmacien, voilà qui fait impression sur les filles à marier ! De plus, *Monsieur* continuait ses études et ça, les demoiselles apprécient, cela « marque bien ».

Gabriel serait loin, pour longtemps, et il laissait le champ libre à d'éventuels rivaux. Bah ! À quoi bon s'alarmer pour une chose, qui, après tout, ne se produirait peut-être pas ? Si vraiment Julie était infidèle, il courtiserait une autre fille. Dans ses connaissances, il n'en manquait pas. Et s'il demandait à Flora de surveiller la demoiselle ? Non, l'idée n'était pas bonne. Sa sœur, il en était certain, lui refuserait ce service. Celle-là, quel caractère ! Elle tenait tout à fait de la grand-mère Catherine, et, malgré son air doux et conciliant, n'en faisait toujours qu'à sa tête, envers et contre tous.

Flora vit les ombres s'allonger peu à peu tandis que les rais de soleil s'amenuisaient entre les feuilles plus sombres tout à coup.

« Il faut rentrer… » songeait-elle sans parvenir à se décider.

Elle était bien là, dans cet asile de verdure odorant où, elle le savait, son jeune frère se réfugiait souvent. Au contraire de Gabriel, il était beaucoup trop sensible. La grande sœur se demanda si, le moment venu, Vincent apprécierait la rude vie que menaient leur père et leur aîné. Il n'avait qu'une hâte : partir, être enfin considéré comme un homme alors qu'il n'était qu'un frêle adolescent. Se doutait-il de ce qui l'attendait vraiment, loin du foyer où trois femmes lui apportaient tendresse et compréhension ? Certainement pas.

Le garçon s'était allongé à même le gros tronc d'arbre, la tête posée sur les genoux de sa sœur. Les yeux clos, des larmes au bord des cils encore, il cherchait comme toujours une consolation auprès de Flora. Sa mère, elle, n'avait pas le temps d'approfondir les états d'âme de son plus jeune fils. Pourtant elle était aimante, de caractère facile ; simplement, trop de tâches lui incombaient.

Si Gabriel et Flora la secondaient dans son commerce d'épicerie-mercerie, Romain ne mettait plus les pieds dans le magasin. Mais il se chargeait de l'approvisionnement, plus encore en cette période en prévision de sa longue absence. Pourtant, depuis que Gabriel et sa sœur étaient dégagés des obligations scolaires, leur père leur abandonnait volontiers le soin des rangements et des petites corvées.

L'été durant, aidé de son fils aîné, Romain s'affairait aux fenaisons, puis il fauchait et rentrait le regain pour le bétail de sa mère. Les deux hommes moissonnaient et battaient le blé noir. Pour l'arrachage des pommes de terre, ils seraient loin déjà ; les femmes et Vincent devraient s'en débrouiller seuls. En attendant, avant le départ, il fallait couper et fendre les bûches. Secondée par son jeune frère, Flora rangerait cette provision de bois dans la remise. Début janvier, le Gust, un voisin, viendrait saigner le porc et prêter la main à Catherine pour préparer toutes les cochonnailles ; les réserves de viande seraient ainsi assurées pour une année entière.

Romain n'ignorait pas que, sous une apparence plutôt frêle, Victoire abattait de l'ouvrage pour deux et il avait toute confiance en sa femme. De plus, Flora accomplissait largement, elle aussi, sa part de travail. C'était une chance car sa vieille mère peinait chaque jour un peu plus. Flora mariée, tout serait à revoir mais, se disait Romain, inutile d'anticiper...

Le toilier espérait beaucoup de cette prochaine saison de vente. À ses clients les plus fidèles, dans les campagnes essentiellement, il avait l'hiver précédent ajouté des maisons de maître dans les bourgs. Au début, l'accueil avait été assez tiède, on tenait à ses habitudes ; le monde rural est méfiant par nature, c'est avéré. Mais la défection d'un collègue qui voyageait seul et venait de se retirer des affaires apportait à Romain de nouvelles pratiques. À lui de devancer d'autres négociants et de gagner la confiance de cette nouvelle clientèle. Aussi avait-il décidé de partir, cet automne-là, une semaine plus tôt que de coutume.

Rêveuse, Flora songeait aux siens, aux problèmes de chacun. Était-il bien sûr que ses parents lui confiaient tout ? Elle en doutait. D'abord il y avait ce vieux différend inexpliqué avec la famille Ménétrol. La jeune fille, à présent, se sentait concernée, inquiète même. De plus, aux affaires de son père, elle n'avait jamais été initiée et n'entendait strictement rien. Elle ignorait donc si le commerce était florissant ou non. Sans doute n'était-il pas si médiocre puisque, voici deux ans, Romain avait vendu la vieille voiture à cheval pour en acheter une beaucoup plus grande ; à l'arrière, le véhicule était muni d'un haut et large coffre où ranger une grande quantité de marchandises.

— Flora ! Vincent ! Où sont-ils passés encore ?

La voix autoritaire de la grand-mère qui appelait sur le seuil de l'étable fit se dresser d'un bond le jeune homme.

— Vite ! dit sa sœur en lui prenant la main, on est en retard !

Ils coururent dans l'herbe fraîche soudain, entre les arbres où se glissaient quelques ombres bleuâtres. Vincent allait aider à la traite des vaches tandis que Flora nourrirait la volaille et les lapins. Sur les monts du Cantal courait une longue écharpe grise de nuages effilochés. Dans le soir paisible tintaient les cloches des troupeaux ramenés aux étables. Les chiens, comme toujours, aboyaient pour affirmer leur autorité sur le bétail. À quelque distance, cent mètres à peine, dans les premières maisons du village, les ménagères trempaient déjà la soupe du soir.

II

Au temps des colporteurs

À EN CROIRE ANTOINE, le père de Romain, les Lacaze n'avaient pas toujours été toiliers, ainsi nommait-on autrefois ceux qui s'adonnaient à ce négoce.

Comme la plupart de leurs collègues, les aïeuls de cette famille avaient émigré depuis bien longtemps. Au milieu du XVIIe siècle, une crise agricole plus grave que les précédentes avait jeté sur les routes nombre d'habitants des montagnes françaises. Ceux de l'Artense et du Cézallier, en Auvergne, étaient loin de se retrouver seuls au hasard des chemins. Venus de l'Est et des Alpes, ramoneurs, ferrailleurs, chiffonniers, petits marchands de tout et de rien écumaient, eux aussi, les riches régions de la Champagne, de la Marne, de la Normandie puis, peu à peu, de tout l'Ouest français, sans compter l'Espagne une fois les Pyrénées franchies.

Le grand-père Benoît Lacaze, né en 1814, se plaisait à raconter que son propre père, Jérôme, avait pris part à plusieurs expéditions napoléoniennes. Une blessure fort opportune lui avait épargné la dramatique campagne de Russie. Un peu plus tard, à l'exemple de quelques compagnons dégagés des contraintes militaires, il avait quitté à nouveau son coin d'Auvergne. Mais, cette fois, ce n'était pas pour aller se battre.

Des marchandises hétéroclites nouées dans un balluchon, Jérôme avait suivi vers la Bretagne un compatriote, un certain Mathieu Dandurand. Père depuis peu, il avait laissé femme et enfant dans sa belle-famille, de pauvres gens qui s'échinaient à élever un maigre troupeau, tirant parti de tout, vivant presque en autarcie à quelques lieues du puy Violent.

Mais, une génération avant Jérôme, alors que le pays n'avait pas encore été ébranlé par la grande Révolution de 1789, le plus ancien des Lacaze encore connu, prénommé Jacques, l'avait devancé sur les mauvais chemins. À huit ans, il était parti comme petit ramoneur avec un patron et une poignée d'autres gamins. Comme lui, quantité de jeunes Auvergnats faisaient ainsi « la ramone », dans le Sud-Ouest principalement.

Adulte, Jacques était devenu « chineur ». Son petit commerce n'était guère lucratif, mais son courage à toute épreuve, sa débrouillardise lui permettaient de rapporter quelque argent aux siens, l'été venu.

Après quelques années de pratique, l'ancêtre avait acquis une grande boîte de bois ; à l'intérieur, il avait ménagé des petits compartiments de différentes tailles. Pour déplacer aisément ses marchandises ainsi regroupées, à l'exemple de compagnons rencontrés sur les mauvaises routes de terre, il avait réussi à arrimer la boîte sur ses épaules à l'aide de larges bretelles de cuir. Maintes et maintes fois rafistolées et recousues, elles se déchiraient surtout là où des clous les tenaient fixées au bois. La charge était telle que ces courroies arrachaient les épaules du malheureux. Qu'importe ! Vaille que vaille, il allait de l'avant.

Dès que son bric-à-brac s'amenuisait, Jacques rachetait des babioles à des collègues qui possédaient un pécule suffisant pour charger un mulet. On ne visitait que les campagnes, villages et hameaux dépourvus du moindre commerce. Et ces marchands pliés sous le poids, d'abord baptisés « chineurs », furent peu à peu appelés « colporteurs ». Ce mot imagé voulait exprimer le fait que ces hommes intrépides portaient leur modeste magasin autour de leur cou.

Qu'y trouvait-on au juste ? De tout ! Savons, mercerie, rubans, dentelles, petit outillage, miroirs de poche, peignes, couteaux, ciseaux, cure-dents, fuseaux, mouchoirs, encre, plumes, almanachs, brosses à ongles et quantité d'autres broutilles.

Jacques Lacaze aurait sans doute pu, comme beaucoup d'autres, s'enrichir grâce au commerce des armes. Mais cette pratique se révélait extrêmement dangereuse. Notre homme n'avait nulle envie de connaître la prison ou de finir ses jours au bagne. D'ailleurs, comment faire pour le transport sans animaux de bât ?

Les trafiquants rencontrés qui lui proposaient en grand secret mousquets ou armes blanches étalaient au grand jour des marchandises bien plus ordinaires et anodines : ustensiles de cuivre, parapluies, sacs de grain, outils, montres de gousset, bijoux de pacotille...

Trop pauvres pour s'offrir une auberge ni même un coin pour dormir chez l'habitant, Jacques et ses compagnons de misère logeaient le plus souvent dans les granges. Pour profiter de la soupe dans quelque ferme, il fallait consentir des rabais incessants ou même abandonner des marchandises. Le ventre plein, on abandonnait au maître de maison couteau et briquet (un incendie est toujours à craindre...). À l'aube du lendemain, on récupérerait le tout avant de reprendre la route.

Enfin, on pouvait se nicher dans un creux de foin sec, les pieds douloureux d'une éternelle marche épuisante, les vêtements souvent humides et même, parfois, gelés. Pour ne pas se faire dépouiller de leur seul bien, les colporteurs dormaient la précieuse boîte entourée de leurs bras bien serrés.

Les gros souliers ne résistaient guère, même si l'on en cloutait la semelle. À l'épreuve de la boue, du gel, de la neige, le cuir se craquelait rapidement. Il fallait continuellement le renforcer de morceaux glanés ici ou là. Des bandes de tissu, souvent dépareillées, protégeaient un peu les jambes. Fanée par le soleil, lourde des pluies hivernales, la cape pesait sur le dos ; tant bien que mal, elle protégeait l'homme en même temps que son commerce arrimé sur ses épaules.

Parfois, sous les rafales, poursuivre la route devenait impossible. En toute hâte, il fallait chercher un abri, attendre l'accalmie, repartir enfin, transi, surtout ne pas se perdre sur des chemins pleins d'ornières noyés de neige fraîche.

Pourtant, se disait le jeune Antoine qui n'avait pas encore voyagé, ce devait être bien une telle liberté. D'un côté, le Jacques avait de la chance : aller où on veut, quand on veut, selon son désir…

Lui, quand il partirait bientôt dans la charrette tirée par le mulet, il serait évidemment sous la coupe de son père. Et il ne serait pas facile de courtiser quelque fille à l'étape. Mais, n'est-ce pas, il ne servait à rien d'y songer à l'avance, il verrait bien, le moment venu.

Peut-être ferait-il comme certains, rares il est vrai, qui ramenaient au pays une fiancée venue d'ailleurs. Généralement, les familles accueillaient avec suspicion, avec malveillance parfois, ces inconnues aux coutumes différentes. Et comme trois générations vivaient sous le même toit, les heurts étaient nombreux, inévitables. Des rancunes s'installaient et tous, jeunes et vieux, y perdaient en tranquillité. La vie, parfois, devenait un enfer.

Peu à peu, le porte-balle du temps de Jacques Lacaze avait laissé place aux premiers véritables toiliers. Pourtant, à l'exemple des « romanichels » si méprisés, beaucoup continuaient à exercer des petits métiers itinérants : étameurs, rémouleurs, rempailleurs et, dans les grandes villes, porteurs d'eau, vitriers, marchands de bois d'allumage…

Si la population sédentaire les regardait avec méfiance, dans les campagnes, on attendait impatiemment leur venue. À une époque où le monde s'arrêtait à l'orée du village, ils étaient porteurs de nouvelles. Les jeunes surtout aimaient à les voir revenir fidèlement chaque année. Avec eux, un peu de la vie citadine entrait dans les maisons. Modes, livres, chansons, fanfreluches, ils apportaient en vrac toute leur bimbeloterie, à la fois inutile et nécessaire à la « France profonde » fermée sur le monde extérieur.

Hélas, par un cruel hiver, beaucoup mouraient misérablement au bord d'un chemin, aussitôt dépouillés par des vagabonds. Les gagne-petit, ainsi disait-on, étaient soupçonnés de vol, de délinquance. Ils faisaient l'objet de rapports de gendarmerie souvent injustifiés, de procès-verbaux, voire de saisies. Leur errance était mal acceptée des « honnêtes gens », même s'ils ne troublaient en rien l'ordre public.

En chaire, le dimanche, bien des prêtres de village réprouvaient haut et fort leur commerce. Ces traîne-savates, affirmaient-ils, incitaient les jeunes filles et les épouses à la coquetterie. Par leur entremise, le démon aguichait ces malheureuses en étalant sous leurs yeux éblouis breloques et colifichets. Célibataires, du moins le croyait-on, ces ensorceleurs pernicieux ne pouvaient qu'être source de tentation et de péché pour les honnêtes femmes.

— Tu vois, mon gars, répétait le grand-père Jérôme à Antoine toujours attentif, le Jacques Lacaze ne s'en est pas trop mal tiré finalement. Rentré définitivement au pays, il a initié son fils à son commerce et ça, ce n'est pas rien ! Sans eux, dis-moi, qu'est-ce qu'il en serait aujourd'hui de notre métier ? Disparu, voilà ! Et notre sol est si pauvre que, tu le sais bien, il ne suffit pas à nous nourrir. Oui, Jacques et ses compères nous ont ouvert les portes sinon de l'abondance du moins d'un petit peu plus de bien-être… tout relatif certes, mais enfin on survit.

Dès son mariage avec Antoine, Catherine à son tour avait entendu ressasser cette sempiternelle chanson. De leur ancêtre Jacques, son mari et son beau-père en avaient plein la bouche. Elle était trop jeune alors, trop respectueuse pour dire son fait à Benoît Lacaze. Jérôme, et Jacques avant lui, n'avaient pas vraiment fait preuve de hardiesse. Voyager en Beauce, en Normandie, en Bretagne, quelle gloire y avait-il à cela ?

Ses ancêtres à elle, les plus lointains dont se glorifiait la famille, avaient eu l'audace de franchir les cols des Pyrénées pour porter en Espagne leur commerce diversifié. Or, à en croire son aïeul Jean Bruzac, les Pyrénées c'était bien autre chose que les monts d'Auvergne. À côté du Vignemale, le puy Mary et les monts Dore n'étaient que des taupinières ! Là-bas, les cols franchissaient la barrière montagneuse à des hauteurs inimaginables. Malheur à celui qui se faisait prendre dans une tempête de neige : il était perdu à jamais, corps et biens !

Aussi, octobre venu, les porteurs de balle ne s'y aventuraient-ils pas. Et, pour regagner leur Auvergne, ils attendaient sagement les premiers jours de juin. Les Lacaze, se disait Catherine, n'avaient pas connu d'aussi longues campagnes, en pays étranger de surcroît où l'on ne comprend pas votre langue, et votre patois encore moins !

La jeune femme, pourtant, ignorait que les colporteurs débutants accompagnaient toujours un ancien. Lui, sans parler de la langue dont il connaissait les rudiments, il se débrouillait habilement avec la monnaie du pays. La géographie, les mentalités, les possibles traquenards, tout, il savait tout de l'Espagne et de ses habitants. Il initiait donc les jeunes qui, plusieurs années durant, travaillaient pour lui, mal payés certes et menés durement. Mais, à cette seule condition, ils pourraient un jour écumer seuls les campagnes de la Castille, des Asturies ou du Léon. Certains pousseraient plus tard jusqu'à la région de Madrid et quelques-uns s'y implanteraient pour toujours. En Espagne, Catherine et bien d'autres Auvergnats avaient de lointains cousins dont ils ne soupçonnaient même pas l'existence.

Toujours transmis oralement, d'une génération à l'autre, le périple des ancêtres demeurait pourtant une grande inconnue. Au retour, ils ne faisaient pas mention de toutes leurs aventures. De plus, au fil des générations, nombre d'événements s'oubliaient, se délitaient avec le temps. La mémoire familiale ne gardait que les faits les plus marquants, les péripéties les plus insolites, voire les plus déconcertantes.

Pourtant, chaque famille conservait quelque précieuse antiquité en témoignage des voyages des anciens. Ici, un bâton ferré gravé d'initiales, là un portefeuille si usé que les coutures lâchaient en maints endroits, ailleurs un petit carnet de comptes où les traces crayonnées pâlissaient de jour en jour… Le père de Catherine possédait un chapeau de feutre à larges bords tout décoloré, cabossé et même percé de quelques trous.

— Sais-tu, petite, ce couvre-chef-là en a vu du pays, je te prie de croire !

Et sous les yeux admiratifs de la fillette, il reposait délicatement la relique après avoir soufflé dessus pour en ôter la poussière sans cesse renouvelée.

— C'est la poussière du temps, ma petite Catherine. Un jour, vois-tu, elle finit par nous recouvrir tous !

Impressionnée, l'enfant n'était pas loin de croire que le vieux feutre avait quelque chose de magique. Et, secrètement, elle espérait que la poussière du temps ne parviendrait jamais à la recouvrir.

Il est bien vrai que nombre d'émigrés auvergnats, il y a deux siècles, souvent plus, ont fait souche dans le nord de l'Espagne. En Castille, tout particulièrement, beaucoup se sont établis abandonnant une longue errance. Dès la fin du Moyen Âge, suivant le chemin de Compostelle, ces montagnards intrépides s'en étaient allés chercher fortune sur la péninsule ibérique.

Parmi leurs marchandises hétéroclites, ils en avaient un jour retenu l'une ou l'autre qui emportait particulièrement la faveur de la clientèle. L'un ouvrait un atelier où il travaillait le cuivre ; là, de chaudronnier ambulant il devenait propriétaire et se sédentarisait.

Les chalands restaient fascinés par un incroyable déballage de marmites et de chaudrons cliquetants, d'ustensiles de cuisine, de la casserole rutilante à la bassinoire d'or rouge brillant, sans compter les chandeliers ou les petites lampes à huile. Un grand feu de bûches, allumé autrefois sur une place de village, flambait maintenant au fond de l'atelier.

Il fallait fondre le métal, les rivets de cuivre ronds, dans la fumée âcre des soudures. Le chaudronnier auvergnat était aussi étameur. Il entretenait le petit matériel de cuisine, le rafistolait, rajoutant ici une pièce de métal, soudant une anse neuve, rapiéçant un fond de bassine troué par la rouille…

Dans un autre bourg, un porte-balle s'installait sabotier, cordonnier au besoin. Peu à peu, il s'outillait, achetait quelques pièces de bois où creuser une paire de sabots, des courroies, des cuirs à bon marché. Il savait gagner la confiance de la clientèle en accordant crédit, comme il l'avait toujours vu faire au long de ses voyages.

Cependant, la plupart des Auvergnats fixés en Espagne, particulièrement autour de Madrid, pratiquaient des métiers de bouche. Mariés sur place ou ramenant leur épouse du pays, ils ouvraient cabaret ou auberge. Un grand nombre s'établissait boulangers. De marchands de grain, ils devenaient fournisseurs de pain. On en consommait alors une grande quantité ; cette denrée très nourrissante restait de loin la moins onéreuse et constituait l'essentiel des repas.

Peut-être ces émigrés-là n'ont-ils pas bâti une grande fortune, du moins vivaient-ils convenablement, protégés des intempéries et des dangers d'une route parfois infestée de brigands. Expatriés pour toujours, ils vivaient dans l'espoir de voir prospérer leur descendance, loin des terres arides qui les avaient vus naître. Mais ils avaient à cœur de transmettre à leurs enfants un indéfectible attachement à la vieille province d'Auvergne.

Pendant que certains des Bruzac s'implantaient en Espagne, les Lacaze continuaient, d'année en année, les allers et retours de l'Auvergne aux régions de l'Ouest. Écumer les terres bretonnes avait un immense avantage : le commerce de la toile devenu florissant, on s'approvisionnait surtout dans les environs de Cholet. Inutile de faire un détour, la ville et ses filatures se trouvaient justement sur la route de Rennes.

Si la clientèle s'était longtemps contentée des grossiers draps de chanvre tissés dans le sud de l'Auvergne, vint l'époque où les ménagères se mirent à bouder cette toile trop rustique. Le chanvre n'était plus dans l'air du temps ; aussi les usines de Cholet étaient-elles toutes indiquées pour fournir aux négociants en toile des marchandises plus conformes à la demande.

Au fil des décennies, les Lacaze entreprirent de descendre vers le pays de Nantes et jusqu'en Vendée. Pourtant, deux frères de cette famille s'étaient séparés. Tandis que Benoît suivait les traces de son père, son frère Armand décida de prospecter les Pays de Loire et la Basse-Normandie. Il s'approvisionnait en Picardie et dans la région de Calais. Un beau jour, il épousa une jeunesse des environs de Rouen. Aidé financièrement par son beau-père, un fermier assez à l'aise, Armand tint boutique avec sa femme. En même temps, le couple vendait toiles et tissus en tout genre sur les marchés des environs.

De temps à autre, Armand donnait des nouvelles à sa famille auvergnate ; lui disparu, ses enfants oublièrent de trop lointains cousins qu'ils n'avaient jamais rencontrés.

III

Par-delà la vaste mer…

Les Lacaze et les Bruzac n'avaient jamais douté de l'honnêteté du commerce de leur aïeul respectif. Pourtant, la façon de commercer de certains colporteurs d'autrefois manquait souvent d'intégrité ; pour augmenter leur revenu, certains n'hésitaient pas à gruger une clientèle trop crédule.

De vieilles histoires, que chaque famille, bien entendu attribuait à une autre ou, de préférence, à un village assez lointain, se racontaient encore aux veillées. Catherine connaissait une bonne dizaine de ces anecdotes mettant en cause la probité de chineurs peu scrupuleux.

La tradition voulait que les habitants du village de S… étaient partis autrefois mendier sur les routes ; parfois, ils proposaient à la vente quelques misères dépareillées. Pour apitoyer les bonnes âmes, ils racontaient qu'un terrible incendie avait ravagé leurs maisons, détruit leur cheptel, anéanti leurs maigres récoltes. On les avait surnommés « quêteurs de brûlé ». Nécessité fait loi, on survit comme on peut… Ils eurent, ici ou là, quantité d'imitateurs.

On se transmettait aussi « l'affaire des couvertures ». Au début du XIXe siècle, une bande de colporteurs associés arpentait une région côtière. Les hommes partis pour la campagne de pêche, ils avaient écoulé, auprès de leurs épouses, des couvertures de mauvais coton présentées comme marchandise pure laine. Naturellement, la supercherie se découvrait au premier lavage. Impossible alors de repasser dans les mêmes villages. De plus, de tels agissements rendaient la clientèle méfiante, hargneuse même parfois. Le commerce d'honnêtes marchands pâtissait ensuite des filouteries de ces imposteurs.

Heureusement, la grande majorité des toiliers et colporteurs cherchait plutôt à fidéliser les clients et, au fil des années, à s'en faire des amis. Ensuite, il devenait facile de se renseigner sur les noces, naissances, baptêmes dans les campagnes environnantes. Alors on se hâtait de visiter les fermes ou hameaux désignés. Là, on proposait linge de table, draps de trousseau, serviettes de toilette, rideaux, et garnitures en tout genre : galons, dentelles, rubans, cordonnet, guipure, ganses ou macramé…

Benoît Lacaze avait coutume de répéter à son fils, jeune toilier débutant :

— Les méthodes agressives n'ont jamais payé, crois-moi. Gagner la confiance de nos pratiques, c'est le B.A.-BA du commerce. N'oublie jamais !

Et de lui raconter, pour la vingtième fois au moins, une anecdote si plaisante que lui-même ne s'en lassait pas.

— Anselme Sobrier et Apolline sa femme étaient, paraît-il, les plus fieffés escrocs de la Ribalie, un petit village planté comme tu sais sur les bords de l'étang de Caussidière.

« Mon père ne les a pas connus, l'histoire est trop ancienne, mais dans la région, tout le monde en a souvenir. Les gens s'en indignent, comme de juste. Enfin, certains peut-être ont fait bien pire, mais comme ils ne s'en sont jamais vantés, personne n'en a rien su !

« Imagine-toi qu'Apolline, à l'entrée des villages, attachait son mari avec une corde à une roue de leur charrette. Naturellement, l'Anselme était d'accord. Et la voilà qui se lamentait devant le monde, essuyant d'un grand mouchoir des larmes de crocodile. Les gens s'attroupaient, curieux de cet étrange attelage. Alors la femme de crier d'une voix geignarde :

« “Pauvre de moi, mon mari est subitement devenu fou ! Voyez son air perdu, grand Dieu ! Ah, que je suis malheureuse ! Me voilà obligée d'arrêter ma campagne et de rentrer au pays pour le faire soigner. Je brade toutes mes marchandises. Approchez, profitez-en, il faut que je liquide tout ça au plus vite !”

« Les plus crédules se laissaient prendre à son manège. On la plaignait, on achetait en croyant réaliser de bonnes affaires. La fripouille baissait les tarifs qu'elle avait pris soin d'inscrire sur les étiquettes attachées aux marchandises. Mais, tu t'en doutes, elle s'arrangeait pour ne pas vendre à perte ! Et elle bonimentait à tout va :

« “Deux douzaines de torchons pour le prix d'une ! Un mètre de drap gratis pour cinq achetés ! Allons, décidez-vous, il n'y en aura pas pour tout le monde !”

« Et ainsi de suite tandis que le soi-disant fou prenait son air le plus stupide, roulait des yeux blancs et faisait mine de tenter de dégager ses bras de la corde en poussant des grognements de bête.

« Évidemment, les manigances de ces deux gredins étaient rapidement connues aux alentours. Il leur fallait s'éloigner au plus vite avant de se risquer à jouer de nouveau la même scène, à bonne distance bien entendu.

« Tout de même, les gens sont bien naïfs ! N'empêche, abuser ainsi de leur confiance, c'est indigne d'honnêtes commerçants. Chez les Lacaze, on trace sa route tout droit, fils. Souviens-t'en !

Contrairement aux épouses Lacaze, certaines femmes de toiliers qui n'avaient pas, ou plus, d'enfants en bas âge voyageaient avec leur mari. Installées pour une période plus ou moins longue dans une auberge, elles proposaient, avec l'aide de couturières payées à la journée, de tailler, d'ourler et de broder des draps de trousseau commandés par les paysannes aux démarcheurs. Voilà qui permettait d'augmenter considérablement le pécule amassé par le couple au cours de la campagne hivernale.

S'établir dans ce négoce se révélait beaucoup plus difficile pour un jeune dont le père n'avait pas ouvert la voie. Pour se créer une clientèle, le mieux était de se faire accompagner d'un « pilote ». Ainsi nommait-on un collègue plus âgé honorablement connu dans les régions prospectées. Certes, il fallait lui abandonner une bonne part des bénéfices. En contrepartie, le débutant pouvait compter sur la fidélité des clients dans le futur.

On organisait les tournées de manière à se présenter chaque année dans les mêmes maisons à la même date. Une marchandise de belle qualité retenait les pratiques. Lorsque celles-ci devenaient nombreuses, on engageait un ou plusieurs commis. Certains achetaient les marchandises sur place à leur patron afin de les revendre. D'autres touchaient une commission sur les ventes réalisées dans la journée.

À force de constance, d'habileté, d'intérêt porté à leur famille, le marchand de toile devenait peu à peu un intime de ses clients. Dans beaucoup de maisons, on l'invitait à la table familiale, on lui faisait cadeau de quelque denrée alimentaire. Bref, il savait se rendre indispensable, recevant parfois des confidences qu'un maître de maison n'aurait pas confiées à des proches.

Les colporteurs des siècles passés approvisionnaient les campagnes en bibelots et colifichets, mais pas seulement. En même temps que les célèbres almanachs, ils proposaient brochures, pamphlets, chansons. L'apparition de l'imprimerie avait en son temps développé ce genre de marchandises.

L'écrit, dans le passé apanage des riches et des gens instruits, se popularisait grâce à ces vendeurs itinérants.

Une grande partie de cette littérature peu onéreuse restait d'origine religieuse : extraits de la vie des saints, Bible des Cantiques et des Noëls, chants des Réveillés et de la période de Pâques... Mais elle offrait également des récits de chevalerie, Gargantua, Pierre de Provence, Jean de Paris, les exploits de brigands tels Mandrin ou Cartouche.

Lorsque la vieille Catherine évoquait pour Flora les lectures de sa jeunesse, elle avouait sa préférence pour les petits livres de la Bibliothèque bleue. À chaque passage du colporteur, elle suppliait son père de lui offrir l'un au moins de ces petits ouvrages à la couverture couleur de ciel. Catherine avait la chance, rare à l'époque dans les campagnes, d'avoir appris à lire. Son père lui-même lui avait enseigné lettres et sons en même temps qu'à ses deux frères.

Imprimés à Troyes, certains de ces livrets offraient des textes assez facétieux. Aussi le père de famille opérait-il un tri sévère avant de mettre un petit livre bleu entre les mains de sa fille. Ces lectures enchantaient l'adolescente qui lisait jusqu'à vingt fois la même brochure. Son livre de prédilection, c'était les aventures de la belle Maguelonne et de Pierre, l'élu de son cœur. Soixante ans plus tard, elle s'en souvenait encore, revoyait la couverture bleue qui enchantait alors son imagination.

Flora était tout ouïe. Vincent, lui, réclamait toujours le récit que les enfants appelaient *La grande aventure en Algérie*. Cette histoire-là n'était pas une fiction, du moins pas tout à fait. En hochant la tête avec un sourire entendu, la grand-mère se faisait un peu prier. Enfin, elle commençait l'épisode peu banal repris maintes et maintes fois. Tant et tant que Flora aurait pu répéter mot à mot l'histoire dans son entier.

En 1886, deux ans et demi après leur mariage, le frère aîné de Catherine et sa jeune épouse Éloïse avaient tenté l'aventure « par-delà la mer ». La conquête de l'Algérie datait de 1830 et, à cette époque, la presque totalité du territoire était enfin pacifiée. Cinquante ans plus tôt, d'intrépides colons français n'avaient pas hésité à franchir la Méditerranée pour créer, là-bas, de grandes plantations. À moindres frais, ils trouvaient sur place la main-d'œuvre nécessaire. Sur de grands espaces défrichés avec obstination prospéraient légumes primeurs, oliviers, fruitiers de toute espèce, vignes, tabac et, déjà, un peu de coton.

Mais cette implantation ne s'était faite qu'au prix de réels dangers. Pendant des décennies, des tribus belliqueuses avaient repoussé ou tué grand nombre de colons. Ceux-là avaient pourtant chèrement gagné le droit d'exploiter des terres conquises le plus souvent en asséchant des marécages. Des épidémies (choléra, typhus) avaient décimé les familles de malheureux qui souffraient de ce climat méditerranéen à la chaleur insupportable.

Pour inciter les Français à partir peupler cette nouvelle colonie, le gouvernement accordait des billets gratuits pour la traversée, de Marseille ou Toulon jusqu'à Alger ou Oran. La demande acceptée par le département de la guerre, des lots à bâtir et à cultiver étaient attribués aux familles volontaires pour l'exil.

Les villages et les grandes plantations trop à l'écart étaient entourés de murs d'enceinte, gardés nuit et jour par des gendarmes. Tous les habitants, patrons et ouvriers, étaient armés.

Lorsque Donatien Bruzac avait décidé de tenter sa chance en Algérie, ces problèmes avaient disparu sur la presque totalité du territoire algérien. Les récits d'un voisin, contemporain de son propre père, non seulement ne l'avaient pas inquiété mais, tout au contraire, conforté dans son désir de départ. Ses parents, certes, le désapprouvaient, sa jeune femme plus encore.

— C'est si loin ! soupirait-elle. Et si tu mourais pendant ce long voyage ? Tu as pensé à ça, dis, tu as pensé à moi ?

Donatien ne faisait qu'en rire.

— Allons, ne dramatise pas ! Vois le père Gouriac, il en a bien réchappé. Il a fait les allers et retours seize années durant, à une époque où vivre là-bas était encore très dangereux. Sur des routes pas sûres, dans des campagnes hostiles, tu imagines le courage dont lui et ses pareils ont fait preuve ?

— Il a eu de la chance, voilà tout !

— Mais notre époque et la sienne n'ont rien de comparable, voyons ! insistait Donatien. Écoute : je te promets de voyager uniquement autour des plus grandes villes, sans m'aventurer jamais dans les montagnes. Te voilà contente, non ?

Non, Éloïse n'était pas satisfaite. Pourtant, à la longue, elle accepta l'idée de voir son mari traverser la mer. Et, contre toute attente, elle décida de l'accompagner.

— Tout de même, disait-elle alors que le couple préparait le départ, tu aurais pu imiter ton père, voyager vers l'océan sans pourtant quitter la France !

— Mon père… il n'a jamais été très entreprenant… D'ailleurs mes deux oncles voyagent avec lui, c'est bien suffisant. Moi, je veux voir du pays, d'autres gens, d'autres façons de vivre. Surtout, je veux gagner de quoi te faire une belle vie. Oh ! Je ne serai sans doute pas Crésus, mais, à en croire ceux qui en ont fait l'expérience, les toiliers se font un beau pécule en Algérie. Pourquoi pas nous ?

— Ah ! jetait Éloïse, comme je lui en veux au père Gouriac de t'avoir mis cette idée en tête ! Il t'a fait miroiter des choses qui, peut-être, n'existent pas. Enfin, ce qui est dit est dit. Je te suis, nous verrons bien.

Donatien riait encore en la prenant dans ses bras.

— Le voisin n'est pas le seul à en être revenu, je te le jure ! Et beaucoup plus riche qu'avant !

La jeune femme devait reconnaître que le vieux négociant et sa femme vivaient beaucoup mieux que les Bruzac et ses parents à elle. Et dire que Firmin Gouriac n'avait pas d'héritier à qui léguer ses biens ! Éloïse était trop amoureuse pour accepter que Donatien reste loin d'elle durant de longs mois. Et comme elle n'avait pas réussi à le convaincre, elle allait le suivre. S'ils devaient mourir, ils mourraient ensemble…

Le cheval emporta le couple vers le sud, au long de routes accidentées pour sortir enfin de leurs montagnes. Dans la voiture, avec les bagages personnels, Donatien avait chargé des pièces de toile commandées à Lille. Il comptait bien, une fois ces quelques marchandises vendues, s'approvisionner chez des grossistes, soit à Oran soit à Alger. Avant le départ, en plus des conseils du père Gouriac, il avait eu la prudence de glaner des renseignements auprès de toiliers qui continuaient les campagnes algériennes. Comme ces derniers demeuraient rares dans la région, le jeune homme était allé jusqu'à Riom-ès-Montagne. Là, il avait rencontré un collègue dont la renommée était considérable.

Le négociant lui avait fait bon accueil.

— Je t'aurais même proposé que nous fassions route ensemble, dit-il après un long entretien, mais, à mon âge, j'en ai assez des allers et retours. Il faut savoir s'arrêter un jour, n'est-ce pas ? Je prends ma retraite et compte bien en profiter.

Donatien était rentré chez lui muni de précieux renseignements. Éloïse en avait été rassurée. Dans son carnet, le jeune toilier avait noté des adresses, des itinéraires. Il semblait maintenant à sa jeune femme qu'ils ne partaient pas tout à fait dans l'inconnu.

Très vite, elle devait déchanter. À Marseille, on avait revendu cheval et voiture pour embarquer seulement bagages et marchandises. À l'arrivée, il faudrait acheter un nouvel attelage ; tous les négociants faisaient de même une fois rendus sur les bords de la Méditerranée.

Éloïse ouvrait de grands yeux devant cette immense étendue liquide ; où que se portent ses regards éblouis, ce n'était qu'une nappe d'un bleu profond et miroitant, jusqu'à un horizon démesuré qui semblait se fondre dans la mer. Le paquebot qui les emportait, elle et Donatien, vers un nouveau rivage était de dimensions impressionnantes. Mais, quelques heures après le départ, alors que la côte française avait depuis longtemps disparu, une tempête s'était levée.

Les lames courtes de cette mer, dite à tort inoffensive, malmenaient si bien le bateau et ses passagers que ceux-ci avaient cru leur dernière heure arrivée. Furieuses, les vagues grondantes se dressaient contre la coque, passaient pardessus le bastingage pour inonder le pont à grand fracas.

Réfugiés dans les cabines, ballottés en tous sens, Éloïse et Donatien, blêmes, se tenaient enlacés. Silencieusement, la jeune femme priait la Vierge de les garder sains et saufs.

Pour limiter les risques de naufrage, le commandant de bord avait jugé plus prudent de longer les côtes espagnoles. Aussi la traversée avait-elle duré quatre longs jours de plus que prévu, au grand dépit d'Éloïse qui regrettait déjà l'aventure.

Enfin, on avait débarqué sur la terre d'Afrique. La chaleur écrasait les quais où s'affairait une foule hétéroclite, parmi les cris et les appels. D'abord étourdis par ce mouvement inhabituel, ces lieux inconnus, ces gens si différents, Éloïse et Donatien prirent assez rapidement leurs marques dans un pays où ils allaient de découverte en découverte. Le bon accueil reçu dans les petits hôtels recommandés par le toilier de Riom rassérénait la jeune femme.

Outre les passeports, Donatien possédait un permis de voyage obligatoire. À l'arrivée, des policiers avaient examiné les bagages, à la recherche d'armes ou de tabac de contrebande. Les jeunes Français avaient même dû subir une fouille au corps ; Éloïse s'était sentie très humiliée et furieuse de tels procédés. Ensuite, au fil des ans, elle s'était accoutumée à la chose comme à beaucoup d'autres.

L'hiver, c'était la saison des pluies. Octobre, par contre, restait chaud ; le cheval allait au pas, on devait le ménager. Habile brodeuse, Éloïse en profitait pour réaliser des travaux d'aiguille. Les femmes des colons se montraient friandes de châles et de ceintures brodées, de taies d'oreiller et de trousseaux de bébé agrémentés de fleurs, papillons, guirlandes et autres festons.

Pour passer le temps, Donatien chantait au long des routes et sa jeune femme fredonnait avec lui. Ils étaient heureux, ne regrettaient nullement de s'être ainsi expatriés. Le commerce, encore à ses débuts, promettait d'être florissant. Les plus jeunes habitants du pays parlaient français dans les bourgades où logeait le couple. Pour le moment, Donatien se contentait de commercer avec les épouses des colons français ou espagnols. Plus tard, peut-être essaierait-il de frapper aux portes des autochtones.

Quand le mauvais temps s'installa, le parcours devint bien moins agréable sous la capote rabattue de la voiture. Cependant le climat était moins rude, le froid moins mordant que dans les monts d'Auvergne. Des averses de pluie, les jeunes gens ne s'inquiétaient guère, à l'abri dans leur véhicule bien bâché. La tournure que prenaient leurs affaires gardait leur moral au beau fixe.

Pour cette première campagne, Donatien ne prospectait que les plaines côtières, la Mitidja en particulier. Là, les plantations étaient nombreuses ; certaines s'étendaient à perte de vue. Éloïse s'émerveillait des achats et des commandes d'une importance à ses yeux inconcevable. Quant à son mari, il voyait son pécule augmenter de jour en jour et se frottait les mains. Il fallait sans cesse se réapprovisionner auprès des grossistes, écrire aux fournisseurs, faire expédier de France des marchandises que l'on allait prendre sur le port le plus proche.

Un soir de février, alors que le jour déclinait rapidement, le couple tomba dans un guet-apens. Par chance, Donatien réagit très vite en voyant surgir trois gaillards, le visage dissimulé dans la capuche de leur djellaba. Ils brandissaient en hurlant des sortes de grands couteaux à lame courbe. Le cœur battant, le toilier fouetta énergiquement le cheval qui partit au galop, effrayé. Les brigands étaient à pied et ils abandonnèrent très vite la poursuite en vociférant des imprécations incompréhensibles. Leurs cris hargneux dominaient le bruit des roues de la voiture sur le mauvais chemin de terre. Terrorisée, Éloïse se cramponnait des deux mains à la banquette tandis que son mari encourageait le cheval à ne pas ralentir l'allure.

Quand apparurent enfin les premières maisons de la petite ville où se trouvait leur hôtel, les voyageurs osèrent regarder en arrière. Leurs poursuivants étaient loin. De ce jour, ils se jurèrent, jusqu'à l'arrivée du printemps, de ne plus rentrer entre chien et loup mais en milieu d'après-midi.

Cette première campagne de toile en Algérie fut suivie de huit autres. Donatien et sa femme partaient en toute confiance ; là-bas, ils s'étaient fait de bonnes relations et même quelques amis. Au retour, l'un ou l'autre racontait à la famille des anecdotes surprenantes, souvent drôles, parfois dramatiques.

Chez de riches propriétaires terriens devenus de bonnes relations, le couple avait été invité à se désaltérer en compagnie du maître et de la maîtresse de maison. De la pièce où ils se tenaient, ils avaient vue sur la cuisine. Une servante s'occupait à découper un gros lapin fraîchement dépouillé. Le patron possédait un jeune singe apprivoisé. Éloïse s'amusait de le voir jouer avec les deux chiens de la maison, mais elle n'aurait jamais osé caresser le petit animal aux dents pointues. Souvent, il venait se nicher affectueusement contre la poitrine de son maître, ses deux bras passés autour de son cou.

Éloïse avait pris sur ses genoux le bébé de la maison, un beau petit garçon âgé de neuf mois, tout sourires et gazouillis. Elle espérait être mère bientôt, hélas toujours rien après cinq ans de mariage. Elle se consolait en se disant que la venue d'un enfant lui interdirait les voyages aux côtés de Donatien, or elle refusait d'envisager cette hypothèse. Mais, après tout, la nature déciderait pour elle.

L'année suivante, à peu près à la même date, les marchands de toile étaient repassés dans cette belle maison si accueillante. À leur vue, la jeune maîtresse des lieux au regard triste avait fondu en larmes ; puis elle avait embrassé Éloïse avec des explications si confuses que celle-ci n'en saisissait pas un mot. Alors, la mine accablée, son mari avait raconté l'horreur.

— L'an dernier, le lendemain de votre passage, on a retrouvé le petit décapité, les membres dépecés. Notre singe, si familier, avait voulu imiter la servante qui venait de découper le lapin... Je l'ai tué d'un coup de fusil. Hélas, cela ne nous a pas rendu notre petit garçon.

Ensuite, comme son épouse, le pauvre homme n'avait pu retenir ses larmes.

À ce point de son récit, la vieille Catherine s'essuyait toujours les yeux. Après tant d'années, elle croyait entendre encore la voix d'Éloïse, sa belle-sœur, décédée depuis.

— Ah, Catherine, si tu les avais vus, ces malheureux parents ! Un si beau petit ! Donatien et moi étions si bouleversés, si impuissants devant leur douleur... Par la suite, nous les avons visités à chacun de nos passages et pleuré ensemble. Puis nous avons correspondu assidûment. Le ciel leur a envoyé une petite fille qui a redonné un sens à leur vie, heureusement !

Impressionnés, Flora et Vincent qui, depuis longtemps, connaissaient tous les détails de cette triste histoire, sentaient leur gorge se serrer de compassion. Un jour, la fillette avait demandé à sa grand-mère :

— Gabriel, il la connaît l'histoire du singe et du bébé ?

— Depuis belle lurette, oui ! Mais il n'aime pas en entendre parler. Il est jaloux, jaloux de son cousin Constant, le petit-fils de Donatien. Éloïse, enfin, avait eu un fils, Léger. Ses parents ayant fait fortune en Algérie, il a, après un beau mariage, ouvert un grand magasin de tissus à Clermont-Ferrand. Constant, son fils unique, pourrait s'il le voulait vivre de ses rentes, tu te rends compte ! Il seconde son père et c'est maintenant trois boutiques florissantes qu'ils possèdent dans la capitale de l'Auvergne. Mais l'argent ne fait pas forcément le bonheur. Constant est orphelin de mère depuis l'âge de douze ans... Ton frère aîné aimerait avoir un père qui ait mieux réussi. Il faut bien dire que Romain n'est guère entreprenant. En cela, il ressemble tout à fait à ton grand-père Antoine. Lorsque Gabriel prendra la suite, il n'aura qu'à se débrouiller mieux pour faire fructifier son commerce, voilà tout !

IV

Antoine Lacaze

DANS LES RÉCITS DE CATHERINE revenaient aussi les aventures d'autres Auvergnats partis prospecter vers l'Italie et jusqu'en Turquie.

Aux environs de 1858, trois frères de vingt-cinq à trente ans, originaires d'un village tout proche, s'étaient associés pour le colportage. Bientôt rejoints par deux beaux-frères, ils avaient allègrement franchi la frontière italienne et parcouru l'Europe du Sud.

Passant rapidement du métier de colporteurs à celui de toiliers, ils devinrent un jour sédentaires. Avec femme et enfants, ces Auvergnats de souche ouvrirent des commerces ici ou là. Pourtant, avant de se retrouver dans une belle aisance, ils avaient souffert mille maux.

L'aîné, chef de groupe, dirigeait les affaires communes, contrôlait, conseillait, « secouait » au besoin l'un ou l'autre pour le bien de tous. Aux dires des membres de leur famille dont ils faisaient la fierté, leur belle entente ne s'était jamais démentie. Tous avaient conscience, en effet, que l'union fait la force. Comme il fallait s'y attendre, leur éclatante réussite fit naître bien des jalousies. Quand les cinq hommes se séparèrent pour s'établir, deux s'installèrent en Italie, deux en Sicile, le dernier en Grèce.

Après des marchandises hétéroclites (textiles, pipes, couverts en étain, coutellerie...), ils s'étaient fait une spécialité, à côté de la toile et des tissus de toutes sortes, de la maroquinerie, cuirs, toisons d'agneaux et de chevreaux. De plus, légalement pour ne pas s'attirer d'ennuis avec la police, ils revendaient des armes déclarées aux frontières.

Au début du XXe siècle, d'Égliseneuve à Condat et Allanche, de Bagnols à Bort-les-Orgues et bien au-delà, leurs noms étaient encore connus : les Rigal et Fau, associés, qui n'étaient pourtant jamais rentrés au pays. Après un interminable périple au long des côtes de l'Adriatique, ils avaient enfin gagné la mer Noire. Puis, revenus sur leurs pas, chacun avait choisi sa résidence définitive.

Comme tout un chacun, Antoine Lacaze connaissait leurs aventures. Nés en 1850, à quelques années près, ces téméraires étaient ses contemporains. Lui, cependant, s'était contenté, comme l'avait fait son père, de visiter l'Ouest de la France. Maintes fois il avait contemplé l'Atlantique sans ressentir jamais le besoin d'aller se perdre en pays étranger. À l'en croire, loin de ses vertes montagnes, il respirait moins bien.

Plus déterminée encore, une famille de son village s'embarqua vers l'Amérique centrale. Alors âgé de quinze ans, Antoine la qualifia d'inconsciente. Deux frères, leurs épouses et leur progéniture « faisaient la route ». Ils descendirent vers le Venezuela et, longeant la côte, parcoururent une partie du Brésil. Rejoints par des compatriotes alléchés par leurs courriers enthousiastes, ces exilés volontaires achetaient ici pour revendre ailleurs. Toiles, linge de maison, tissus d'ameublement, robes, gilets, blouses, châles et autres vêtements, tout leur était bon. Ils calculaient leur bénéfice en respectant une marge très raisonnable qui leur avait acquis une importante clientèle.

L'aisance venant peu à peu, ils voguèrent jusqu'à la Martinique et la Guadeloupe. Si trois d'entre eux s'établirent dans les îles, l'un se retira assez jeune des affaires ; muni d'un magot respectable, il regagna l'Auvergne avec sa nombreuse famille. Il fut le premier à se faire bâtir en Cézallier une riche demeure avec tourelle et terrasses multiples. Par la suite, bien d'autres l'imitèrent. Ces petits châteaux modernes montraient à tous la richesse de ces toiliers dont l'humeur vagabonde et la ténacité avaient édifié l'exceptionnelle réussite.

Passionné par les récits de la grand-mère Catherine, le petit Vincent sollicitait sa sœur. Il lisait à peine et voulait voir sans cesse, sur le livre de géographie de Flora, la grande tache bleue de l'océan ; au-delà, c'était l'Amérique latine, ces pays et ces îles aux noms presque familiers à présent.

— Quand je serai grand, affirmait le petit garçon, j'irai moi aussi, tout seul, sans le père et sans Gabriel ! Et je vous rapporterai tout plein d'argent !

Naturellement, Catherine et Flora riaient de ces affirmations et le gamin boudait un peu.

— Vous verrez bien, disait-il, vous verrez bien... Je n'aurai pas peur, pas du tout !

Si Flora aimait entendre le récit de ces diverses épopées, tout cela demeurait dans son esprit un peu irréel. Et puis, elle était une fille, pas très concernée donc. À moins qu'elle n'épouse plus tard un toilier dévoré par l'appel de l'inconnu. Mais, pour le moment, elle ne pouvait pas savoir et cela ne l'inquiétait guère.

Aussitôt après leur mariage, en 1880, Antoine et Catherine avaient acquis un petit commerce en vente dans le bourg. Ainsi, on compléterait un peu les revenus de la famille. Malgré ses soixante-six ans, Benoît voyageait encore avec son fils. Il cesserait les périples hivernaux quatre ans plus tard.

Son épouse, Anaïs, et Marie, la sœur d'Antoine, prenaient soin du bétail de la ferme pendant la longue absence des deux hommes. Catherine se consacrerait plus particulièrement au commerce, bien que toute la famille vive sous le même toit.

Depuis un peu plus de deux ans, Marceau, le frère d'Antoine, avait gagné Paris. Là, il avait retrouvé Paul, le plus jeune frère de Catherine. Dans la capitale, celui-ci exerçait le métier de chiffonnier et marchand de peaux. Il achetait les dépouilles des lapins, lièvres, hermines, renards, blaireaux et revendait aux pelletiers toute cette « sauvagine » destinée à la confection de fourrures diverses.

Par la suite, Marceau épousa une jeune Parisienne, Constance, d'origine auvergnate elle aussi. Tandis que la jeune femme ouvrait un minuscule débit de boissons, son mari faisait commerce de charbon et de bois. Assisté de deux commis, couvert de poussière noire, il livrait les sacs pesants, grimpant les étages avec, sur le dos, une charge de cinquante kilogrammes.

— Je n'ai jamais compris, disait Antoine, réprobateur, que Marceau préfère toute cette saleté au commerce de la toile ! Il faut être un peu fou pour choisir de se casser le dos de la sorte. À quarante ans, il sera fini !

— Tais-toi donc, ordonnait sa sœur Marie, tu vas mettre des soucis dans la tête des parents !

— N'empêche, insistait Antoine, je n'arriverai jamais à comprendre ce qu'ils y trouvent, à leur Paris.

Marceau ressemblait à Paul Bruzac. Il connaissait trop, sans doute, les aléas du métier de toilier itinérant. Courir les routes n'était pas leur affaire à ces deux-là. Pourtant, contrairement à ce que pensait Antoine, un travail acharné devait les conduire l'un et l'autre à une réussite plutôt enviable.

Catherine, à l'époque, aurait bien voulu répondre à l'invitation de Paul. Voir Paris, rien qu'une fois, lui aurait infiniment plu. Mais elle doutait que son frileux de mari prenne un jour la décision de « monter » à la capitale. Les quelques mois d'été qu'Antoine passait au village, il n'éprouvait aucunement l'envie d'aller courir ailleurs, et c'était bien dommage.

Antoine avait de nombreux fournisseurs. Fidèlement, il effectuait presque toutes ses commandes auprès des grossistes qui avaient toujours approvisionné son père. De Lyon, il faisait venir toiles à matelas et couvertures. Du Nord et de Mulhouse, où des filatures mécaniques étaient nouvellement installées, arrivait une grande partie de la toile à draps.

Le reste serait acheté en cours de route, traditionnellement autour de Cholet.

Pour la clientèle moins argentée, il fallait acquérir des lots en solde. Des défauts dans la toile, des vêtements un peu démodés et les fournisseurs baissaient leurs prix. Plutôt que de manquer des ventes, les toiliers offraient aux maisons les plus modestes ces marchandises plus abordables.

Sans oser le lui dire, Antoine, lors de ses premières tournées, désapprouvait certains aspects du commerce de son père. Comme la plupart de ses collègues, Benoît Lacaze proposait le crédit à ses clients dès que la commande paraissait assez conséquente. Il demandait une partie de la somme due ; le reste du paiement interviendrait l'année suivante, à son prochain passage. Pour les très grosses commandes, il accordait jusqu'à vingt-quatre mois de délai avant de se voir régler le solde.

— C'est à cette condition seulement, expliquait-il à son fils, que nous garderons cette clientèle-là. Il faut s'adapter. Sinon, les clients nous quitteront pour se tourner vers les collègues qui accordent le crédit.

Antoine le comprenait, certes, mais il restait soucieux. Et si, pour une raison ou pour une autre, son père et lui devaient brusquement cesser leur négoce, l'argent serait définitivement perdu... Ou, si au prochain passage, un de leurs débiteurs avait déménagé, comment le retrouver pour récupérer son dû ?

Pourtant, lorsqu'il eut gagné son indépendance, il avait depuis longtemps compris que le crédit était incontournable. De même, la majorité de ses fournisseurs acceptaient soit des règlements par mensualités, soit des délais de paiement à plus ou moins longue échéance. Ainsi, les comptes s'équilibraient et les affaires n'en pâtissaient pas.

Son père à la retraite, Antoine avait engagé un commis, tout en regrettant la défection de son jeune frère. Marceau, il le savait, ne quitterait plus la grande ville.

Mais lorsque, la voiture chargée et bâchée, Antoine faisait claquer son fouet devant la famille rassemblée sur le seuil, il éprouvait toujours un pincement au cœur. Presque huit mois d'absence… Tant de choses pouvaient advenir durant une aussi longue période… À cet instant-là, il enviait presque Marceau, sédentaire à Paris, entouré des siens. Mais l'appel de la route était le plus fort, son commerce lui manquerait trop s'il l'abandonnait.

De son côté, Catherine allait compter les semaines jusqu'au retour de son mari. Elle n'était certes pas du genre à se morfondre et à se torturer l'esprit, mais tout de même… Un accident, une maladie, une femme rouée pouvaient tout à fait lui enlever Antoine. Au fil des ans, l'habitude prise, elle y songeait moins. Enfant, elle avait toujours vu partir son père. L'éloignement de son mari était une nécessité ; alors, comme tant d'autres, elle s'inclinait.

Certains jours d'hiver, lugubres et déprimants, elle s'interrogeait : qu'adviendrait-il si Antoine ne revenait pas ? Romain était encore petit garçon, ses beaux-parents affaiblis par l'âge. Devrait-elle vendre la petite ferme et vivre avec son fils des revenus de son piètre commerce ? Ou bien, comme la pauvre Albertine de Chantereine, lui faudrait-il courir de hameau en hameau, une machine à coudre à manivelle sur l'épaule ?

La malheureuse avait trois enfants en bas âge quand le mulet de son mari, effrayé par un chien hargneux, avait jeté à terre la charrette et son contenu. Après des semaines de souffrance, le pauvre homme était resté paralysé. Il ne fallait plus songer à reprendre la route. Des collègues avaient racheté le stock de toile pour aider un peu cette famille si éprouvée. Puis Albertine s'était armée de courage ; elle achetait à un voisin toilier des marchandises qu'elle revendait sur les marchés des environs.

Les jours creux, son mari et ses enfants confiés à sa vieille mère, elle exerçait le métier, alors très répandu, de couturière à domicile. Dès l'aube, par tous les temps, elle courait les chemins pour rentrer chez elle chaque soir, fourbue de longues marches et de labeur intense.

Malgré son dénuement, Albertine avait sa fierté. Des voisins compatissants cultivaient pour elle un potager et un petit champ de pommes de terre. Elle les payait en nature : des légumes, une volaille, quelques mètres de tissu… Elle ne voulait rien devoir à personne.

En songeant à cette femme, Catherine se disait que bien souvent la chance tourne, et pas forcément du bon côté. À l'image de toutes les épouses de toiliers ambulants, elle n'était pas à l'abri du malheur.

Enfin, la première lettre d'Antoine arrivait. Certes courte et plutôt laconique, elle rassurait sa femme et ses parents :

« Nous voici à la première étape importante. Demain, nous prendrons la direction de Cholet. La santé est bonne, j'espère qu'il en est de même pour vous tous. Les Bonnal et les Fournier, ainsi que les Tardieu de l'auberge de M… envoient le bonjour au père et lui recommandent de se ménager. Justine Bonnal m'a acheté tout le trousseau de sa fille aînée qui va se marier en avril prochain. J'ai cru bon de lui abandonner en cadeau six serviettes de toilette "nid-d'abeilles".

Je ne vois plus grand-chose d'autre à vous dire pour le moment. J'espère que Romain est obéissant et qu'il apprend bien à l'école. Catherine, écris-moi à l'hôtel des Trois Épis à V… comme de coutume. Recevez mes bonnes pensées et mon affection. »

Antoine

Le soir même, Catherine prenait la plume.

« Ta lettre du… est bien arrivée. Nous sommes contents d'apprendre que cette nouvelle saison de vente s'annonce bien. La mère de Léon me demande de donner le bonjour à son fils, elle espère que ton commis donne satisfaction et apprend facilement le métier.

Tes parents et ta sœur vont bien, moi aussi. Romain va à l'école sans rechigner, le maître est content de lui. Il t'embrasse ainsi que nous tous. J'allais oublier : avant-hier, nous avons enterré la vieille Mariette Lachaud, la pauvre était tombée en enfance. Ses enfants étaient venus de Mauriac, ils vont mettre la maison en vente. Reçois nos meilleures pensées, le bonjour à Léon.

Ta femme, Catherine

P.-S. Je joins à ma lettre un courrier de M. Gendraud, grossiste à Lyon. Tu me diras si je dois me charger de lui faire réponse. »

Au cours de ses voyages, il arrivait à Antoine de succomber à la tentation. Ces aventures d'un soir, passagères et très rares en réalité, ne tiraient pas à conséquence. Il fallait surtout rester discret, se cacher de son père et, à présent, du jeune commis. Antoine se demandait parfois si son père, en son temps… Il y avait des chances évidemment. L'éloignement de leur foyer était une épreuve pour les hommes encore jeunes ; une passade est vite oubliée. L'essentiel, c'était que leur épouse n'en sache rien. Et, naturellement, il aimait Catherine et elle seule. Les quelques « coups de canif dans le contrat » ne changeaient rien à ses sentiments.

Au contraire de son patron, Léon, célibataire, ne cachait pas trop ses liaisons éphémères. Il courtisait une servante d'auberge sans parvenir toujours à ses fins, surtout lorsque l'étape ne durait guère plus de deux ou trois jours. Pourtant, comme Antoine le lui avait recommandé, il était assez prudent pour ne pas devenir la cible des commérages. Le négoce, sait-on jamais, pourrait en souffrir. Autant ne pas perdre la face auprès de la clientèle.

Les toiliers se devaient de rester des gens honorables. Toujours correctement vêtus, ils ne souffraient pas la comparaison avec les misérables loqueteux qui, de porte en porte, exerçaient des petits métiers ambulants. Dans les riches domaines, les maisons importantes, ils faisaient bonne impression et, par leur tenue, inspiraient confiance. La prospérité de leur commerce était à ce prix.

À cette époque, on avait un grand besoin de toile dans les campagnes. Les familles étaient nombreuses, de même les draps pour les lits. On faisait les grandes lessives au printemps seulement ; aussi la réserve de linge devait être importante dans les grandes armoires. De plus, les filles des familles aisées se voyaient dotées d'un trousseau conséquent. Les diverses garnitures, la dentelle surtout, étaient très prisées. Il était bon de proposer, à côté de la toile à draps et à torchons, les tissus plus fins destinés à la lingerie des futures épousées : chemises, caracos, jupons, longues culottes appelées alors « pantalons de dames ».

La majorité des clients réglaient alors leurs achats par lettres de change. Antoine devait bien accepter cette forme de paiement. D'une année à l'autre, il voyait vieillir ses clients, les enfants se marier, les petits-enfants naître... S'intéressant à tous et à toutes, il demandait des nouvelles de ceux qui avaient quitté la maison, des garçons « partis gendres », des filles qui avaient suivi leur mari.

Cet intérêt le servait. On le voyait revenir avec plaisir, comme son père avant lui, et on lui gardait fidèlement les commandes ; les ménagères appréciaient ses conseils en matière de choix des tissus, de mode aussi. S'il n'était pas un passionné de la profession, Antoine l'exerçait consciencieusement, assez pour qu'une certaine complicité s'établisse entre lui et sa clientèle.

Bien qu'ils ne les connaissent pas, les clients ne manquaient jamais de s'enquérir de la santé de l'épouse et du fils du négociant. Certains, même, donnaient pour eux à Antoine de menus cadeaux. Plus que de confiance, il s'agissait d'amitié.

Économisant sou à sou, le jeune toilier espérait que, le moment venu, Romain prendrait sa succession. C'est en pensant à lui surtout qu'il fidélisait la clientèle. Son rêve était de voir partir son fils avec deux voitures pleines à ras bord des plus belles marchandises. Il aurait trois commis au moins et le plus âgé serait responsable d'un véhicule. Romain, alors, pourrait sans peine doubler les bénéfices.

Pourvu qu'il ne soit pas attiré vers Paris, comme ses oncles ! Il faudrait qu'il en parle à Catherine, le petit grandissait. S'il se mettait de telles idées en tête, sa mère saurait l'en dissuader. Antoine n'accepterait jamais de voir son fils unique abandonner le négoce de la toile. Il lui semblait que si, par malheur, tel était le cas, les ancêtres Lacaze se retourneraient dans leur tombe.

V

Le départ

LE 23 SEPTEMBRE 1932, romain et son fils aîné allaient repartir sur les routes, une fois encore. La veille, les deux hommes aidés de Vincent qui dissimulait de son mieux sa déception, avaient chargé le grand coffre de la voiture. Les rouleaux de toile et de tissus étaient entassés en bon ordre, soigneusement emballés et étiquetés par les soins de Gabriel.

À l'intérieur du véhicule, derrière le banc où les hommes prendraient place, on chargea deux petites malles contenant les effets personnels du père et du fils. Dessous, Gabriel avait placé une longue boîte de bois verni. On y trouvait embrasses de rideaux, glands, tresses, cordons, applications brodées pour coussins et têtières, galons cache-points en perles de jais ou pailletés sur tulle… Toute cette passementerie, que Romain faisait venir de Saint-Étienne, était protégée par du papier de soie replié soigneusement dessus et dessous. À l'intérieur du couvercle était épinglée une liste de ces petites marchandises avec les quantités et les prix.

Depuis peu, à côté de ces garnitures d'ameublement, Romain avait compliqué la comptabilité en proposant de la passementerie pour vêtements de dames : manchettes, résilles, rubans, franges perlées, boutons de soie brodés, ganses, cols et poignets de dentelle. Les châles, peu à peu, s'étaient démodés.

Mais le toilier vendait nombre d'accessoires pour les deuils : brassards, voiles à chapeau, carrés de soie, dentelles noires et gants de filet. Son père n'avait jamais voulu se lancer dans la vente de ces petits articles disparates.

— Tout ça, c'est bon pour les bourgeoises ! Ma clientèle n'a que faire de ces fanfreluches !

Romain n'était pas de cet avis. Les ménagères les mieux nanties cherchaient, justement, à imiter les bourgeoises ; aussi ces petites marchandises, pourtant assez onéreuses, trouvaient-elles facilement preneur.

Malgré la grande contenance du coffre, les marchandises emportées seraient loin de suffire à toute la campagne. Romain avait donc l'habitude de se faire livrer dans quelques villes, tout au long de son parcours hivernal. Pour effectuer les commandes, il devait s'y prendre longtemps à l'avance, mais alors il était certain de trouver, à l'hôtel de son choix, toiles assorties, métis ou pur lin, étoffe damassée pour les nappes venues d'Amiens ou de Lyon, percale, satinette, panne de velours... bref une grande variété de fournitures susceptibles de satisfaire toutes les demandes.

Contrairement à l'ancienne voiture, sorte de grand cabriolet à deux roues, la dernière acquisition de Romain en comptait quatre : deux à l'avant et deux autres, beaucoup plus hautes, à l'arrière. Lourdement chargé, le véhicule ainsi équipé se révélait beaucoup plus stable. Une grande capote de bâche huilée, munie tout autour d'un large rabat, protégeait efficacement les voyageurs par mauvais temps. Au niveau des jambes, à droite comme à gauche, un soufflet repliable à volonté s'agrafait au bas de caisse. Grâce à lui, les pluies ne s'infiltraient pas. Enfin, au plus fort de l'hiver, on étalait sur les genoux une épaisse couverture de laine doublée de peau de mouton ; par grande humidité, on la recouvrait d'une toile imperméable.

Parés pour le froid, Romain et son aîné éprouvaient chaque automne la même excitation à l'idée du long voyage imminent.

« Le père peut être tranquille, se disait Gabriel. Si Vincent, plus tard, choisit une autre voie, moi j'assurerai la relève ! »

À l'approche de ce départ, Victoire, toujours, se sentait triste. Mais elle se gardait bien de le montrer ; son lot était celui de tellement d'épouses de la région... Lors de son mariage avec Romain, de sept ans son aîné, elle savait à quoi s'en tenir.

Depuis longtemps déjà, il voyageait pour la toile avec son père. La jeune femme avait tout juste vingt ans ; elle s'était toujours bien entendue avec les parents de Romain, bien qu'Antoine ait un peu trop tendance à se mêler des affaires du jeune couple. Sans faire preuve de faiblesse, Victoire s'adapta très vite à une vie différente. Dans sa famille, aucun toilier. Son grand-père, puis son père, avaient exercé au village le métier de maréchal-ferrant. Victoire connaissait donc les Lacaze depuis sa petite enfance et savait tout de leur mode de vie.

Georgette, sa sœur aînée, encore célibataire, était modiste dans un village voisin ; le père vivait avec elle depuis sa retraite. Entre les deux familles, les relations étaient bonnes. Les jours de fête, on s'invitait. Georgette adorait ses trois neveux et, à en croire Romain, les gâtait un peu trop.

Contrairement à Victoire, la modiste possédait une corpulence imposante. Toujours gaie, excessivement bavarde, elle plaisait à la clientèle. Pleins de fantaisie, les modèles qu'elle créait lui amenaient des pratiques de tous les environs.

— Ma tante, avait coutume de dire Flora, est tout le contraire d'une vieille fille, souvent grincheuse et désagréable. Et personne ne s'en plaint.

Catherine approuvait sans réserve. Georgette, heureusement, n'était pas de ces grenouilles de bénitier à la langue pointue comme on en rencontre si souvent, dans les villages surtout. Franche comme l'or ! Avec elle, on savait toujours à quoi s'en tenir.

Beaucoup plus réservée que sa sœur, Victoire « menait sa barque » tranquillement, sans se départir d'un sourire aimable, tant avec ses clients qu'au sein de sa belle-famille. Dans ses yeux gris, on pouvait lire la bienveillance et aussi une certaine fermeté. Une raie partageait en deux bandeaux ses beaux cheveux châtains ; ils retombaient souplement sur son cou en une torsade lâche. Au magasin, elle était toujours nette, soignée, dans ses blouses bleu clair ou blanches.

Ses mains expertes maniaient rapidement le petit couloir de métal ; dans des sacs de papier fort, elle versait les grains de café, le sucre semoule, les légumes secs. Les produits d'épicerie étaient disposés en bon ordre à droite et dans le fond de sa boutique, sur des rayonnages toujours vierges de poussière.

À gauche se superposaient de longs tiroirs étroits à poignées de cuivre. Là se trouvait la mercerie : rouleaux d'extra-fort et de rubans multicolores de différentes largeurs, gros-grain pour les ceintures, fils et aiguilles à coudre et à broder, fusettes, boutons rangés par coloris, fermetures Éclair, aiguilles à tricoter, œufs de bois verni pour les reprises, dés, ciseaux de couturière...

Des tiroirs plus profonds renfermaient une grande variété de pelotes de laine et de grosses bobines de coton à crocheter. Les clientes appréciaient ce grand choix de marchandises destinées aux « ouvrages de dames » en tout genre.

Victoire aimait son commerce ; le répertoire des articles en magasin et les livres de comptes étaient tenus de façon irréprochable. Contrairement à la plupart des boutiques de village, on ne respirait pas ici cette inévitable odeur de renfermé un peu incommodante. Seul le parfum piquant des épices chatouillait agréablement les narines des arrivants.

Avant de toucher laine ou rubans délicats, Victoire se lavait toujours les mains. Un petit comptoir était réservé aux produits de mercerie ; Flora avait l'ordre de n'y déposer rien d'autre.

Chaque matin, avant l'ouverture, les deux femmes époussetaient soigneusement les rayonnages, les boîtes multiples, les grands bocaux de verre. Les plateaux de la balance brillaient comme de l'or. Le soir, alors que Victoire se chargeait de la préparation du dîner, Flora balayait la boutique ; tous les deux jours, et quotidiennement l'hiver, on javellisait le plancher. Flora n'avait jamais rechigné à seconder sa mère. C'était d'ailleurs le lot de toutes les filles de commerçants dès leur plus jeune âge.

Victoire se disait souvent que, sans son commerce, l'absence de Romain et de Gabriel lui aurait été insupportable. Ainsi allait sa vie, d'une saison à l'autre. Flora venait d'avoir dix-huit ans, peut-être la quitterait-elle bientôt. Mieux valait ne pas penser à l'avenir, à la vieillesse inexorable. Comme l'affirmait souvent sa belle-mère : à chaque jour suffit sa peine ! Anticiper ne mène à rien.

*

* *

Ce 22 septembre, il était midi et la famille s'apprêtait à passer à table. Flora avait disposé le couvert ; au cours du repas, elle ou sa mère se dérangerait plusieurs fois pour répondre au tintement impératif de la sonnette. Le magasin était mitoyen de la grande cuisine et, sauf le dimanche après-midi, toujours ouvert à la clientèle.

Romain et Gabriel s'installèrent, déplièrent leur large serviette. Catherine prit place près de son fils, Flora en face d'elle. Tandis que Victoire posait au centre de la table le plat de pommes de terre au four garni d'un gros rôti de porc, Romain fronça les sourcils en voyant la chaise vide de Vincent.

— Où est passé ton frère ? demanda-t-il en se tournant vers sa fille.

Flora allait répondre qu'elle l'ignorait quand le garçon entra en coup de vent, essoufflé, les pommettes rouges, l'œil brillant d'excitation. Avant que son père n'ait pu lui reprocher son retard, il tira sa chaise en s'exclamant :

— Les Ménétrol, vous savez quoi ? Ils ont une nouvelle automobile, plus grosse que l'autre encore ! Je connais pas la marque, mais elle doit coûter cher, sûr ! On vient de la leur livrer, il y a un monde fou devant chez eux. Ils partiront dans dix jours et, à ce qu'on dit, cette fois l'Amandine part avec eux. Ils seront à deux voitures, Bastien avec le commis, Gildas avec sa femme…

On avait écouté Vincent sans l'interrompre. Autour de la table, la gêne s'installait. Enfin, Catherine rompit le silence pour demander dans la stupeur générale :

— Et le frère d'Amandine, le Justin, c'est vrai qu'il se retire des affaires ?

— Ben, les gens disent que oui. Il paraît qu'il cède sa part à son neveu, vu qu'il n'a pas d'enfants. Devant le café Lavergne, tout le monde parlait que de ça et…

— Qu'est-ce qui t'a pris d'aller traîner là-bas ? jeta sévèrement Romain. Je te l'ai assez interdit pourtant !

Devant la mine sombre de son père, le garçon baissa le nez vers son assiette. Le grand couteau à découper à la main, Romain était visiblement furieux. L'adolescent se reprochait en vain d'avoir parlé sans réfléchir. Pourtant, il le savait bien que, chez les Lacaze, on ne devait pas prononcer le nom des Ménétrol. Mais la nouvelle était tellement inattendue qu'il avait oublié la haine ancestrale entre les deux familles. Penaud, il retourna machinalement sa tranche de viande et commença à couper des petits morceaux.

Malgré son envie, Victoire n'osait pas prendre la défense de Vincent. Romain lui reprochait de trop le gâter ; sans doute avait-il raison. L'air contrarié, la vieille Catherine hocha la tête avant de reprendre la parole :

— Rien d'étonnant que le Gildas ait les moyens d'acheter une autre automobile ! fit-elle d'un ton plein d'amère ironie. Ce diable-là a gagné assez d'argent, et pas toujours de manière très honnête à mon avis. Un marchand estimable aurait-il de quoi payer la superbe maison qu'il fait bâtir à Grignat ? Est-ce que nous pourrions nous offrir un petit château à tourelle, nous ? Et pourtant les hommes de la famille ont toujours travaillé autant que ces fichus Ménétrol !

Catherine fixait son fils ; visiblement, elle attendait une approbation qui ne vint pas. Romain reposa le grand couteau et s'abstint de répondre, au grand dépit de sa mère. Les yeux fixés sur leur assiette, les autres convives mangeaient en silence. Alors la vieille femme haussa les épaules et saisit sa fourchette.

Flora avait du mal à avaler. Elle se sentait de glace et son cœur tapait si fort que tout le monde devait entendre ses battements désordonnés. Si son père apprenait, il la tuerait, c'était sûr ! Mais elle n'avait parlé à personne ; qui pouvait se douter qu'un seul regard de Bastien Ménétrol l'avait conquise, au printemps dernier ? La jeune fille s'incita au calme et, pour donner le change, commença à manger le plus naturellement du monde.

Au bout d'un moment, elle glissa un regard vers son frère aîné. Les mâchoires crispées, Gabriel faisait de visibles efforts pour ne pas lancer quelque réflexion méchante à l'égard de leurs ennemis jurés.

« Ceux-là, songeait le jeune homme, je leur ferai voir quand je serai patron ! Je leur montrerai que, moi aussi, je peux acquérir maison et automobile ! »

Au fond de lui, pourtant, il doutait de pouvoir jamais égaler la fortune de Bastien Ménétrol. Alors il en voulut à son père, à son grand-père qui, selon lui, avaient manqué d'audace pour développer leur négoce. Et si Catherine n'en disait rien, son opinion rejoignait là-dessus celle de son petit-fils.

Les Ménétrol avaient acheté leur première automobile six années plus tôt. Auparavant, ils voyageaient avec deux voitures à cheval. Dans l'une, Gildas et un commis, dans l'autre, son beau-frère Justin, associé, et le second commis. De la sorte, pensait avec raison Gabriel, on pouvait visiter deux fois plus de clients et doubler les bénéfices. Les Lacaze ne pouvaient pas s'aligner, comme on dit. À la place de son père, il n'aurait pas hésité à emprunter pour acquérir une seconde voiture. Oui, mais il n'y était pas encore à la place de Romain. D'ici là, il devait prendre patience. La jalousie qu'il éprouvait, bien proche de la haine, lui gâchait le plaisir de partir une nouvelle fois en tournée.

Le repas terminé, chacun partit vers ses occupations. La vaisselle lavée et rangée, Flora entrouvrit la porte donnant sur le magasin.

— Maman, je reviens de suite ! dit-elle.

— Ne tarde pas trop, dit Victoire sans lever les yeux, je commence à déballer les cartons de mercerie arrivés ce matin et j'aurai besoin de toi pour les rangements.

— Je vais jusqu'à la ferme voir si grand-mère n'a pas besoin de moi et je reviens.

Ce n'était qu'un prétexte pour se retrouver seule un moment. Catherine, elle le savait, préparait la pâtée de son et d'orties hachées pour les volailles ; voilà une tâche qui ne demandait aucune aide. Flora passa rapidement devant la remise où son père et ses frères s'affairaient autour de la voiture et gagna le verger. Dans le pré voisin de l'étable, Fripon, le cheval bai, secouait sa longue crinière pour chasser les mouches. Bientôt, Gabriel viendrait le chercher pour un grand toilettage.

Avec un soupir, Flora se laissa tomber sur le gros tronc d'arbre couché. D'une main impatiente, elle rejeta une mèche blonde retombant sur ses yeux. Si elle l'avait osé, c'est à l'autre bout du village qu'elle aurait porté ses pas. Apercevoir Bastien, une minute seulement... Il n'en était pas question. Vincent avait assez irrité leur père, elle ne pouvait risquer d'être vue près de la demeure des Ménétrol. Au village, quelque commère se tenait toujours embusquée derrière ses rideaux ; très vite alors, les faits et gestes de tout un chacun étaient connus de tous les habitants.

Une fois encore, elle repoussa avec impatience ses cheveux qu'elle portait mi-longs ; légèrement bouclés, châtains très clairs, ils encadraient joliment un fin visage régulier. Son regard vert, un peu changeant selon la luminosité, direct et hardi, rappelait celui de sa grand-mère. De l'avis de tous, leur ressemblance était évidente. Leur caractère aussi était semblable : même volonté farouche, même obstination, même vivacité dans les gestes et la parole.

Flora se prit soudain à regretter son insouciance passée. Jamais, lui semblait-il, elle ne pourrait rire à nouveau avec ses amies, plaisanter de tout et de rien, railler les garçons trop timides, être heureuse enfin. Une seule alternative à son mal-être : chasser Bastien de ses pensées. Mais elle s'y employait en vain depuis mai dernier. Aimer quelqu'un d'autre, là serait son salut. Malgré cette résolution, une petite voix narquoise murmurait, tout au fond d'elle-même, que ce serait impossible. Furieuse, elle se leva d'un bond pour aller rejoindre sa mère. Avant d'atteindre la maison, elle avait résolu d'accorder toute son attention à Francis Clavérol, le bel étudiant qui lui faisait les yeux doux. En se forçant un peu, peut-être parviendrait-elle à s'attacher à lui...

Il n'était qu'un peu plus de 6 heures, le lendemain, quand Romain et ses fils entreprirent d'atteler Fripon à la voiture lourdement chargée. Le cheval piaffait, et ses fers résonnaient sur le pavé de la cour ; lui aussi, certainement, aimait courir les routes et son long repos estival devait lui peser. Il sentait l'imminence du départ et manifestait son impatience.

— Tout doux, mon beau, dit Romain en lui flattant l'encolure. Calme, calme ! On y va !

Les deux hommes avaient revêtu chemise blanche à col cassé, gilet croisé et costume de drap noir. Autour de leur cou, ils avaient noué une cravate foncée ; lustrés à la brosse, leurs souliers noirs reluisaient. Gabriel avait abandonné la casquette de ses débuts. Comme son père, il arborait maintenant un feutre noir de bourgeois. Ces effets de toilette faisaient bonne impression sur la clientèle. Une tenue correcte, sobre mais cossue, était de rigueur. Ainsi, on « marquait » bien et c'était important. Les clients potentiels n'hésitaient pas à accorder leur confiance à des négociants aussi bien vêtus.

Romain croyait encore entendre son père :

— Si on présente bien, les gens nous considèrent. C'est là le premier de nos impératifs...

Le temps des adieux était venu. Romain et sa femme s'embrassèrent pudiquement sur les deux joues tandis que Victoire, un peu trop pâle, demandait :

— Tu écriras vite, n'est-ce pas ?

Romain étreignit ensuite sa mère et sa fille, donna l'accolade à Vincent qui boudait.

— Veille bien sur elles ! recommanda le père avec un semblant de sourire sous son épaisse moustache bien lissée.

L'adolescent acquiesça d'un signe de tête ; il en voulait toujours à son père de le laisser là avec les femmes. Pourtant il ressentit quelque fierté puérile : la réflexion de Romain montrait qu'il le considérait comme l'homme de la maison le temps de son absence.

À son tour, Gabriel embrassa les trois femmes, debout l'une près de l'autre. Il donna une légère bourrade dans le dos de Vincent.

— Allons, frérot, ne fais pas la tête ! Dans un an sans doute, tu partiras, toi aussi. En attendant, tu as charge d'âmes, n'oublie pas !

Le jeune homme sauta dans la voiture à côté de son père déjà installé. Romain saisit les rênes, fit claquer légèrement le fouet et Fripon partit au pas. Ceux qui restaient regardèrent un moment s'éloigner la voiture. Les yeux pleins de larmes, la vieille Catherine murmura :

— Dieu vous protège ! Et que je sois encore là pour vous accueillir au retour...

Flora lui prit la main et la serra avec affection. Déjà, Catherine s'était reprise et montrait un visage de marbre. Alors la jeune fille glissa son bras sous celui de sa mère. Dans les yeux de Victoire aussi brillaient des larmes qu'elle retenait à grand-peine. Flora déposa un baiser léger sur sa joue et les trois femmes regagnèrent la maison. Vincent les avait précédées ; sans doute s'était-il isolé pour ravaler sa rancœur.

Des mois durant, le temps serait comme suspendu, rempli d'attente inexprimée. Nul ne se plaindrait ; chez les Lacaze, plus que chez d'autres peut-être, montrer ses sentiments c'était faire preuve de faiblesse. Alors, on « prenait sur soi », attendant sans l'avouer la première lettre des absents.

VI

Flora

JUSQU'À SA DOUZIÈME ANNÉE, Flora, comme la majorité des enfants, s'imaginait que tout, autour d'elle, serait immuable. Les gens, les choses, ne changeraient pas, c'était une certitude ; le village et ses habitants resteraient toujours semblables à ce qu'elle connaissait. Un peu comme dans les contes où une fée, parfois un enchanteur, figeait bêtes et gens d'un coup de baguette magique dans un présent éternel.

Flora avait à peine connu ses deux grands-pères et ne gardait d'eux qu'un très vague souvenir. Pour elle, la mort était quelque chose de très confus qui ne la concernait pas. La mère de Victoire, décédée avant la naissance de la fillette, lui paraissait une aïeule aussi lointaine que les ancêtres colporteurs. Certes, au village il y avait des enterrements, au sein de familles très connues parfois. Il s'agissait en général de personnes âgées ; dans l'esprit de l'enfant, c'était simplement là une échéance inéluctable, et seulement pour les autres.

Catherine aurait toujours la même apparence, avec ses mains un peu noueuses, son chignon gris, ses tabliers noirs et ses longs châles faits au crochet. Victoire s'agiterait sans fin devant les rayonnages de sa boutique, toujours efficace, impeccable, inchangée. Son petit frère, elle ne l'imaginait pas jeune homme, adulte encore moins. Elle n'avait pas conscience non plus que Gabriel, peu à peu, devenait un homme à l'égal de leur père. Quant aux bêtes qu'elle aimait, aucune jamais ne délaisserait la maison. La chienne qui menait le modeste troupeau, les deux chats, Fripon le cheval bai survivraient indéfiniment.

Flora avait un peu plus de huit ans lorsqu'on les éloigna, elle et le petit Vincent. Par une indiscrétion de la tante Georgette qui les hébergea quelques jours, la fillette apprit que sa mère « venait de perdre un bébé à la naissance, une petite fille, la pauvre ! qui n'avait pas même respiré le temps de recevoir le baptême ». Jusque-là, rien dans l'attitude des adultes n'avait laissé prévoir semblable événement. Au retour des enfants, chacun était à sa place et la vie avait continué comme avant.

Flora pressentait ces mystères, domaine réservé aux adultes où elle ne pénétrait pas. Mais ses propres préoccupations l'empêchaient, alors, d'approfondir ce genre de secret.

Elle avait dix ans lorsque la vieille chatte grise lui apparut un matin toute raidie, les yeux clos, le menton sur ses pattes croisées. Catherine survint, chassa la petite et, dès lors, la chatte ne réapparut jamais.

— Elle a dû se perdre, affirma la grand-mère quand Flora, inquiète, posa un flot de questions. Ou alors elle a trouvé une maison qui lui a mieux convenu…

Cette supposition, Flora refusait énergiquement de la croire. Jamais la chatte ne se serait installée ailleurs ; ici, c'était chez elle depuis qu'elle n'était qu'une minuscule pelote de poils couleur de fumée. Le cœur serré, la fillette avait longuement contemplé le chat tigré couché sur une pile de sacs vides. Mais elle eut beau fixer intensément le regard doré du matou, celui-ci restait insondable.

— Tu le sais toi, bien sûr, où est passée la pauvre Grisette, c'était ta mère quand même !

Malgré de nombreuses caresses, le gros chat ronronnant ne livra aucun secret, et pour cause. Très vite, une petite chatte noire au front étoilé de blanc vint remplacer la disparue. Flora lui donna toute sa tendresse, et le souvenir de Grisette s'estompa peu à peu.

Au fur et à mesure qu'elle grandissait, grâce à des compagnes bien souvent, Flora découvrit la clé de quelques mystères : l'amour, la naissance... En même temps, le spectacle des animaux familiers enrichissait quelque peu ses notions de la vie. Mais, la plupart du temps, des affirmations erronées circulaient au sein du groupe d'adolescentes qui prétendaient initier les plus jeunes. Curieuse mais déterminée, Flora comprenait d'instinct que leurs conclusions, souvent contradictoires, restaient à vérifier... si possible. Mais, bien plus que ces sujets interdits qui faisaient pouffer les gamines, Flora se préoccupait surtout de percer à jour une énigme familiale : pourquoi le nom des Ménétrol faisait-il entrer son père dans des colères homériques ? La grand-mère, elle aussi, interdisait que l'on prononce ce nom. Si bien que la fillette et ses frères se gardaient bien de l'évoquer. Se promener autour de la maison de ces riches toiliers, à la sortie du village sur la route de Grignat, était également défendu. Interrogée, Victoire avait simplement répondu :

— Ne contrariez pas votre père, ni votre grand-mère, obéissez, c'est tout !

Bastien Ménétrol avait exactement l'âge de Gabriel. Lors de leur communion solennelle – Flora avait huit ans – Romain avait refusé de prendre place derrière cette famille dans l'église où se déroulait la cérémonie. Côte à côte, les communiants ne se regardaient pas. Nul d'ailleurs ne s'en étonnait ; dans le village et tous les alentours, une brouille notoire perdurait depuis trois générations, depuis que Jérôme Lacaze et Adrien Ménétrol s'étaient empoignés un soir dans une auberge. Le pourquoi de ce différend, nul aujourd'hui n'aurait su le dire. Il se murmurait qu'il s'agissait d'une affaire d'honneur.

Un siècle plus tôt, l'histoire aurait pu donner lieu à un duel. À présent, elle était beaucoup trop ancienne, les témoins avaient depuis longtemps disparu. Seuls se répétaient des faits plus qu'incertains au fil des décennies. On ne savait plus les raisons exactes de cette vieille haine. Les deux familles en cause connaissaient-elles seulement l'origine de la querelle ? On était en droit d'en douter...

De temps à autre, Flora s'interrogeait. Dans les commerces, elle apercevait parfois Amandine Ménétrol, la mère de Bastien. C'était une femme souriante, toujours vêtue avec une élégance un peu déplacée dans ce bourg éloigné de la grande ville. Grâce aux revenus de son mari, Amandine n'avait nul besoin de travailler. Elle demeurait dans sa belle maison avec sa belle-mère et son fils. Au lieu de se salir les mains, elle employait un journalier ; il bêchait et cultivait le potager, taillait les arbres du verger, s'occupait aux petits travaux d'entretien.

Bastien parti avec son père l'année de ses vingt ans, les deux femmes passaient l'hiver bien au chaud. Amandine recevait beaucoup. À chacune de leurs rencontres, Flora devait reconnaître que Mme Ménétrol ne lui faisait jamais mauvaise figure, au contraire. Par contre, s'il lui arrivait de croiser Gildas, son mari, il la toisait d'un regard hostile qui la faisait fuir au plus vite.

Le matin de ses treize ans, l'adolescente n'y tint plus. La veille, Amandine lui avait dit avec la plus grande gentillesse :

— Comme tu as grandi, Flora ! Te voilà presque une jeune fille à présent !

Puis elle avait continué son chemin après un petit geste d'adieu. Figée par la surprise, Flora s'était dit :

« La mère de Bastien ne semble pas partager l'opinion de son mari. Les vieilles histoires de sa belle-famille et des miens ne l'intéressent sans doute pas. Elle a peut-être bien raison… »

Elle voulut donc rapporter cet incident à sa grand-mère. Mal lui en prit. Sitôt le nom de Ménétrol prononcé, Catherine laissa éclater son indignation :

— Tu parles à cette femme, malheureuse ! Fasse le ciel que ton père ne l'apprenne pas ! Comment faut-il te l'interdire, à la fin ? En t'enfermant ou quoi ?

Interdite d'une réaction aussi véhémente, Flora voulut se défendre.

— Je ne parle pas à cette femme, comme tu dis ! lança-t-elle en haussant le ton. C'est elle qui m'a parlé, qu'est-ce que j'y peux ? Je l'ai croisée dans la rue, ce n'est tout de même pas interdit. Les rues sont à moi aussi bien qu'à elle !

Jamais Flora n'avait usé de ce ton pour s'adresser à sa grand-mère. Aussi s'attendait-elle à une verte réprimande. Au contraire, Catherine se radoucit.

— Oui, bien sûr, on ne peut pas toujours s'éviter, je sais bien.

— Enfin, demanda l'adolescente ainsi encouragée à poursuivre, qu'ont-ils fait de si terrible ces gens-là ? Il ne s'agit pas d'un crime quand même ?

— Un crime, pas vraiment... mais c'est quelque chose de très grave, crois-moi. Plus tard, je t'expliquerai. Tu es encore trop jeune, vois-tu... N'insiste pas. Sache quand même que, malgré tout leur argent, les Ménétrol, c'est des moins que rien.

— Pourtant, Bastien a l'air gentil ! Il paraît qu'il a beaucoup d'amis.

— Peut-être, pour le moment... Mais il deviendra pareil aux autres, crois-moi. La méchanceté, ils l'ont dans le sang, tous !

Flora n'osa plus insister et la discussion s'arrêta là. Elle trouvait fort dommage qu'Amandine ne vienne jamais au magasin. Les hommes repartis, Victoire et elle auraient pu sympathiser... Flora aurait été invitée dans la belle maison... Qu'allait-elle chercher là ? Elle savait fort bien que c'était impossible.

Rarement, elle croisait Bastien mais n'avait jamais osé le dévisager. D'ailleurs, le jeune homme circulait presque toujours à vélo ou alors il était entouré d'une bande de copains. Elle s'éloignait en toute hâte. Quelque commère aurait très bien pu raconter à sa mère qu'elle tournait autour de Bastien Ménétrol. Et, dans ce cas, elle préférait ne pas penser aux conséquences...

Un peu plus tard, quand Gildas avait troqué la voiture à cheval contre sa première automobile, Flora avait senti changer ses sentiments. Certains de faire des envieux, les ennemis étalaient leur richesse aux yeux de tous. Pourtant, l'adolescente refusait d'admettre qu'elle aussi les jalousait. Quelle joie si elle avait pu se promener dans l'automobile de son père ! Ses amies l'auraient suppliée de leur laisser faire un tour... Mais tout cela n'était qu'imagination ! Romain ne parlait pas de faire un tel achat, probablement n'en avait-il pas les moyens...

En 1926, on comptait au village cinq véhicules motorisés. Le médecin, le pharmacien, le maire – un riche fermier –, l'aubergiste et maintenant les Ménétrol avaient la chance d'en posséder un. À Grignat, on en croisait bien davantage. Le village des Lacaze n'avait rien de comparable avec ce gros bourg où se tenaient les foires les plus importantes de la région.

À la belle saison, les toiliers rentrés au pays, les représentants des tisserands industriels, des commis à la recherche d'embauche envahissaient Grignat. Venus du Nord, des Vosges, de Normandie, les voyageurs de commerce emplissaient les hôtels. C'est là que les négociants en toile de toute la région venaient les rencontrer.

On se retrouvait autour d'un bon repas et il était souvent fort tard quand des affaires s'y traitaient encore. On vidait quelques bonnes bouteilles ; installés autour d'une table bien garnie, les toiliers passaient commandes pour la prochaine saison de vente itinérante. Dans ces mêmes hôtels étaient souvent livrées les marchandises que l'on venait prendre ensuite.

D'avril à octobre, la petite ville bourdonnait d'animation. Les épouses et filles des marchands de toile les plus aisés aimaient s'y montrer dans leurs plus belles toilettes. Gildas Ménétrol, parmi bien d'autres, conduisait souvent sa femme à Grignat. Au fil des ans, Amandine retrouvait des connaissances ; ces dames passaient la journée à papoter, à faire des emplettes, à consommer des rafraîchissements à la terrasse des nombreux cafés, à arpenter la promenade ombragée le long de la rivière.

Flora attendait avec impatience les rares fois où son père acceptait de l'emmener à Grignat. Romain s'y rendait pour ses affaires. Victoire, qui abandonnait rarement sa boutique, confiait à sa fille quelques courses dans les commerces bien approvisionnés.

Mais le père de Flora ne s'attardait guère ; ses obligations terminées, il n'était pas de ceux qui prolongeaient un dîner incontournable. Son naturel taciturne ne l'y engageait guère. Il devait même forcer son caractère renfermé pour afficher un air jovial. Commerce oblige, et le toilier faisait malgré tout bonne mine à ses interlocuteurs.

L'adolescente aurait bien aimé accompagner Gabriel à Grignat ; depuis peu, le père le laissait partir seul ; c'était, pensait-il, le meilleur moyen d'apprendre une partie du métier au jeune homme. Mais Gabriel n'avait nulle envie de se charger de sa sœur. Au bourg, il avait toute liberté et ne se privait pas de faire le joli cœur. Au contraire de son père, il aimait la compagnie ; se faire valoir, parader devant les demoiselles était l'un de ses plus grands plaisirs. Généralement, il ramenait des marchandises livrées à l'hôtel moderne ou au Relais des Cascades. Romain, par contre, trouvait prudent de l'accompagner quelque temps encore pour négocier les prix avec les voyageurs de commerce.

Les deux hommes gagnaient aussi le bourg les jours de foire ; il fallait acheter ou vendre du bétail pour assurer la bonne marche de la petite ferme familiale. Là encore, Flora devait tout mettre en œuvre pour persuader son père de l'emmener. Ces sorties, pourtant, restaient beaucoup trop rares à son goût.

Victoire conservait à Grignat une amie de jeunesse, Constance Laverne. Mariée au percepteur, celle-ci élevait cinq enfants. Malgré de nombreuses invitations, Victoire ne la visitait guère. Le déplorait-elle ? Sa fille l'ignorait. Digne descendante d'une lignée de montagnards peu enclins à s'épancher, la femme de Romain gardait pour elle ses sentiments, si bien qu'elle pouvait paraître insensible.

— Maman, demandait Flora, tu ne crois pas que mardi prochain nous pourrions accepter l'invitation de Constance ? Pour une fois, grand-mère garderait bien la boutique, non ?

Victoire se laissait rarement tenter. Craignait-elle un reproche de son mari ? Flora enrageait de se heurter à tant de discrétion et de réserve. Elle, par contre, ne manquait pas de rendre visite à chaque occasion à l'amie de sa mère. Gaie et volubile, Constance savait forcer les confidences de l'adolescente.

De son côté, Catherine, fine mouche, devinait fort bien les aspirations de sa petite-fille. Quoi d'anormal ? En se remémorant sa propre jeunesse, la grand-mère savait qu'à cet âge, on est attiré par le spectacle d'une foule animée, les plaisirs offerts par une ville où passait tant de monde. Flora grandissait et s'ennuyait un peu. Il fallait bien avouer que sa vie n'avait rien de passionnant.

Un matin que Romain et Gabriel venaient de partir pour Grignat, tout endimanchés, Catherine voulut faire diversion. Penchée sur son tricot, Flora avait son air buté. Penchée sur les mailles qu'elle comptait à voix basse, l'adolescente ressassait son dépit d'avoir été évincée une fois encore.

— Tu voudrais donc rencontrer le chien à trois pattes, ma pauvre petite ? Il n'y a pas que du bon à Grignat, tu peux me croire.

— Oh ! jeta Flora avec impatience, il n'existe pas ! J'ai depuis longtemps passé l'âge de croire à ces sornettes. Et puis même, il paraît qu'il ne sort qu'à la minuit. Comme mon père et mon frère sont toujours rentrés pour le souper, ils ne risquent pas de mauvaise rencontre…

Catherine dissimula un sourire en continuant à écosser les haricots. Soudain déridée, Flora se mit à rire.

— Écoute-moi bien, grand-mère. Dans quelques années, j'irai à Grignat sans rien demander à personne ! J'irai même beaucoup plus loin…

— Ah ! oui, et où ça ?

— À Clermont, chez le cousin Constant, et même à Paris chez mes autres cousins !

— Mais tu les connais à peine !

Flora eut un haussement d'épaules. Elle finirait de faire connaissance, voilà tout. La famille apprécierait certainement sa visite. Paul et Marceau, ses grands-oncles, étaient morts, mais leurs descendants habitaient toujours la capitale. L'un des fils de Paul y exploitait un restaurant avec sa fille et son gendre ; il ne refuserait pas d'héberger quelque temps sa jeune cousine d'Auvergne. Lui-même, une année sur deux, retrouvait avec plaisir le village de ses parents et on le recevait toujours à bras ouverts.

L'adolescente soupira ; elle devrait attendre sa majorité pour mener ce projet à bien. Son père ne la laisserait pas s'éloigner seule, évidemment. Comme le temps passait lentement ! Ses vingt et un ans, sept longues années de patience l'en séparaient encore... Une éternité !

Tout en continuant à faire glisser les mailles de laine bleue sur les longues aiguilles brillantes, elle se prit à penser à la légende du fameux chien à trois pattes. Enfant, cette histoire la terrorisait, et le petit Vincent bien plus encore. Le récit de la grand-mère achevé, il refusait de s'endormir si sa sœur ne lui tenait pas la main. Dans ses mauvais rêves, le monstre le déchiquetait et il se réveillait en hurlant. Quel naïf, celui-là !

Les vieilles gens du pays racontaient aux veillées cette sombre légende, absolument véridique affirmaient-ils. Les toiliers qui avaient fait bombance dans les restaurants de Grignat n'avaient pas intérêt à s'attarder trop pour ne rentrer chez eux qu'à la nuit noire. Aux sorties du bourg, sur les routes sombres, rôdait cette terrible bête que personne n'avait jamais vue. Elle hantait tantôt un endroit, tantôt l'autre, et nul ne savait où l'on devait l'attendre.

Sorti de sa tanière un peu avant minuit, le chien à trois pattes, énorme, la gueule rouge béante sur de longues dents acérées, se postait dans quelque virage. De là, il surgissait soudain devant les attelages pour effrayer les chevaux. Leur maître avait beau tirer sur les rênes, claquer du fouet, crier pour faire fuir le monstre invisible dans la nuit, les bêtes hennissaient de terreur, piaffaient, se cabraient. Il se racontait que plusieurs charrettes ou cabriolets avaient versé dans un ravin. Le malheureux ainsi piégé n'en réchappait pas.

Mais, songeait Flora pleine de bon sens, la prudence aurait voulu que les voyageurs restent dormir dans l'un des hôtels de la ville. D'ailleurs, ces accidents étaient imputés bien à tort au mythique chien à trois pattes. Ils n'étaient provoqués, bien sûr, que par l'ivresse des toiliers qui, incapables de retrouver leur chemin, dirigeaient droit vers le ravin leur attelage impuissant.

VII

L'hiver sans les hommes

DURANT LA PREMIÈRE QUINZAINE d'octobre s'échelonnèrent les départs des nombreux toiliers du village. Les uns gagnaient le Maine ou la Normandie, d'autres les Charentes, la Vendée ou les pays d'Aquitaine. Rares étaient maintenant ceux qui voyageaient en Bretagne ; dans le passé pourtant, cette province était le lieu de prédilection de bien des Auvergnats.

Sur la place principale, dans les rues du village ainsi déserté, on rencontrait surtout des femmes et des vieillards. Les hommes qui restaient, artisans ou fonctionnaires, se réunissaient dans les cafés. Les commerçants voyaient considérablement baisser leur chiffre d'affaires. Leurs maris, fils, frères au loin, les ménagères réduisaient leurs dépenses ; la boucherie surtout était peu fréquentée. Femmes et enfants se contentaient d'un ordinaire plus frugal.

Flora observait souvent sa mère à la dérobée. Elle seule sans doute décelait, dans ses gestes moins vifs, son regard mélancolique, la tristesse qu'engendrait l'absence de « ses hommes ». Peu à peu, Victoire se réhabituerait, l'attente se ferait plus sereine. Après les mois d'été où elle avait tout son monde autour d'elle, la mère et l'épouse ressentaient cruellement le manque ; d'année en année, les hivers lui paraissaient de plus en plus longs et difficiles. Que serait-ce lorsque Vincent partirait, lui aussi…

Le garçon était encore si fragile. Gabriel, lui, semblait beaucoup plus proche de son père. Plus mûr, sûr de lui, vif et décidé, l'aîné ferait sans peine son chemin. Souvent, Victoire se disait qu'elle devrait persuader Romain de destiner Vincent à une autre carrière. Étrangement, elle ne s'y décidait pas. D'ailleurs, quel métier choisir pour cet enfant attardé ? Pourtant il voulait partir sur les routes et continuait à manifester son désappointement. Qu'en serait-il l'année suivante ?

L'activité de son commerce ralentie, Victoire avait trop de temps pour penser. Alors elle se jetait dans des rangements, des travaux de couture. Pour ajouter à ses soucis, elle voyait Flora changée, presque taciturne et ne s'expliquait pas cette nouvelle humeur. La mère se reprochait de l'avoir gardée auprès d'elle, un peu égoïstement. Sa fille, sans doute, se serait davantage épanouie en continuant des études, en gagnant la ville pour apprendre un métier. Certes, elle ne lui adressait aucune critique, ne se plaignait jamais, mais visiblement elle s'ennuyait. Peut-être devrait-on l'envoyer pour un temps chez sa tante Georgette ? Il faudrait, dans une prochaine lettre, demander l'accord de Romain, et c'était loin d'être acquis.

Ainsi, la vie semblait en suspens. Et les brouillards d'automne ajoutaient encore au découragement de Victoire.

Au printemps de cette année-là, l'eau courante avait été enfin installée au village. Un réseau alimentait déjà la petite ville de Grignat ; les campagnes, à leur tour, goûtaient à ce nouveau confort. Flora et sa grand-mère s'en réjouissaient : plus de longues stations à braver le froid au lavoir. Après avoir bouilli dans la grande lessiveuse, le linge était maintenant rincé dans l'immense baquet placé sous le robinet de la remise.

Vincent et sa sœur évitaient les corvées d'eau. Inutile d'aller remplir les seaux à la fontaine où, au plein de l'hiver, on cassait la glace à l'aide d'une grosse pierre. Pourtant, par habitude sans doute, on économisait l'eau qui giclait sur l'évier de la cuisine.

Après la récolte des dernières pommes, conservées sur des étagères jusqu'au printemps, le verger dépouillé aussi de ses feuilles où éclataient tous les jaunes, les rouges, les bruns cuivrés, n'avait plus aucun attrait pour les jeunes gens. Novembre avait ramené les brumes pénétrantes, les premiers froids. La famille se tenait dans la grande cuisine, au plus près du fourneau noir où soupirait le feu.

La provision de bûches sur le point de s'épuiser, Vincent gagnait la remise pour remplir le grand panier à bois. Flora et lui, près de leur grand-mère, s'attardaient parfois dans la tiédeur de l'étable. Les bêtes semblaient apprécier leur litière.

À défaut d'abreuvoirs à l'intérieur, on continuait à les conduire non loin de la ferme, là où une source captée alimentait un vieux tronc d'arbre creux. Veaux et vaches y plongeaient leur mufle en soufflant et l'eau noire se ridait sous leur haleine tiède.

Flora, de jour en jour, perdait patience. Avoir dix-huit ans et rester là, à tricoter, à épousseter le magasin, à seconder sa grand-mère... Quelle existence monotone, quelle routine déprimante ! Si seulement elle habitait la ville... Ses meilleures amies reparties vers leur travail citadin ou leurs études, la jeune fille se morfondait. Quelle chance inouïe avaient ses compagnes vendeuses, serveuses ou employées de commerce à Mauriac, plus loin même, dans la préfecture. D'autres, plus chanceuses encore, étudiaient la comptabilité ou le secrétariat. Ginette Malbeuf et Louise Force fréquentaient l'École normale d'institutrices d'Aurillac.

Flora, elle aussi, en aurait été capable. Mais ses parents, son père surtout, étaient persuadés que sa place était là, près de sa mère et de Catherine vieillissante. Personne ne lui avait demandé ses goûts, ses aspirations. Obéir, voilà son lot. On décidait à sa place ; pour toute la famille, rien de plus normal. La question de son départ éventuel ne s'était jamais posée.

La vente, le contact avec les clients lui plaisaient certes. Mais la boutique de sa mère aurait dû se trouver en ville, et non dans ce village si peu animé. Ce que Flora acceptait sans peine à quinze ans, à dix-huit elle le rejetait. Sa rencontre fortuite avec Bastien Ménétrol, quelques mois plus tôt, contribuait-elle à ce besoin d'évasion ? Elle n'aurait su le dire. Souvent, elle s'irritait du tourment confus qui l'habitait. Elle s'était toujours satisfaite de son sort, et voilà que cette vie monotone, étriquée, lui pesait chaque jour un peu plus.

Si j'avais un fiancé, songeait-elle, comme Denise et Françoise, deux bonnes amies, la vie m'apparaîtrait tout autre... Denise allait devenir femme de toilier. Une moitié de l'année, son promis courait les routes avec son oncle ; la séparation devait être difficile, au moins vivait-elle pour quelqu'un... Françoise aurait plus de chance encore. Bientôt mariée au fils du menuisier, sédentaire, elle ne subirait pas de continuels départs et une solitude de plusieurs mois.

De plus en plus souvent, Flora se laissait aller à des rêveries puériles qu'elle se reprochait aussitôt. Elle s'imaginait unie à Bastien ; elle vivait, elle aussi, dans la belle maison où la mère du jeune homme l'accueillait affectueusement. Les deux femmes recevaient des amies, se rendaient à Grignat ou même à Riom pour visiter des dames de leur rang...

« Ma pauvre fille, se fustigeait-elle aussitôt, tu divagues ! Un autre que Bastien peut-être, mais lui, l'ennemi juré, le diable en personne, jamais tu ne le ferais accepter par ton père ! Fais-toi une raison... »

C'était d'autant plus sage qu'elle ignorait tout des sentiments du jeune homme à son égard. Se souvenait-il d'elle seulement ? Pourquoi aurait-il jeté son dévolu sur la seule fille du village à tout jamais infréquentable par le descendant des Ménétrol ? Mais, plus elle s'obligeait à le chasser de son esprit, plus le visage de Bastien s'imposait. Elle en venait parfois à maudire le malheureux qui ne lui avait jamais parlé et ne savait rien de ses sentiments à elle.

Ce matin de mai, le hasard avait mis Bastien Ménétrol sur sa route et elle ne le regretterait jamais assez. À cette époque de l'année, leur campagne hivernale finie, les toiliers rentraient un à un au village. Avec les beaux jours et les retrouvailles, tous paraissaient revivre. D'un bout de la rue à l'autre, des gens s'interpellaient d'un ton enjoué ; on s'inquiétait des nouvelles des arrivants, du succès de leurs affaires. Les hommes s'invitaient à trinquer, chez eux ou dans un café. Partout régnait une animation oubliée depuis le dernier automne.

Romain et Gabriel étaient rentrés l'avant-veille ; pour l'occasion, Catherine avait saigné un coq. Victoire avait accommodé la volaille avec des petits oignons, le tout baignant dans un vin rouge corsé. Pour sa part, Flora avait confectionné un grillé à la confiture d'abricots, le dessert préféré de son père. D'ordinaire, les pâtisseries étaient réservées aux dimanches, mais, chaque année, le retour des hommes se fêtait dignement.

En étalant la confiture sur la pâte fine, Flora se demanda soudain quel était l'ordinaire des hommes dans les auberges où ils logeaient. Seules, les rencontres avec des clients de longue date feraient l'objet des conversations ce premier jour. Encore faudrait-il de nombreuses questions de Catherine ; si elle ne connaissait aucune des familles évoquées par Romain, leurs noms, à la longue, lui étaient devenus familiers. Insatiable curieuse, la vieille femme importunait son fils, mais il n'aurait jamais osé le lui dire ; alors, quand il tardait à répondre, Catherine s'adressait à Gabriel. Lui, au contraire, aimait évoquer les péripéties du voyage. Vincent buvait ses paroles, imaginant de son mieux les lieux et les personnes décrites. Il se disait que, son tour venu, ces menus renseignements pourraient lui être utiles.

— Heureusement que ton aîné ne te ressemble pas, affirmait la grand-mère. Il est comme mon pauvre Antoine, avec lui au moins, on savait ! Nous, les femmes, nous ne voyageons certes pas, mais nous aimons être tenues au courant tout de même !

Là-dessus, il fallait l'entretenir de la réussite de la campagne, avancer des chiffres. Romain s'en tirait toujours en disant :

— Laisse-moi d'abord faire mes comptes, il faut que je débrouille tranquillement tout cela…

Catherine n'avait jamais compris l'apparente indifférence de sa belle-fille aux affaires de son mari. Question de tempérament sans doute.

Dans l'après-midi, Flora était partie faire des achats chez le pharmacien. Devant elle, dans l'officine, se tenait un grand jeune homme. Il s'était bien détourné pour saluer l'arrivante, mais elle n'avait fait que l'entrevoir. D'une belle voix chaude, il s'informait de la bonne marche des études de Francis, l'aîné des Clavérol. D'après son père, il réussissait bien et prendrait bientôt sa suite.

— Ainsi, ajouta le pharmacien en tendant un paquet au jeune homme inconnu, vous voilà de retour ! Madame Ménétrol et votre grand-mère doivent être heureuses…

Le client approuva tandis que Flora comprenait enfin qui il était. Il régla ses achats, serra la main du pharmacien, passa devant elle avec un petit salut. D'instinct, elle avait baissé les yeux. L'avait-il reconnue ? Certainement pas.

En sortant de l'officine, elle le vit à quelques mètres, debout près d'une rutilante automobile noire. Les chromes brillaient au soleil et quelques gamins admiratifs questionnaient le jeune homme. Il répondait sans façon, ouvrant même la portière pour leur permettre de mieux voir le tableau de bord et les cuirs de couleur grenat.

Un instant, Flora songea à faire demi-tour pour changer d'itinéraire. Puis, par défi sans doute, elle passa devant le groupe la tête haute. Laissant les gamins à leur contemplation, Bastien se retourna pour la fixer soudain. Son regard était si insistant que, sans réfléchir, elle leva les yeux pour le dévisager. Que s'imaginait-il ? Qu'elle avait peur de lui, de la fortune de son père ? De quel droit la détaillait-il ainsi ? Pourtant, il ne manifestait pas d'animosité, simplement une curiosité admirative. Il ne l'avait certainement pas reconnue sinon son regard bleu, intense, aurait exprimé tout autre chose.

Elle s'éloigna lentement, persuadée qu'il la suivait des yeux. Il s'adressa à l'un des enfants et, bien qu'elle ne comprît pas les mots prononcés, elle sut aussitôt qu'il lui demandait son nom. Le cœur de Flora battait sottement et le désordre de ses pensées la mettait en rage. Que lui importait ce parvenu ? Il était beau, et alors ?

Vêtu avec élégance, Bastien portait un costume sport de tweed beige. Son chapeau brun à la main, il laissait le vent printanier emmêler ses courtes boucles de cheveux blond doré. Sa veste s'ouvrait sur un pull dernier cri, crème à losanges rouille. Le col entrebâillé de sa chemise blanche dégageait un cou vigoureux. Il ressemblait à une image de mode. D'un coup d'œil, Flora avait vu tout cela ; elle n'avait pas souvenir d'avoir jamais rencontré un jeune homme aussi beau, aussi bien mis et son trouble augmentait à chaque pas.

Des jours durant, elle lutta pour chasser cette image obsédante. Mais le regard bleu la poursuivait partout. Quand elle évoquait la scène, il lui vrillait encore le dos et un frisson lui échappait. Un bonheur insolite l'envahissait alors ; aussitôt, elle se le reprochait et pestait intérieurement contre le sort qui les avait mis en présence, elle et Bastien Ménétrol.

Plus de six mois avaient passé depuis cette éphémère rencontre. Au sein du brouillard gris de novembre qui collait aux vitres, le souvenir de cet instant fugace était comme une éclaircie dans le souvenir de Flora. Sans sa force de caractère, elle se serait laissée aller à d'inutiles crises de larmes. Il eût été raisonnable, sans doute, de répondre aux avances continuelles de Francis Clavérol. Beau garçon lui aussi, c'était un beau parti. La famille de la jeune fille se serait infiniment réjouie d'une telle alliance : un futur pharmacien, le gendre idéal… Hélas, Flora le jugeait insignifiant ; chez ce garçon, rien ne l'attirait. Il semblait d'une grande mollesse, soumis, pâlot. « Sa future épouse sera à l'aise, songeait-elle, mais elle va certainement mourir d'ennui ! »

« 23 novembre 1932

Ma très chère Julie,

Arrivé ce matin à D..., j'ai été fort déçu de n'avoir de toi aucun courrier. Pourtant, dans ma première lettre, je t'avais donné l'adresse de l'hôtel où nous resterons quatre ou cinq jours. Enfin, je ne perds pas espoir. D'ici notre départ, peut-être aurais-je un signe de toi.

J'essaie de me persuader que tu ne m'as pas oublié déjà. Si tu le veux bien, à mon retour, j'irai voir tes parents pour te demander en mariage. Et si tu acceptes, je jure que tu seras une femme heureuse. Ma famille t'accueillera bien, j'en réponds.

Les pluies continuelles rendent le voyage assez pénible, mais j'ai l'habitude. Chaque soir à l'étape, je pense à toi très fort. Écris-moi vite, je t'en prie. Reçois toute mon affection.

Gabriel qui t'aime »

Le porte-plume en suspens, le jeune homme relisait sa missive. Était-elle assez explicite ? Qu'en penserait Julie ? Avait-elle reçu son premier courrier ? Et si devenir femme de toilier la rebutait ? Elle n'était pas du genre à se morfondre en attendant un mari tout un hiver... Et si elle acceptait le mariage, serait-il un mari trompé ? Tout l'incitait à répondre : oui ! Il allait devenir fou.

Faudrait-il changer de métier ? Mais que faire alors pour ne pas quitter le village et une épouse inconstante ? Aucune réponse ne lui venait à l'esprit. D'ailleurs, malgré sa passion pour Julie, était-il prêt à abandonner un métier qu'il aimait ? Peut-être pas.

Depuis ce dernier départ, Gabriel ne songeait plus à renoncer à Julie pour se mettre en quête d'une autre fiancée. Il n'avait plus envie, comme les années précédentes, de faire les yeux doux aux servantes d'auberge dans le dos de son père. Au fil des semaines, le souvenir de Julie allait-il s'estomper et le laisser en paix, enfin ?

Il soupira, plia la feuille de papier, la glissa dans l'enveloppe où il avait écrit l'adresse d'une amie de Julie. Mieux valait ne pas envoyer ce courrier au domicile de ses parents. Les jeunes gens n'étaient pas encore officiellement fiancés et le père de Julie n'aurait aucun scrupule à prendre connaissance de cette lettre.

Gabriel se coucha de méchante humeur. Il s'était tellement persuadé qu'une lettre l'attendait ici. Le seul courrier venu d'Auvergne était adressé à M. Romain Lacaze, négociant en toile… Son père avait lu la lettre en silence alors que les deux hommes venaient de passer à table avec Marcelin, le commis. Victoire adressait à son époux quelques lignes très conventionnelles, comme à l'accoutumée.

— C'est de ta mère, ils vont bien tous.

Sur cette remarque laconique, Romain avait enfoui l'enveloppe dans sa poche et déplié l'immense serviette de table à carreaux bleus et blancs. Gabriel n'avait posé aucune question. Marcelin avait glissé un coin de sa serviette dans son col. On leur servit une épaisse soupe de légumes odorante et ils commencèrent à manger. Entre deux cuillerées, Romain donnait le programme de la tournée du lendemain. La journée serait chargée, le départ prévu pour 5 h 30.

Le dîner achevé, chacun gagna sa chambre. Et, malgré sa fatigue, Gabriel ne trouvait pas le sommeil.

VIII

Catherine

CATHERINE BRUZAC avait vu le jour en 1858, dans un gros village bâti sur les bords de la Tarentaine. Non loin de là, cette belle rivière rejoignait la Rhue, elle-même affluent de la Dordogne descendue toute bouillonnante des monts du Sancy.

Beaucoup trop nombreuses, les familles voyaient la plupart de leurs membres s'expatrier depuis fort longtemps. Les Bruzac ne faisaient pas exception. Alors que Donatien, frère aîné de Catherine, faisait fortune en Algérie, Paul, le cadet, vendait des peaux à Paris. Catherine restait au village avec sa mère et ses grands-parents, dans une modeste ferme. Très contrarié de la défection de ses fils, Pierre Bruzac s'était adjoint un commis ; ils continuaient ensemble à arpenter les routes avec leurs ballots de toile. Un mulet tirait la charrette lourdement chargée.

Lorsque Catherine, adolescente, regardait s'éloigner vers l'ouest le modeste équipage, elle tentait vainement de se représenter les régions prospectées par son père. Pour elle, les Charentes ou les pays d'Aquitaine étaient aussi lointains que les Indes ou l'Amérique, à cela près que son père ne traversait pas les océans. Vers l'âge de douze ans, elle avait bien amusé ce dernier en demandant :

— Est-ce que les gens de Périgueux ont la peau noire ?

Elle avait dix-huit ans quand la famille fut invitée aux noces d'un cousin. Le voyage, au long de routes de terre défoncées par les orages, dura un jour entier. Tandis que sa mère se plaignait de la chaleur et de l'inconfort de la charrette, Catherine ne se sentait pas de joie. C'était là son premier véritable voyage. L'ardent soleil de juin obligeait les deux femmes à s'abriter sous un immense parapluie que la jeune fille déployait au-dessus de leurs têtes. Les pas du mulet soulevaient des petits nuages de poussière âcre et l'allure de la bête restait d'une lenteur désespérante.

Qu'importe ! Dans le coffre de bois où, habituellement, Pierre Bruzac abritait ses marchandises les plus fragiles, on avait placé les toilettes pour la noce. Jamais encore Catherine n'avait possédé une aussi jolie robe, taillée dans une faille bleu nuit, ornée de poignets de dentelle et d'un immense col blanc. Comment serait son cavalier ? Beau, à coup sûr, aimable, plein de délicatesse… parfait en un mot.

Si la jeune Catherine fut déçue par le jeune homme falot qui lui prit le bras pour former le cortège, elle eut en revanche le plaisir de danser la nuit durant avec un certain Antoine Lacaze. Bourrées, gigues, quadrilles, polkas, au son aigrelet d'une vielle et d'une cabrette, elle accepta toutes les invitations de ce jeune toilier. Il délaissait par trop sa propre cavalière, timide et peu avenante, mais la fille de Pierre Bruzac l'avait aussitôt conquis. Et Catherine, trop heureuse de voir se réaliser son rêve, ne songeait pas un instant à refuser ses avances.

L'année suivante, après un temps de fiançailles convenable, Antoine et Catherine se mariaient. La jeune femme suivit son époux dans un village situé non loin de Grignat dont la renommée n'était pas encore faite. Il faudrait attendre une vingtaine d'années avant que la petite ville ne devienne l'incontournable rendez-vous des négociants de la région.

Bon an mal an, le couple avait vécu en travaillant dur pour gagner peu. La fermette de ses parents était de peu de rapport ; aussi Antoine s'empressa-t-il d'acheter une boutique d'alimentation mise en vente opportunément. Ainsi, Catherine devint commerçante. À côté de l'alimentation, elle vendait sabots, galoches, quincaillerie et même mercerie. Antoine approvisionnait de son mieux le magasin. Le bénéfice était plutôt chiche, mais disait-il « c'était toujours un petit plus... »

En l'espace de trois ans, Catherine perdit deux petites filles dans les heures suivant leur naissance. Enfin, Romain vint au monde, fort et vigoureux. Sa mère avait alors vingt-cinq ans. Par la suite, elle perdit un autre garçon et Romain demeura fils unique.

Antoine venait de dépasser la cinquantaine lorsqu'il s'avisa que le caveau de sa famille n'offrait plus de place aux descendants des Lacaze. Il décida donc d'en faire bâtir un, en beau granit du pays.

Un soir, il entraîna sa femme au cimetière. Jusque-là, il n'avait pas soufflé mot de son projet.

— Regarde, dit-il, là dans ce coin, à l'angle du mur... Qu'est-ce que tu en penses ?

— Qu'est-ce que je pense de quoi ? s'étonna-t-elle.

— Eh bien... de l'emplacement pour notre futur caveau, voyons !

Catherine faillit s'exclamer étourdiment :

— Et pour quoi faire ?

Elle retint juste à temps cette réflexion mal venue et demanda :

— Cela presse donc tant, tu crois ?

— Non, enfin j'espère. Mais va savoir ! De toute façon, ce sera fait, un souci de moins. Cela ne nous fera pas mourir, il nous attendra bien.

Et comme sa femme se taisait :

— Là, derrière le rideau de frênes, ça me paraît bien. Un peu d'ombre, un peu de soleil, à l'abri du vent et de la grosse chaleur... Alors ?

— Alors, dit Catherine, c'est comme tu veux.

Elle ne voulait pas contrarier son mari, mais elle se disait : « Comme si, une fois mort, on pouvait sentir le chaud et le froid ! Enfin ! »

— Je vais prévoir quatre places, pour nous, pour Romain et sa future femme.

— Mais s'il a des enfants ?

— Je n'y avais pas pensé... Eh bien, le moment venu ils feront comme moi aujourd'hui.

Cette construction n'avait pas fait mourir Antoine. Il vécut plus de vingt années encore. Derrière la dalle de pierre grise, il avait voulu une grande croix ornée de tulipes et de boutons de roses sculptés. Pour finir, il avait fait graver son nom de famille. Il paya les travaux en trois fois ; le dernier versement effectué, le mari de Catherine ressentit un grand soulagement. Il venait d'assurer son éternité et celle des siens ; à ses yeux, c'était une bonne décision.

Lui disparu, chaque fois que Catherine se rendait au cimetière, elle se rappelait cette conversation. « Tu as eu raison mon pauvre ami, disait-elle à mi-voix, maintenant, c'est là que je te retrouve... »

Très vite, au lendemain de ses noces, Catherine avait constaté l'hostilité flagrante de sa belle-famille à l'égard des Ménétrol. Alors que tous se saluaient au village, la jeune femme s'aperçut que l'épouse d'Élie Ménétrol ne répondait jamais à son bonjour ; pis encore, elle se détournait ostensiblement. Pourtant, elle était nouvellement arrivée, elle aussi, son mariage datait d'un an à peine. Pourquoi ce ressentiment ?

Plutôt que de cette étrange attitude, Catherine s'étonnait de surprendre une sorte de regret dans le regard que lui lançait Blanche Ménétrol. Du regret, et pourquoi ? Aurait-elle aimé faire connaissance ? Qui ou quoi l'en empêchait donc ?

Interrogé, Antoine lui mit un doigt sur la bouche.

— Chut, chut ! Pas un mot de tout cela à mes parents ! Je vais t'expliquer.

Il se lança dans des explications confuses, en insistant sur une vieille rivalité ancestrale.

— Mais il y a bien une raison précise, insista Catherine. Tu la connais tout de même ?

Alors Antoine parla d'atteinte portée à l'honneur d'un membre de sa famille par un aïeul des Ménétrol.

— Enfin, s'impatienta sa jeune femme, arrête de tourner autour du pot ! Cette querelle, qu'est-ce que c'était, à la fin ?

Avec beaucoup de réticences, Antoine raconta ce qu'il savait de l'affaire mais Catherine le soupçonna de lui cacher le principal et jeta, furieuse :

— Évidemment, je ne suis qu'une pièce rapportée, les secrets des Lacaze ne me regardent pas ! Eh bien gardez-les donc vos mystères, que m'importe après tout !

— Allons, ne te fâche pas ! J'ai juré à mon père… N'y pense plus. Contente-toi, s'il te plaît, d'éviter ces gens-là comme nous le faisons tous.

Ces demi-confidences confortèrent Catherine dans son idée que Blanche Ménétrol n'en savait certainement pas plus qu'elle-même. Alors elle éprouva l'envie de se rebeller.

— Puisque je suis tenue à l'écart, j'ai bien envie, au contraire, d'aborder cette femme et de lui parler ! Qu'est-ce qui m'en empêche, dis-moi ?

— Ce qui t'en empêche, c'est que tu es ma femme et que tu portes mon nom. À ce titre, tu te dois d'agir comme je te le demande.

Au ton employé par Antoine, elle comprit qu'il valait mieux ne pas insister. Après tout, elle n'avait rien à faire de ces inconnus. Elle ne créerait pas une mésentente durable avec son mari pour cette histoire-là. Il y avait au village bien d'autres personnes à fréquenter.

Au fil des années, la réussite des Ménétrol amena Catherine à reconsidérer les faits. Si elle ne sut jamais le fin du fin dans la vieille haine entre les deux familles, elle se rangea à l'avis d'Antoine. Et lorsque Romain commença à grandir, elle lui interdit formellement, comme son père le faisait, d'adresser la parole au jeune Gildas.

Si elle refusait de l'admettre, Catherine éprouvait bien de la jalousie envers les Ménétrol. Leur aisance croissante l'accablait, beaucoup plus pour son fils que pour elle, d'ailleurs. Après le mariage de Gildas, le train de vie de sa femme semblait narguer tout le village. Les réceptions d'Amandine, ses toilettes, sa vie de rentière, en auraient fait l'objet de toutes les envies si elle ne s'était montrée aimable, serviable même avec tous... sauf avec les Lacaze, évidemment.

La rancœur de Catherine augmenta encore quand le rival de Romain acheta sa première automobile. Il aurait été si exaltant pour son orgueil maternel de voir son fils capable d'afficher une aussi belle réussite. Elle se consolait en imaginant les Ménétrol pourvus de tous les défauts.

« Faites bien les fiers, songeait-elle, à moi, vous ne m'en ferez pas croire ! Vous ne valez pas la corde pour vous pendre, tous autant que vous êtes ! »

Certes, elle avait tout à fait conscience d'exagérer grandement, mais ces réflexions intimes la vidaient de son fiel, en quelque sorte. Parfois même, elle se tançait sans retenue :

« Tu déraisonnes ! Le fin mot de cette vieille querelle, tu ne le connais même pas... »

Une constatation l'intriguait. Si, au village, il aurait été vraisemblable de voir tout un chacun épouser la cause des « parvenus qui jetaient si bien de la poudre aux yeux », il n'en était rien. Les gens faisaient mine de tout ignorer. Fidèles sans le savoir à l'attitude de leurs lointains aïeux, les habitants demeuraient neutres. Et si l'argent attire obligatoirement les flatteries, rares étaient ceux qui affichaient un quelconque soutien à Gildas et à sa famille.

— Chacun démêle sa pelote, avait toujours entendu dire la femme d'Antoine.

Les voisins des Lacaze et de leurs ennemis semblaient en avoir fait leur devise.

Les années avaient passé. À présent, Catherine était vieille et les rhumatismes ne lui laissaient guère de répit.

Heureusement, la vie familiale lui apportait beaucoup de satisfactions. Malgré son caractère trop renfermé, Romain était un bon fils, sérieux, économe. Victoire, sa belle-fille, c'était une perle ; une fille n'aurait pu être plus attentionnée. Ses deux petits-fils, Catherine les aimait, certes, mais en secret sa préférée c'était Flora. Elle se reconnaissait si bien dans sa petite-fille. Sous des dehors dociles, la jeune fille avait un caractère bouillant, la grand-mère ne s'y trompait pas. Si l'on venait à la contrarier un jour, Flora, tenace, acharnée, ne céderait pas. Ses affrontements avec Gabriel en témoignaient assez.

Catherine savait que la jeune fille obéissait souvent à contrecœur à son père, c'était une attitude assez nouvelle et qui pourrait devenir inquiétante. Si sa grand-mère la perçait à jour, les autres membres de la famille ne paraissaient pas s'en rendre compte. Fasse le ciel qu'un différend grave ne l'oppose pas un jour à Romain !

Oui, l'humeur de Flora changeait avec l'âge. Catherine s'interrogeait : un premier amour peut-être ? Si franche, si confiante pourtant, sa petite-fille ne s'épanchait pas. Ses amies parties en ville devaient lui manquer… Romain aurait dû la laisser quitter, elle aussi, ce village étriqué. Catherine se reprochait de ne pas l'avoir soutenue quand elle avait demandé à apprendre un métier. Égoïstement, elle s'était réjouie, comme Victoire, de la garder auprès d'elle.

Si Vincent avait été plus âgé, plus fort de caractère, peut-être Flora aurait-elle insisté pour gagner son indépendance ?

Malgré ses velléités de rébellion, par devoir elle était restée, convaincue que, les hommes partis, sa mère et sa grand-mère comptaient sur son soutien.

Maintenant, un souci, un tourment secret la taraudaient ; malgré toute son affection, sa grand-mère ne pouvait rien pour elle, hélas.

Catherine réfléchissait en massant ses poignets douloureux. Le temps trop humide réveillait ses vieilles douleurs. Flora, pourtant, quitterait les siens un jour, au moins pour se marier. Le manège de Francis, le futur pharmacien, n'échappait à personne ; perspicace, Catherine le savait très épris. Si seulement sa petite-fille en tombait amoureuse… C'était un très beau parti et, ce qui ne gâtait rien, il semblait avoir un caractère plutôt malléable. Une femme habile le mènerait par le bout du nez !

La vieille femme se leva, resserra autour de ses épaules son châle de laine épaisse, tira la porte de l'étable et parcourut le plus rapidement possible les quelques mètres qui la séparaient de la maison. Le froid se faisait plus vif, peut-être allait-il neiger pendant la nuit. Parmi les nuages sombres, une seule étoile clignotait, du côté du couchant.

IX

Le retour de Bastien

LA DÉVALUATION DU FRANC de juin 1928 n'était certainement pas étrangère aux difficultés rencontrées par les commerçants et les industriels. Depuis cette date, la crise économique ne se résorbait pas ; elle semblait au contraire aller toujours croissant. Et l'instabilité ministérielle qui perdurait augurait plutôt mal de l'avenir.

Terrains et immeubles voyaient sans cesse leur valeur baisser, au grand dam des propriétaires. Dans un tel contexte, le négoce de la toile stagnait, comme bien d'autres. Une agitation sociale, peu manifeste encore, allait bientôt secouer le pays ; les signes avant-coureurs étaient assez significatifs.

Dans ses lettres, Romain Lacaze faisait allusion à la frilosité de la clientèle. Si le commerce se maintenait malgré tout, les grosses commandes n'étaient pas légion, contrairement à son attente.

Au village, dans les familles de toiliers, les fêtes de Noël et du Jour de l'an avaient rendu plus éprouvante encore l'absence des hommes. Chez les Lacaze, le besoin de revoir le père et le fils se faisait plus lancinant ; en cette période, davantage encore qu'en temps ordinaire, les repas, les veillées étaient empreints d'une tristesse soigneusement dissimulée par ceux qui n'avaient pas quitté le foyer.

Comme trop souvent au cœur de l'hiver, des averses de neige rendaient la circulation difficile. Malgré l'invitation de Victoire, son père et sa sœur avaient renoncé à prendre la route.

« *Nous réserverons notre visite au jour de Pâques,* écrivit Georgette en offrant ses vœux de Nouvel An à sa sœur et aux siens. *D'ici là, prenez bien soin de vous...* »

Pour s'occuper plus que par goût, Flora avait entrepris de crocheter un beau coton blanc. Elle confectionnait des carrés de dentelle ; cousus les uns aux autres ils formeraient, après un long labeur, un dessus-de-lit au goût du jour. Elle le destinait à son amie Denise comme cadeau de noces.

L'humeur de la jeune fille passait sans raison précise du beau fixe à la mélancolie. Le temps maussade l'incitait à la tristesse, les jours d'hiver ensoleillés lui donnaient un regain d'espoir. Malgré ses résolutions, elle avait feint d'ignorer le regard enamouré de Francis Clavérol. L'étudiant était venu passer Noël en famille ; à plusieurs reprises, leurs chemins s'étaient croisés au hasard des rues du village enneigées et glissantes.

Flora se le reprochait ensuite mais, à chaque rencontre, elle lui avait froidement rendu son bonjour, sans plus. Pourtant, il ne semblait pas se décourager.

« Décidément, se disait-elle, j'ai beau me forcer celui-là ne m'inspire pas du tout... Si je continue, je vais rester vieille fille, c'est sûr ! »

En d'autres temps, elle en aurait ri. Dans son exaspération, elle vouait Bastien Ménétrol, involontaire objet de son mal-être, à toutes les gémonies de la terre. Mais à peine avait-elle songé : maudit soit-il ! qu'aussitôt elle se reprenait en soupirant : Bastien, mon Bastien !

Un matin, elle prit une décision qui, pour quelque temps, l'apaisa. Dès le retour du jeune homme, elle provoquerait une rencontre, et tant pis pour les conséquences. Lorsqu'il l'aurait rejetée – il ne pouvait en être autrement –, son inexplicable passion fondrait comme neige au soleil. Elle serait libérée de ce tourment insupportable. Alors seulement, elle pourrait continuer à vivre sans état d'âme, peut-être pas heureuse mais du moins apaisée.

Cette résolution prise, un poids parut s'envoler de sa poitrine. Et quand elle sentait faiblir sa détermination, elle se morigénait, serrait les dents, réussissait enfin à s'ancrer dans sa volonté opiniâtre de braver le sort.

« J'ai à peine plus de dix-huit ans, je ne vais pas continuer à gâcher ma vie pour quelqu'un qui ne me connaît même pas ! »

Après l'impérative explication avec celui qui perturbait grandement son esprit désemparé, Flora était décidée à quitter le village pour toujours. Elle hésitait encore à écrire aux cousins de Paris. Pourtant, c'était là sans doute qu'elle trouverait le plus facilement du travail. Bien plus que l'opposition de son père, elle craignait le chagrin de Victoire et de Catherine. Saurait-elle résister à leurs supplications ?

« Début avril, sans faute, j'écris à Sylvestre, le fils du cousin Paul, et je lui demande s'il veut bien m'employer dans son restaurant… »

En arrière-pensée, une appréhension revenait sans cesse : elle ne serait pas majeure avant deux ans et demi. Elle n'ignorait pas que Romain pouvait la retenir jusqu'à ses 21 ans. Que faire alors ?

« S'il refuse, je me sauverai… Paris est grand, je n'irai pas chez les cousins mais ailleurs, personne ne pourra me retrouver… »

Au ton des lettres de son mari, pourtant toujours brèves et impersonnelles, Victoire devinait qu'il était soucieux ; ce ne pouvait être que pour son négoce puisqu'il affirmait que Gabriel et lui allaient bien. Il n'était pas dans les habitudes de Romain de montrer un découragement facile à lire à travers les lignes. Victoire, une fois pour toutes, avait rejeté dès le début de leur mariage l'idée d'une liaison avec une autre femme. C'était tellement facile pour un mari absent près de six mois… Dans la mesure où il ne confiait rien, où il rentrait chaque printemps sans émotion apparente, elle préférait tout ignorer de sa vie dans les départements de l'Ouest. Sa tranquillité et celle de ses enfants étaient à ce prix.

Avec la nouvelle clientèle due à la défection de son collègue, Romain avait espéré voir monter les ventes en flèche. Or le commerce n'était ni plus ni moins florissant que durant la précédente campagne. Son bénéfice annuel ne serait pas plus conséquent et sa déception était grande.

Marcelin, le commis, faisait de son mieux, mais le patron ne montrait guère de satisfaction ; il était souvent, au contraire, d'humeur morose. Gabriel, de son côté, semblait avoir perdu son entrain coutumier. Généralement, aux repas, le père et le fils restaient muets. Romain ne retrouvait sa voix que pour donner ses directives en vue de la tournée du lendemain.

Le commis ne pouvait pas savoir que Gabriel souffrait d'un grand chagrin d'amour. Julie n'avait répondu à aucune de ses lettres et il se morfondait. Il ne se décidait pas à écrire à sa sœur pour lui demander des nouvelles de l'inconstante ; il redoutait tellement la réponse éventuelle de sa sœur... N'allait-elle pas lui apprendre que Julie se montrait en compagnie d'un autre galant, qu'elle était fiancée peut-être ?

Pour ajouter à sa déception, le jeune homme se rendait bien compte que les clients se montraient frileux, ce qui exaspérait inutilement son père. La majorité des pratiques n'engageaient pas de grosses dépenses. Les lots soldés s'arrachaient et les filles à marier devaient bien souvent se contenter d'un trousseau assez modeste. L'achat d'une automobile n'était sûrement pas pour demain !

Le soir, à l'étape, Romain lisait les journaux ; il lui arrivait de bougonner, puis de hausser le ton :

— Il serait grand temps que nos gouvernants s'entendent et engagent quelques réformes. Au train où vont les choses, ils finiront par tuer le commerce. Voilà du chômage en perspective !

Ni son fils ni le commis ne relevaient ses propos ; l'un parce qu'il avait d'autres idées en tête, l'autre parce qu'il n'entendait rien à la politique.

« D'ailleurs, se disait Marcelin, je ne vois vraiment pas ce que nous pourrions y changer. Ils ne nous demanderont pas notre avis pour mener leur barque, c'est sûr ! Avec toutes leurs manigances… »

Ses réflexions s'arrêtaient là et on le voyait soulever les épaules en signe d'impuissance. Pour se redonner le moral, il avalait une seconde assiettée de soupe ou une autre tranche de fromage de brebis.

Pour se distraire de ses idées fixes, Gabriel avait tenté de séduire une soubrette, ici ou là. Mais c'était sans conviction aucune. Pourtant, le seul moyen de repousser l'image de Julie était certainement d'avoir quelques aventures passagères. De sombre, son humeur était devenue détestable.

Dans une bourgade où l'on avait séjourné une semaine entière pour prospecter dans les environs, la servante d'auberge ne semblait guère farouche. Le surlendemain de son arrivée, Gabriel avait réussi à la mettre dans son lit. Deux jours plus tard, il le regrettait déjà. Aussi, bien qu'il ne cesse de jurer le contraire à la jeune fille éplorée, il éprouva un immense soulagement en repartant vers d'autres cieux.

La seconde partie de la campagne se révéla heureusement un peu plus lucrative. Les territoires traversés, riches régions d'agriculture et d'élevage, abritaient d'importants domaines. Le père de Gabriel en vint à se demander s'il ne réorganiserait pas sa prochaine tournée. Mais, tout d'abord, il s'agissait de terminer celle-ci dans les meilleures conditions.

Dans chaque hameau, le père et le fils se partageaient les maisons à visiter. Connu de tous maintenant, Gabriel pouvait commercer sans la présence de son père. Parfois, le commis accompagnait l'un ou l'autre des toiliers ; d'autres fois, il louait une bicyclette à l'étape et prospectait seul dans des maisons de confiance, pour le compte de Romain Lacaze. Il présentait essentiellement des échantillons ; au besoin, Gabriel ou son père faisait là une seconde visite, à la demande des clients.

Romain n'aimait guère voir son commis partir seul, mais c'était là un gain de temps appréciable. Et puis Marcelin était honnête, habile vendeur ; il savait tirer avantage de tout, tenter les dames et les demoiselles sans qu'il y paraisse trop. Partout, sa bonhomie inspirait confiance.

Mars s'achevait dans un dernier soubresaut de l'hiver. Si, dans le lointain, les montagnes dressaient encore des crêtes toutes blanches, les abords du village reverdissaient enfin. Parfois, des giboulées noyaient le ciel d'un bleu pâle hésitant ; puis les ondées laissaient la place à un soleil un peu timide qui dispensait cependant une agréable tiédeur.

Malgré ses résolutions du début de l'année, Flora souhaitait et appréhendait à la fois le retour des négociants. Aurait-elle le courage de rencontrer Bastien Ménétrol, de sonder ses sentiments, de l'amener à lui apprendre, enfin, quel drame ancien séparait leurs deux familles ?

Pâques viendrait tard cette année-là ; les hommes, sans doute, s'efforceraient d'être rentrés pour la fête en famille. Après bien des hésitations, Flora décida de charger Vincent d'aller aux nouvelles. Il serait surpris, poserait des questions embarrassantes… Alors, quel prétexte invoquer ?

Depuis que le printemps avait repris possession des campagnes, le garçon circulait volontiers tout autour du village sur le vieux vélo de Gabriel. Souvent accompagné de ses deux meilleurs camarades, il allait et venait d'une rue à l'autre dès que sa mère ou sa grand-mère le libéraient.

— Devine qui on a vu hier en se baladant ? Julie Cormeil avec son bon ami !

Le frère de Flora avait un petit air triomphant. Les amoureux se croyaient bien cachés, mais ses copains et lui avaient l'œil. Pourtant, Vincent n'en parlerait à personne d'autre qu'à sa sœur, cafter ne lui plaisait pas. Et puis, ce n'était pas son affaire, après tout.

— Tu es sûr, tu l'as bien reconnue ?

— Pour ça oui ! Bras dessus, bras dessous, ils se promenaient sur le sentier du moulin de Vinsannes. Il y a des arbres tout autour, mais de là où l'on se tenait, on voyait tout. Après, ils se sont assis au bord du ruisseau. Le garçon, je le connais pas, Pierrot et Roger non plus. Elle riait de bon cœur quand il l'embrassait alors il a dit : Chut ! en regardant de tous les côtés. On est repartis à pas de loup, les vélos étaient restés un peu plus haut.

Flora pensait à la désillusion de Gabriel, s'il apprenait.

— Tu n'en parleras pas à Gabriel, surtout, il aurait de la peine.

— Ah bon ? Il y tient tant que ça, à Julie ?

— Je crois bien, oui. Alors, autant l'épargner.

— Je suis pas de ton avis. Parce qu'il faut te dire, c'est pas le premier galant que je lui vois. On peut même dire qu'elle en change souvent ! Notre frère ferait bien de se trouver une autre bonne amie parce que celle-là...

— C'est possible, mais ça le regarde. N'empêche, ne lui dis rien, crois-moi.

Elle inspira longuement avant de demander, désinvolte :

— Par hasard, tu ne sais pas si les Ménétrol vont rentrer bientôt ?

Vincent lui jeta un regard effaré.

— Les Ménétrol ? J'en sais rien du tout ! Pourquoi veux-tu...

— Oh, c'était juste comme ça ! J'ai mes raisons... Tu te promènes souvent sur la route de Grignat, non ? Forcément, tu passes devant chez eux. Je voudrais juste savoir quand ils seront là, c'est tout.

— Mais qu'est-ce que tu leur veux ? On leur parle jamais ! Tu as dans l'idée de leur jouer un tour, c'est ça ?

Flora haussa les épaules avec impatience.

— Mais non ! Je voudrais juste savoir quand ils seront rentrés.

— Tu en pinces pour Bastien ? Ben, si c'est ça, tu as intérêt à ce que personne le sache, dans la famille !

— Vincent, arrête ! S'il te plaît, avertis-moi quand ils seront de retour, je ne te demande rien d'autre.

Le garçon dévisagea sa sœur ; il fronçait les sourcils devant ce caprice incompréhensible.

— Bon, d'accord, c'est bien parce que c'est toi ! Mais j'espère qu'ils reviendront avant le père, s'il me voyait près de chez eux... tiens, je préfère ne pas y penser !

Le lundi de Pâques, bien à contrecœur mais pour Flora il se serait fait couper en deux, Vincent abordait Bastien Ménétrol. Le jeune homme était rentré depuis trois jours. À la grande déception de Catherine et de Victoire, dans sa dernière lettre, Romain annonçait son arrivée pour la semaine suivante seulement. Georgette et son père étaient venus passer la journée du dimanche ; leur présence avait fait agréablement diversion.

Traditionnellement, on avait dégusté un gigot de l'agneau pascal. Et, comme à l'accoutumée, Victoire avait régalé son monde avec une crème anglaise et son île flottante au caramel.

— Les poules se sont remises à pondre, dit Catherine, il faut bien utiliser les œufs. Georgette, fais-moi donc penser à t'en donner une douzaine.

Le petit billet écrit par Flora au fond de sa poche, Vincent, de bon matin, allait et venait de la place de l'Église à l'entrée de la route de Grignat. Depuis la haute grille, à chaque passage, il surveillait la maison des Ménétrol. Elle se dressait à une dizaine de mètres de l'entrée, dans un parc dont les arbres étalaient fièrement leurs feuilles tendres, cossue, avenante, avec un petit perron de dalles grises et une grande porte-fenêtre.

Enfin, Bastien parut sur le seuil ; il fit mine de se diriger vers le garage, à gauche de la demeure.

— Monsieur ! cria le garçon.

Le jeune homme tourna la tête, revint sur ses pas, regarda avec étonnement l'adolescent qui lui tendait une lettre.

— Comment t'appelles-tu ? demanda Bastien en saisissant la petite enveloppe.

Déjà, Vincent avait sauté sur son vélo ; de toutes ses forces, il pédalait vers le village.

« Tout de même, se disait-il, cette Flora, elle a de ces idées... »

En fin d'après-midi, la jeune fille faisait d'incessants allers et retours sur une petite route ensoleillée. Elle avait donné rendez-vous à Bastien Ménétrol en ce lieu écarté où, depuis l'abandon de l'unique ferme au bout du chemin, personne ne venait jamais. La maisonnette disparaissait presque derrière un fouillis d'arbres et d'arbustes. Des ronces, des orties, des mauvaises herbes n'engageaient pas le promeneur à flâner de ce côté.

Le vent d'avril, encore un peu frais, ébouriffait les branchages parés de petites feuilles toutes neuves. Au bord du chemin, de minuscules violettes, des potentilles jaune vif, de candides anémones parsemaient l'herbe d'un vert gai et luisant. Le cœur de Flora battait la chamade. Pourvu que Bastien n'arrive pas en automobile ! Le bruit du moteur risquait d'attirer quelqu'un et de les dénoncer. Et si on les surprenait ? Et s'il ne venait pas ?

Il apparut soudain, au sortir du dernier virage, sur un vélo qu'elle ne lui connaissait pas. Sans réfléchir, elle fit deux pas en arrière sur le chemin broussailleux. Il abandonna son vélo au revers du talus, passa machinalement sa main dans ses boucles et, après un petit salut de la tête, la dévisagea d'un air interrogateur.

Sous le regard bleu foncé, intrigué mais pas du tout hostile, Flora sentit ses jambes se dérober. Elle aurait voulu fuir, loin, mais elle restait là, figée. Un vertige la saisit et elle dut se raidir pour ne pas tomber.

— Vous... vous vouliez me parler ?

Incapable de répondre, elle fit oui de la tête. Elle était blême.

— Cela ne va pas ? dit-il en avançant vers elle, la main tendue.

— Si, si. Je suis Flora Lacaze et…

— Je sais, je vous ai reconnue. Mais peut-être avez-vous oublié notre rencontre, il y a presque un an ?

Oublier leur rencontre ! Si seulement… Oh non ! Elle n'avait pas oublié.

— Asseyez-vous ici, dit Bastien en montrant le talus.

— Je préférerais un peu plus loin.

D'un pas mal assuré, elle marcha vers la ferme abandonnée et il la suivit. Elle se laissa tomber dans l'herbe, au bord du fossé envahi d'herbes vivaces. Il restait debout à la regarder, des questions plein les yeux.

— Pourquoi me détestez-vous ?

Elle ne put en dire davantage et, cachant son visage dans ses mains, éclata en sanglots.

X

Aveux

HONTEUSE, FLORA N'OSAIT PAS relever la tête. Se laisser aller ainsi, devant celui à qui elle aurait voulu donner l'image d'une jeune fille déterminée, pleine d'assurance... Pourtant, dans l'ignorance des sentiments de Bastien, elle restait sur ses gardes. S'il la rejetait, ce qui était probable et même presque certain, elle avait décidé de ne pas laisser paraître sa déception, aussi profonde soit-elle.

Un Bastien méprisant ne devait pas deviner combien elle tenait à lui. Et voilà que ses larmes ridicules l'avaient trahie. Elle s'adressait d'amers reproches, persuadée qu'il avait compris sans peine l'absurde attachement qu'elle lui vouait.

Quand elle parut reprendre son sang-froid, Bastien se pencha vers elle pour dire doucement :

— Vous détester, moi ? Et pourquoi donc ? Si seulement nous nous connaissions un peu... Qu'est-ce qui vous fait croire ?...

Rageusement, elle s'essuya les yeux d'un revers de main et se redressa pour lui faire face.

— La vieille haine, vous êtes au courant, je suppose ? Nos deux familles sont ennemies depuis toujours, vous ne pouvez pas l'ignorer !

— Oh ! Ce différend entre votre aïeul et le mien ? Bien sûr que je sais ! C'est même la première chose que m'a expliquée mon père quand j'ai eu l'âge de comprendre. Mais, franchement, cela n'a jamais été ma première préoccupation, il s'en faut !

— Pourtant, comme tous les vôtres, vous vous tenez soigneusement à l'écart des membres de ma famille, non ?

— Comment faire autrement ? jeta Bastien en haussant un peu le ton. Je suis trop respectueux pour désobéir à mon père, vous aussi je suppose ?

Flora préféra éluder la question. Elle cherchait comment reprendre le dialogue quand le jeune homme poursuivit :

— Nous voilà, je pense, à la quatrième génération. Ne pensez-vous pas que nous pourrions faire l'effort d'oublier ce vieux litige qui n'a plus raison d'être ? Mais je m'emporte et je ne sais toujours pas pourquoi vous vouliez me rencontrer. Est-ce pour ranimer le débat ou pour faire la paix, au contraire ?

Prise de court, Flora tentait de rassembler ses idées. Que répondre sans perdre la face ? Elle s'était attendue soit à un rejet sans appel, soit à des marques d'intérêt, peut-être même un peu plus. La tournure prise par la conversation la déroutait. L'impatience la gagna, il fallait en finir.

— Oui, j'ai quelque chose à vous demander. Dans ma famille, personne, pas même ma grand-mère, ne sait l'exacte raison de cette vieille rancune... ou alors on ne tient pas à me la dire. J'en ai assez de me poser des questions, aussi ai-je pensé que vous seul pourriez m'apprendre la vérité.

Bastien secoua la tête, leva les mains en signe d'impuissance.

— Je regrette, mais vous vous trompez. L'origine de cette rancœur, mon père a dit qu'il me l'apprendrait quand il jugerait le moment venu. J'ai bien peur que nous n'en sachions pas plus l'un que l'autre.

— Cela ne paraît pas tellement vous préoccuper...

— Non, je vous l'ai dit. Vous, vos frères et moi-même devrions oublier cette vieille histoire qui n'a plus raison d'être, est-ce que j'ai tort ?

— Sans doute pas. Pourtant vous affirmez ne pas vouloir contrarier votre père, moi de même. Alors ?

Bastien réfléchit quelques minutes. Les sourcils froncés, il avait une moue d'enfant qui se concentre pour résoudre une énigme. Émue, Flora détourna le regard afin que rien ne transparaisse de son trouble.

— Vous avez raison, nous voilà dans une impasse…

Il souriait légèrement. Dieu qu'il était beau ! Le soleil perçant à travers les branches d'un vieux frêne proche illuminait ses cheveux. Un élan irrépressible la portait vers lui ; elle baissa les yeux le temps de se reprendre.

— La seule chose que je sais, reprit le jeune homme, c'est que mon ancêtre était accusé à tort d'avoir nui à votre famille. Voilà la version de mon père.

— Et de quoi les miens l'accusaient-ils ?

— C'est justement ce que j'ignore.

— Ma grand-mère m'a confié qu'il ne s'agissait pas d'un crime mais d'une affaire d'honneur. Et elle a dit : « Tant qu'il y aura des Ménétrol, les descendants des Lacaze ne pourront pas leur pardonner ! Aux femmes, à la rigueur, aux hommes jamais ! »

— Vous m'en voulez donc, à moi comme à tous les miens ?

— Moi ? Je…

Elle avait failli laisser échapper son secret. Alors Bastien parut la voir vraiment. Il la dévisageait avec une avidité anxieuse. Elle ne parvenait pas à déchiffrer son regard bleu qui reflétait des émotions contradictoires. Il fit le geste de lui prendre les mains, se reprit, laissa retomber ses bras.

— Maintenant, dites-moi. Vous m'avez demandé si je vous détestais. Et vous, qu'éprouvez-vous pour moi ? De la rancœur bien sûr !

Lentement, elle fit non de la tête. Dans ses yeux vert brillant, il lut ce qu'elle ne consentait pas à avouer. Un élan soudain les poussa l'un vers l'autre et Bastien l'enveloppa de ses bras, la serra passionnément. La bouche dans ses cheveux, il murmura :

— Flora, depuis près d'un an votre image me suit partout. J'ai lutté longtemps, mais rien n'y fait ! Vous m'aimez, n'est-ce pas, ne dites pas non, je vous en supplie !

— Oui, depuis ce jour moi aussi je vous aime. Mais c'est impossible, vous le savez bien ! Nos pères n'accepteront jamais...

Ses yeux se remplirent de larmes. Un bonheur indicible et la plus grande amertume la submergeaient. Pourquoi le sort les avait-il fait naître dans deux familles ennemies, pourquoi ? C'était trop cruel, trop injuste, et tellement immérité.

Il la serra plus étroitement.

— Ils ne nous sépareront pas, je le jure, ni eux ni personne ! Je ne sais pas encore comment mais je trouverai. Flora, je vous aime, le reste ne compte pas.

Longtemps, les jeunes gens restèrent ainsi, sans parler. Enfin ils se séparèrent, éblouis, soulevés d'un espoir indéfectible et sans doute insensé. Ils possédaient tout, ils n'avaient rien. Ils emportaient pourtant la certitude que leur amour triompherait de tous les obstacles.

Parmi les tâches urgentes, au retour de Romain et de Gabriel, s'imposait tout d'abord le réapprovisionnement de la boutique de Victoire. Elle payait un voisin qui, une fois par semaine, rapportait de Grignat dans sa charrette les denrées alimentaires indispensables. Flora se chargeait de la correspondance concernant les commandes de mercerie. Depuis la gare la plus proche, un courrier mensuel acheminait les colis jusqu'au village. Souvent, les clientes s'impatientaient :

— Mes huit pelotes de laine grise, elles arriveront quand ?

— Vous n'avez plus de coton grège ? J'en aurais voulu trois grosses bobines pour un jeté de table...

— Les boutons seront bientôt réassortis ? Dans votre collection, je ne trouve rien qui convienne pour la veste de ma fille !

Aux unes et aux autres, Victoire répondait patiemment que, dans la prochaine livraison, elle aurait un grand choix de tous ces articles et de bien d'autres, et aussi des nouveautés. Elle n'ignorait pas que, si les pratiques avaient l'occasion de se rendre à Grignat, certaines n'hésiteraient pas à acheter ailleurs. Aussi se réapprovisionnait-elle régulièrement.

Les hommes rentrés, elle confiait une liste de fournitures à Gabriel. Certains commerçants de la petite ville acceptaient de « dépanner » Victoire Lacaze. Mais, sur ces articles-là, il fallait obligatoirement réduire la marge de bénéfice, les prix des merciers de Grignat n'étant pas ceux des grossistes, bien entendu. Le jeune homme rapportait également les produits d'épicerie ; ainsi l'on économisait le montant du transport abandonné au voisin durant l'hiver.

De son côté, Romain recevait divers courriers de fournisseurs auxquels il devait répondre au plus tôt. Les patrons d'usines et de manufactures jetaient des jalons ; ensuite, ils savaient où envoyer leurs voyageurs de commerce, munis d'échantillons en vue de commandes fermes pour la fin de l'été.

Un fournisseur de longue date qui possédait à Amiens une manufacture de vêtements, draps, velours, coutil, s'adressait en ces termes au négociant voyageur :

« En réponse à votre honorée du 5 courant et selon votre désir, nous vous adresserons par poste notre collection velours, avec tarifs et tous renseignements utiles. Nous espérons que vous y trouverez matière à un choix suffisant… »

Un autre grossiste, domicilié à Rouen, relançait Romain.

« Nous vous avons offert notre collection de chemises, caleçons et tous tissus y ayant trait, or vous n'avez pas profité de cette offre. Nous avons mieux encore à vous proposer : un stock permanent de chemises, constamment disponibles en magasin. Cette innovation nous permet de comprimer les prix, tout en maintenant une confection impeccable. Nous vous expédions, à titre d'examen, une petite collection réduite, avec la liste des

prix qui s'entendent NET, sans escompte (règlement 30 jours fin de mois en notre traite)... »

Sa lecture achevée, le toilier s'emporta :

— Il m'expédie de la marchandise que je n'ai pas commandée ! Qu'il la garde, sa camelote ! Flora, note bien l'adresse de ce grossiste qui force la vente. Si son colis arrive en mon absence, il faudra absolument le refuser, n'oublie pas de le dire à ta mère.

Flora releva le nom du fournisseur avant de rejoindre Victoire au magasin. Elle évitait le plus possible de rester seule en présence de son père, dans la crainte continuelle qu'il ne lise son secret sur son visage.

Romain continuait à dépouiller le courrier accumulé. Durant le dernier mois de sa campagne, il ne voulait pas que les lettres lui soient réexpédiées de crainte qu'elles ne s'égarent. La dernière enveloppe ouverte le mit d'une extrême mauvaise humeur.

« Nous vous accusons réception de votre lettre du 3 mars dernier. Nous avons le regret de vous faire savoir qu'il ne nous est pas possible de vous consentir l'escompte de 3 % sur les articles que vous nous demandez. Nos prix sont nets et nos factures payables à réception dans leur intégralité. D'autre part, certains des articles qui vous intéressent se trouvent épuisés. Dans l'attente de vous lire, nous vous présentons... »

Romain fit l'impasse sur la formule de politesse en s'exclamant à voix haute, bien qu'il fût seul dans la cuisine :

— Dans l'attente de me lire ! Ils attendront longtemps ! Un vieux client comme moi ! Je me passerai de leurs services. Depuis quand leurs factures sont-elles payables à réception ? Voilà qui est nouveau. Non mais, qu'est-ce qu'ils s'imaginent, qu'ils sont les seuls sur le marché ?

Il prit une feuille blanche, ouvrit l'encrier, s'empara du porte-plume. Puis il entreprit de rédiger une commande d'échantillons auprès d'une maison de confiance.

« Je vous serais très reconnaissant de bien vouloir m'envoyer dans les meilleurs délais, à l'adresse habituelle, les échantillons des articles suivants : flanelles Tennis et Égyptienne, flanelle croisée extra, flanelle de Rouen, flanelle "Forthomme" ainsi que percale d'Alsace, percale imprimée série 94... »

Il continua un long moment, empila les enveloppes à poster le lendemain matin. Puis il monta se changer dans sa chambre ; l'heure était venue de gagner la ferme où l'attendaient quelques travaux de réparation sur des clôtures que l'hiver avait endommagées.

De son côté, avec l'aide de Marcelin, Gabriel avait d'abord répertorié les invendus rapportés de la dernière campagne. À partir de là, il faudrait reconstituer les stocks. Bien que ce ne soit pas la spécialité de la maison, on vendait une petite partie de ces marchandises à des connaissances, l'été durant.

Depuis son retour au pays, le jeune toilier restait sombre. Julie le fuyait, refusait tous ses rendez-vous. Un jour, excédé, il avait exigé des explications ; l'effrontée avait éclaté de rire.

— Mon pauvre Gabriel, mais qu'est-ce que tu étais allé imaginer ?

— Tu avais promis de m'écrire...

— Moi ? Jamais de la vie, tu as rêvé ! Je suis jeune et je veux profiter des bons moments avant de me mettre la corde au cou ! Un jour ou l'autre, il faudra bien que je me marie, mais j'ai tout le temps !

Alors le jeune homme avait craché toute sa rancœur. Des éclairs de rage dans les yeux, Julie lui avait jeté méchamment :

— Occupe-toi plutôt de savoir qui ta sœur fréquente, et fiche-moi la paix une bonne fois pour toutes !

Comment Flora et Bastien auraient-ils pu deviner que, ce jour-là, on les épiait derrière les arbustes inextricables qui entouraient la petite ferme solitaire ?

Leurs rendez-vous étaient rares ; ils devaient faire preuve de la plus grande prudence. Aussi, chacun de son côté se morfondait en attendant la prochaine rencontre. Si Bastien jouissait de la plus grande liberté, il n'en était pas de même pour Flora, le dimanche après-midi excepté. Entre le ménage, les courses, les menus travaux près de sa grand-mère, il ne lui restait guère de temps libre.

Les jeunes gens se retrouvaient toujours aux alentours de la ferme abandonnée, au sein d'une végétation touffue, exubérante qui, croyaient-ils, les dissimulait aux yeux du monde. La pluie d'été, un jour, les avait surpris. Bastien n'avait eu aucun mal à forcer la porte de la grange attenante à l'ancienne habitation.

Le temps de l'averse, ils s'étaient abrités là. L'endroit, poussiéreux et sombre, sentait le renfermé. Un reste de foin jonchait le sol. Une faux à la lame rouillée, une fourche aux dents de bois cassées, une vieille brouette sale occupaient l'angle gauche, près de la porte. Enlacés, Flora et Bastien avaient attendu que les doigts légers de la pluie cessent de tambouriner sur les vieilles tuiles du toit.

Le temps était aboli, ils étaient seuls au monde. Ils refusaient d'envisager leur avenir, tellement incertain. Alors qu'ils s'apprêtaient à ressortir, Flora avait dit, le regard plein d'anxiété :

— Tu es sûr que tu pourras m'attendre deux années ? C'est long, tu sais... Mais tant que je ne suis pas majeure...

Bastien l'avait embrassée tendrement, jurant une fois encore qu'il l'attendrait bien plus longtemps si c'était nécessaire. L'un comme l'autre évitait d'évoquer leur vie future qui paraissait si loin, si irréelle.

— Tu ne pourras jamais quitter ta famille, tes parents n'ont que toi...

— Si mon père refuse notre mariage, il le faudra bien. Dans ce cas, je partirai sans rien, tu t'en doutes. Es-tu prête à vivre chichement, à patienter jusqu'à ce que je trouve un travail ?

— Moi aussi, je travaillerai ! À nous deux il n'y aura rien d'impossible.

Flora jurait qu'elle le suivrait n'importe où, prête à toutes les privations pourvu qu'ils soient ensemble. Elle qui avait rêvé d'avoir une automobile, de vivre dans la belle maison qui se construisait à Grignat, elle oubliait tous ses songes puérils. Vivre avec Bastien, lui seul, même pauvre, démuni, et elle serait heureuse, décidée à tous les sacrifices.

Évitant les branches humides, les feuillages qui s'égouttaient, les jeunes gens firent quelques pas sur le chemin lavé de sa poussière. Autour d'eux, tout était calme. Seul les accompagnait le murmure d'un minuscule ruisseau qui se faufilait entre les herbes brillantes de pluie.

Abritée sous une haie touffue, non loin de là, Julie était restée interdite. L'averse lui avait fait manquer un rendez-vous galant dans un petit bois, à quelque distance. La contrariété de n'avoir pu rencontrer son amoureux du moment fit place à une joie mauvaise.

« Gabriel, tu vas tomber de haut ! pensa-t-elle perfidement. Ta sœur avec le pire ennemi de ta famille, en voilà une histoire ! Au besoin, je saurai m'en servir. Récemment, tu m'as presque insultée, tu le regretteras, je le jure ! »

XI

Le bal

Au gré de Flora, l'été fuyait beaucoup trop vite. En octobre, Bastien allait repartir ; six mois loin de lui, une éternité ! Pour se donner du courage, elle se disait : plus le temps passe et plus l'on se rapproche du jour où je pourrai m'émanciper, échapper à l'autorité de mon père… C'était là une bien faible consolation.

À la mi-juillet, le dimanche de la fête patronale, ses amies Suzanne et Louise avaient réussi à l'entraîner au bal. Les deux jeunes filles passaient leurs congés au village et comptaient bien profiter de leur liberté toute provisoire.

Après les jeux traditionnels (course en sac, mât de cocagne, défilé de charrettes et de vélos fleuris), le bal attirait la jeunesse venue de tous les environs. Il se tenait dans le plus grand hôtel du village ; la foule était telle que beaucoup de couples évoluaient dans la grande cour pavée. Fenêtres et portes grandes ouvertes, la musique arrivait à flots ; dans la rue, derrière la murette, la foule s'attroupait. Bien involontairement, sous un soleil de plomb, les danseurs offraient un spectacle gratuit. Pour ménager cette seconde piste de danse, on avait repoussé tables et chaises ; le côté ombragé de la cour était pris d'assaut par les consommateurs.

Un jeune homme barbu venait d'entraîner Suzanne dans une valse musette. Louise et Flora se retrouvaient seules à une petite table de fer. Elles se protégeaient de leur mieux de la chaleur en sirotant une limonade. Parmi les danseurs,

Flora regardait évoluer Denise et Françoise au bras de leur fiancé respectif. Quelle chance de pouvoir se montrer ainsi, au grand jour !

La danse s'achevait. Aussitôt, l'orchestre joua les premières notes d'une marche entraînante. La jeune fille sursauta quand une voix dit à son oreille :

— M'accorderez-vous cette danse ?

Francis Clavérol se tenait devant elle, un peu gauche, s'efforçant de vaincre sa timidité. Indécise, Flora jeta un coup d'œil à Louise qui l'encouragea d'un sourire et d'un battement de cils.

Elle se leva, fit quelques pas avant de se retrouver dans les bras du futur pharmacien. Ils firent deux ou trois tours de piste sans parler. Flora ne parvenait pas à se départir d'une certaine raideur ; l'odeur de l'eau de toilette de Francis l'incommodait. Grasse et luisante, la brillantine plaquait ses cheveux sur son crâne. Elle n'osa pas lui faire l'affront de l'abandonner là, espérant que la danse ne serait pas bissée par le public.

Pour se détendre, elle imagina que Bastien la tenait dans ses bras. Bastien… Pour la fête du village, ses parents avaient invité une grande partie de leur famille. Le fils de la maison pourrait difficilement s'absenter. De toute manière, il n'était pas question de songer à une rencontre, au vu et au su de tous. D'un commun accord, les jeunes gens avaient décidé de ne rien changer à leurs habitudes pour ne pas éveiller les soupçons.

La voix de Francis ramena Flora sur terre.

— Excusez ma maladresse, je ne suis pas vraiment un bon danseur…

Elle lui adressa un petit sourire qui disait : « c'est sans importance ! » alors qu'elle pensait : « inutile de le dire que vous dansez mal, je m'en étais aperçue ! »

Maintenant, il la raccompagnait à sa table.

— Je peux vous offrir un rafraîchissement ?

D'un coup d'œil, elle vit que Suzanne avait rejoint Louise.

— Non merci, excusez-moi, mes amies m'attendent.

— Ah, c'est dommage ! Je… je voulais vous dire, vous êtes magnifique dans cette toilette.

Elle évitait de regarder son malheureux soupirant et ne vit pas qu'il avait rougi.

— Qu'est-ce qui est magnifique, demanda-t-elle d'un ton piquant, ma robe ou moi ?

Alors elle leva les yeux vers Francis qui s'était empourpré davantage encore et restait muet. Lui tournant le dos, elle s'assit près de Suzanne tandis qu'il faisait demi-tour.

Cette robe qu'elle étrennait aujourd'hui, coupée dans un léger coton blanc parsemé de brassées de fleurettes multicolores, Bastien l'aimerait, elle en était certaine. Elle la mettrait pour leur prochain rendez-vous.

— Apparemment, te voir courtisée par le fils du pharmacien ne te fait ni chaud ni froid !

À cette boutade de Suzanne, Louise éclata de rire. Flora se contenta de hausser les épaules. Il lui tardait de partir, mais elle s'obligea à rester encore un peu. Pour la danse suivante, trois garçons, dont le barbu, vinrent solliciter les jeunes filles. Alors qu'elle tournait dans les bras d'un grand brun, bon danseur celui-là, Flora croisa soudain le regard de Julie Cormeil. Minaudant aux propos de son cavalier, dans une robe rouge vif trop clinquante, elle semblait vouloir la défier. Pourquoi ? Ses démêlés avec Gabriel, sans doute. Où en étaient-ils, ces deux-là ? Elle s'avisa alors que son frère n'était pas venu danser. Peut-être profitait-il des autres attractions de la fête, le tir ou la course à pied…

Gabriel était bien sot de s'être attaché à cette fille volage. Mais elle-même savait trop bien que l'élan qui vous porte vers l'autre est sans appel : on le subit, c'est tout.

Depuis une dizaine d'années, un toilier avait imité quelques collègues en fondant le syndicat des négociants voyageurs de Grignat et des environs. Les adhérents étaient de plus en plus nombreux. Les premiers syndicats avaient eu le mérite d'organiser l'ancienne profession des marchands de toile, à une époque où l'individualisme était encore de rigueur. Romain Lacaze avait d'abord refusé d'abandonner son indépendance. Pour une fois, Victoire avait cru bon de s'en mêler.

— Qui te parle d'abandonner ton indépendance ? D'après ce qui se dit partout, le syndicat c'est le moyen de défendre ton métier et celui de Gabriel. Vois Clovis Tournadre, Antoine Malbeuf, Lucien Fargues et quelques autres. Eux n'ont pas hésité. Ce sont pourtant des hommes sensés, qui font de bonnes affaires. S'ils voient l'intérêt de se regrouper, c'est qu'ils ont à y gagner, tu ne penses pas ?

Elle avait avancé ces quelques noms en connaissance de cause. Ces trois négociants, son mari les appréciait. Mais il estimait ne pas avoir de leçons à recevoir. De caractère indépendant, un peu buté, il continuait à peser le pour et le contre.

— Sais-tu seulement ce qu'est un syndicat ? demanda-t-il, à bout d'arguments.

— Tu me prends pour une demeurée ? Naturellement, je le sais ! Depuis le temps qu'on en parle, à la boutique et partout ! Le syndicat regroupe des gens d'un même métier pour défendre leurs droits, les protéger, empêcher qu'on les gruge. Qu'as-tu à y redire ?

Romain se fit encore un peu tirer l'oreille. En réfléchissant, il se dit que Lucien, Clovis et Antoine devaient avoir raison, par conséquent, sa femme aussi... À la fin, il entreprit les démarches pour adhérer au syndicat des négociants voyageurs de Grignat.

Depuis peu, quelques-uns de ces commerçants faisaient paraître un petit journal trimestriel. On y trouvait des nouvelles de la profession, des adresses utiles. Une rubrique réservée aux abonnés eux-mêmes les faisait connaître de leurs collègues.

Chaque année, le second dimanche d'août, était organisé à Grignat un grand banquet. Non seulement les familles des adhérents y étaient invitées, mais aussi des personnalités du département. Romain se devait d'y assister, avec son épouse et son fils. Au début, la crainte de se trouver confronté à Gildas Ménétrol l'avait retenu. Mais les convives étaient si nombreux que les deux hommes n'avaient aucune peine à s'éviter.

Gabriel aimait participer à ces agapes où il retrouvait de jeunes toiliers rencontrés au hasard des étapes. Le banquet se clôturait par un grand bal fort apprécié de la jeunesse. En ce bel été de 1933, Flora venait d'avoir dix-neuf ans et son père s'était avisé que sa fille était ravissante. Il avait donc décidé de l'emmener, elle ne pourrait que lui faire honneur.

Pour la jeune fille, il ne pouvait être question de refuser. Et dire qu'en d'autres circonstances, elle aurait été si heureuse de rencontrer tout ce beau monde… Quand elle fit part de la décision de son père à Bastien, il s'était aussitôt rembruni.

— Surtout, nous ne devrons pas nous parler, nous regarder non plus !

— Mais Bastien, rien ne sera plus facile ! Tous ceux qui nous connaissent savent depuis longtemps à quoi s'en tenir sur les relations entre nos deux familles.

— C'est vrai, je n'ai pas réfléchi… La peur de nous trahir devant les autres me fait dire n'importe quoi.

Pour se faire pardonner, il embrassa doucement Flora, la berça contre lui. Elle se blottit dans ses bras en soupirant :

— Dire que ce banquet aurait pu nous apporter tant de plaisir… Crois-tu que nous parviendrons à être heureux, un jour ?

— Non seulement je le crois, mais j'en suis certain !

La fermeté de cette réponse était réconfortante. Alors elle décida de chasser les nuages sombres qui pesaient sur eux. Profiter des rares moments où ils se retrouvaient, oublier tout le reste, se laisser porter par les événements, ne plus penser enfin… Elle noua ses bras autour du cou de Bastien, pressa sa joue contre la sienne.

— Laissons faire notre bonne étoile. Qui sait, l'avenir n'est peut-être pas si inquiétant, après tout...

À l'abri sous l'ombre du vieux frêne complice, près de la ferme vide, ils restèrent longtemps sans parler.

Après son entrevue orageuse avec Julie, Gabriel observait longuement sa sœur dès qu'il en avait le loisir. Si vraiment elle fréquentait un jeune homme, comme l'avait insinué celle dont il n'avait pu gagner le cœur, leurs rencontres devaient être rares. Flora ne s'absentait guère que pour les courses dans le village. Certes, elle rendait quelques visites à l'une ou l'autre de ses amies. Denise et Françoise étaient fiancées ; elles consacraient probablement leur temps libre à leur futur mari. Ni l'une ni l'autre n'avaient de frère, alors...

Francis Clavérol ? On ne le voyait pour ainsi dire plus. Était-ce pour donner le change ? Ou bien Flora l'avait-elle éconduit ?

Lorsque Louise et son amie Suzanne Malbeuf arrivèrent d'Aurillac pour deux semaines de congé, Gabriel se posa des questions. Le frère de Louise peut-être ? Non, trop rustre, indélicat, il n'avait rien pour séduire. Clément Malbeuf par contre... Il le connaissait assez peu. Soudain, il décida de charger Vincent d'une surveillance que lui-même ne pouvait assumer.

Les mois d'été demandaient une présence constante à la ferme où les travaux n'attendaient pas. Son jeune frère donnait la main, certes, mais Gabriel devait aussi faire les trajets entre le village et Grignat. Et puis le garçon passerait davantage inaperçu.

Vincent commença par refuser tout net. Sans l'avoir jamais révélé à personne, il n'oubliait pas qu'il avait un jour servi d'intermédiaire entre Flora et Bastien Ménétrol. Pourtant il n'imaginait pas que le fils de Gildas puisse être amoureux de sa sœur ni elle de lui, c'était tout à fait impensable. Ils ne se rencontraient jamais, de cela Vincent était absolument sûr.

Alors, comment auraient-ils pu… Non, Flora avait peut-être un amoureux, mais ce n'était pas Bastien.

— Ce que je te demande n'est pourtant pas très difficile, insista Gabriel mécontent. Tu traînes un peu partout avec tes copains, alors autour de chez Malbeuf ou ailleurs, qu'est-ce que ça change ?

— Et même si Flora a un bon ami, en quoi ça te regarde ? C'est le père qui t'a demandé de la surveiller ?

— Arrête de discuter à la fin, fais ce que je te dis ou je reprends mon vélo !

— Tu as pas le droit ! Le vélo c'est le père qui l'a payé. Maintenant que tu en as un tout neuf, il a dit que celui-là, c'était le mien ! Moi je ramasse tes restes, d'accord, mais après tu n'as rien à y voir.

Gabriel comprit qu'il n'obtiendrait rien du garçon furieux et entêté. Il chercha donc un autre moyen de persuasion.

— Écoute, si tu fais ce que je te demande, tu auras un beau billet avant que je reparte, promis.

— Bon, je le ferai, dit Vincent tenté par une telle proposition, mais ça me plaît pas du tout ! Et d'abord, jure-moi que Flora n'en saura jamais rien.

Il n'osa pas ajouter que leur sœur ne se mêlait pas des affaires de l'aîné et pourtant… Il l'avait surpris plusieurs fois en galante compagnie. Les deux garçons partageant la même chambre, il savait beaucoup de choses. La famille couchée, Gabriel, parfois, enjambait la fenêtre pour filer dans la nuit. Ces escapades, c'était bien pour rencontrer une fille. S'il le croyait dupe, il se trompait !

« Je ne suis pas si naïf, se disait-il, on me prend toujours pour un gamin mais… »

Vincent ne se trompait pas. Gabriel avait enfin renoncé à Julie. Alors, il courtisait ici ou là quelque fille prête à lui accorder ses faveurs. Finalement, l'affront que lui avait fait celle qu'il aimait sincèrement l'avait définitivement éloigné d'elle, et il s'en félicitait. Quand l'image de Julie revenait s'imposer encore, il la chassait rageusement et, pour faire diversion, se jetait à corps perdu dans le travail.

Le grand banquet du syndicat des négociants voyageurs avait été un supplice pour Flora et pour Bastien. À cette occasion, les épouses et les filles des toiliers inauguraient toujours une belle toilette. Romain Lacaze voulait naturellement que Victoire et Flora soient remarquées. Aussi avaient-elles eu toute licence de choisir dans le stock un coupon de tissu à leur goût.

Dans un tailleur d'été du vert de ses yeux, la jeune fille attirait l'attention de bien des convives. Elle ne s'en souciait aucunement et n'avait guère fait honneur au banquet, repas pantagruélique qui ne s'acheva qu'à 18 heures. Sa crainte de croiser le regard de Bastien la paralysait.

Invitée à danser à plusieurs reprises, elle fermait les yeux quand le jeune homme la croisait au bras d'une cavalière inconnue.

— Qu'est-ce qui t'arrive ? demanda sa mère quand elle regagna sa place.

Intriguée, un peu inquiète même de sa pâleur, Victoire la dévisageait.

— Rien, ne te soucie pas, je crois que j'ai trop mangé. Et puis il fait très chaud ici, sortons un moment s'il te plaît.

Loin de la touffeur de la salle où se pressait une foule bruyante, elles firent quelques pas dans le jardin de l'hôtel. La nuit allait tomber bientôt, l'air se rafraîchissait. Il faisait bon respirer sous les arbres.

— C'était une belle journée, non ? demanda Victoire, certaine que sa fille avait apprécié le banquet et le bal malgré un léger malaise.

— Oui, je suis heureuse d'être là, mentit Flora en se forçant à lui sourire.

Elle se reprochait le chagrin que, dans peu de temps, elle infligerait à sa mère en fuyant la maison. Mais que faire d'autre sans renoncer à Bastien ?

Romain Lacaze et sa famille furent dans les premiers à se retirer. Le négociant salua quelques connaissances tandis que Gabriel quittait le bal à regret. On repartit vers le village. Flora se sentait infiniment triste. Dans son costume des dimanches, Bastien était si beau... L'empressement des jeunes filles autour de lui ne lui avait pas échappé et, sans raison aucune, la jalousie lui poignait le cœur.

Quand elle éteignit sa lampe, les larmes n'étaient pas loin. Le bonheur parfait n'existait donc pas ?

XII

Vincent apprenti toilier

La quête du jeune Vincent était restée infructueuse. En vérité, épier sa sœur le rebutait trop. Malgré l'insistance de son aîné, il renonça très vite. Flora s'absentait peu. Avant le dîner, parfois, son jeune frère ne la trouvait ni dans l'enclos des volailles, ni au magasin, mais c'était assez rare.

— Où est Flora ? demandait-il alors à sa mère.

— Elle doit aider ta grand-mère, je suppose...

Il savait bien que non. Il cherchait partout dans la maison, au jardin, dans la réserve et le hangar, au verger. Un jour que sa sœur arrivait tranquillement du village, il n'y tint plus.

— D'où tu viens ? Je te cherche partout !

— On a besoin de moi ?

— Euh, non... mais je me demandais... Tu étais chez Louise peut-être ?

— Non, ni chez Louise ni chez personne d'autre. Je me promenais, c'est tout. Tu m'espionnes maintenant ?

Le garçon commença par hésiter un moment. Puis il se dit qu'il aimait trop sa sœur pour continuer à lui mentir. Tant pis pour ce que dirait Gabriel, il abandonnait.

— C'est... enfin, on m'a demandé de découvrir qui est ton bon ami, mais ça ne m'intéresse pas, tu fais ce que tu veux.

Les paroles inattendues de Vincent, son embarras pétrifiaient la jeune fille dont le cœur battait follement. Une panique irraisonnée s'emparait d'elle. Penchée vers le garçon, elle questionna anxieusement :

— On t'a demandé ? Qui, on ? Le père ?

— Non, pas lui, fit-il, furieux d'avoir trop parlé.

— Qui alors ?

— Eh bien, c'est Gabriel, voilà !

Flora laissa éclater une indignation d'autant plus grande que la peur ne desserrait pas son étau.

— Mais de quoi s'occupe-t-il, celui-là ? Les parents ne l'ont tout de même pas chargé de me surveiller ! Je vais lui dire son fait, moi, et pas plus tard que tout de suite !

— Non, ne dis rien, s'affola son frère, sinon pour moi ça va mal aller !

— Tu as peur de Gabriel maintenant ? Explique-moi à la fin !

— Je t'ai tout dit, il n'y a rien d'autre, je le jure ! affirma le garçon qui voyait s'envoler le gros billet promis.

Soudain il fondit en larmes comme un petit enfant sermonné pour une quelconque peccadille. Émue, Flora se pencha vers lui, le prit par le cou. Il était aussi grand qu'elle, peut-être même un peu plus, mais c'était toujours son petit frère qui avait besoin d'être consolé.

— Allons, il n'y a pas de quoi pleurer ! Tu ne m'as pas fait de mal… pas encore, n'est-ce pas ?

Le garçon renifla sans répondre. Alors l'angoisse revint et sa sœur s'éloigna un peu pour mieux le dévisager.

— Tu… tu as trouvé ce que Gabriel voulait savoir ?

Il secoua négativement la tête. Il n'avait pas trouvé. Bizarrement, il s'en réjouissait soudain mais il ne l'avouerait pas. Pourtant, une question lui brûlait les lèvres.

— Dis-moi juste une chose : après que j'ai donné ton mot à Bastien Ménétrol, tu l'as vu, vous vous êtes parlé ?

Dans l'esprit de Flora retentit à nouveau la petite sonnette d'alarme. Elle respira profondément.

— Non, enfin si… mais il n'a pas pu me renseigner.

La renseigner ? À quel propos ? Décidément, il comprenait de moins en moins sa sœur.

— Tu as parlé à quelqu'un de cette lettre ? Allez, ne mens pas, il faut que je sache, pour moi c'est très important.

— En parler à quelqu'un ? jeta Vincent indigné. Tu m'avais fait jurer, rappelle-toi ! Je sais garder un secret, qu'est-ce que tu crois ?

— Bon, bon, n'en parlons plus, je te fais confiance. Et quand Gabriel t'interrogera, qu'est-ce que tu vas lui dire ?

— Que j'ai rien découvert du tout, et c'est la vérité !

Il paraissait tout à fait sincère. Sa sœur l'embrassa avec affection et s'empressa de gagner la cuisine où, certainement, sa mère l'attendait.

À leur habitude, pour cette dernière soirée, Flora et Bastien s'étaient retrouvés dans ce qu'ils appelaient leur refuge. Les Ménétrol devaient repartir le lendemain. Depuis qu'Amandine voyageait aussi, la mère de Gildas passait l'hiver chez une nièce, à Grignat. La maison resterait donc fermée ; le journalier chargé de l'entretien en avait la garde jusqu'au prochain printemps.

Les jeunes gens s'abritaient dans la grange vide. Des pluies récentes avaient apporté une fraîcheur assez désagréable ; sous les arbres encore parés des couleurs d'automne, l'herbe restait humide. Par la porte entrebâillée, on pouvait surveiller le petit chemin et l'arrivée éventuelle d'un intrus.

Flora avait jugé bon de ne pas inquiéter Bastien en lui rapportant que son frère la faisait surveiller. Elle ignorait ce que Vincent et Gabriel avaient bien pu se dire. Si leur discussion avait été houleuse, il n'y paraissait pas.

Depuis le début du mois d'août, l'aîné se montrait partout dans le village aux côtés de Sylvie Puézac. La jeune fille habitait un hameau proche de Grignat. Aussi brune que Julie était blonde, elle était belle fille ; Flora la connaissait très peu. Sylvie n'avait pas fréquenté l'école du village mais la pension des religieuses de Grignat. Il se disait que sa marraine avait assumé les frais d'internat jusqu'à l'année du certificat d'études.

Si Flora s'étonnait un peu du choix de Gabriel, elle se réjouissait de le voir oublier Julie. À présent, les Lacaze s'apprêtaient à repartir vers l'ouest et, cette fois, Vincent serait du voyage. Flora était d'autant plus triste. Bastien et son jeune frère au loin, qu'allait-elle devenir ?

Ses yeux s'embuèrent et elle s'efforça de dissimuler ses larmes. La mâchoire crispée, Bastien se taisait. Malgré le déchirement qui l'habitait, il se voulait fort mais c'était si difficile... Ils avaient vainement cherché comment correspondre ; enfin le jeune homme avait à demi résolu le problème. Il adresserait ses lettres à Joseph Arfeuil, l'homme de confiance de son père.

Depuis sa petite enfance, Bastien appréciait cet homme simple qui vivait sans nuire à quiconque dans une petite maison, derrière la mairie du village. Le garçon avait environ treize ans quand il avait interrogé Joseph occupé à rassembler les feuilles mortes.

— Tu le sais, toi, pourquoi mon père et les Lacaze sont fâchés à mort ? Personne ne veut me le dire.

— Bah ! avait répondu le brave homme en s'appuyant sur son râteau. C'est sans doute une histoire très ordinaire et qui vaut pas la peine que tu y prêtes attention. Pour dire vrai, j'en sais pas plus que toi mais j'imagine...

— Tu imagines quoi ?

— Je peux me tromper, mais je crois que ton ancêtre et le Lacaze étaient un peu pris de boisson ce jour-là. Tu sais bien, les jours de foire, les hommes, enfin la plupart, forcent un peu trop sur le vin rouge, ça ne date pas d'hier ! Ils se sont querellés, empoignés et voilà !

— Cela n'explique pas que, de père en fils, la haine soit restée assez tenace pour durer encore de nos jours.

— Ces deux-là devaient être particulièrement rancuniers et leurs descendants leur ressemblent. Mais ne te casse pas la tête avec cette vieille querelle, mon pauvre. Si ça se trouve, il n'y avait même pas de quoi fouetter un chat !

— Jean Delorme m'a dit que, d'après son grand-père, les torts seraient du côté des Ménétrol. Adrien aurait manqué de respect à la femme de Jérôme Lacaze ou à sa fille, il savait pas bien.

— Et quand bien même ! C'est arrivé d'autres fois, je t'assure. Je veux bien croire que le Jérôme était en droit de lui mettre une bonne volée. De là à faire durer l'histoire une éternité… Ma foi, on ferait bien de l'enterrer et de tourner la page.

— Tu penses donc que mon père et Romain Lacaze devraient oublier tout ça et faire la paix ?

— Je le pense, oui, mais j'ai pas de leçon à leur donner, tu comprends bien. Allez, oublie cette histoire je te dis, c'est le mieux à faire.

Bastien avait suivi ce conseil et ne s'était plus préoccupé de la vieille querelle. Jusqu'au jour où Flora lui était apparue devant la pharmacie Clavérol.

À présent, il cherchait où la jeune fille pourrait bien lui adresser les réponses à ses lettres. Certainement pas dans les hôtels où ses parents risquaient fort de découvrir la provenance de ce courrier, de s'interroger… Il pourrait même déclencher un scandale si son père découvrait le nom de sa correspondante.

— J'ai trouvé ! s'exclama-t-il soudain, les yeux brillants. Marius !

Et comme Flora le regardait sans comprendre, il exposa son idée.

— Marius, notre commis, c'est à lui que tu adresseras les lettres. Pourquoi n'aurait-il pas une fiancée au pays ? Après tout, il n'est pas si vieux.

Flora se montra un peu réticente. Avait-il vraiment confiance ?

— Naturellement, il ne saura pas ton nom. Ne signe pas tes lettres, ne les poste pas d'ici, mets une double enveloppe…

L'heure de la séparation était venue. Les instants de bonheur leur étaient comptés. Malgré ses résolutions, Flora ne put empêcher ses larmes de déborder. Elle s'accrochait à Bastien désespérément.

— Courage, chuchota-t-il, dis-toi que chaque jour qui passe nous rapproche de celui où nous ne nous quitterons plus, plus jamais !

Ils échangèrent un très long baiser et Flora, la première, repartit vers le village. Un peu plus tard, Bastien reprendrait son vélo pour s'éloigner en sens inverse et, par des petits chemins, rejoindre la route de Grignat pour enfin rentrer chez lui.

Depuis plus de trois mois qu'il arpentait les routes près de son père et de Gabriel, Vincent s'était habitué à cette vie de nomade. Mais l'aventure n'était pas vraiment ce qu'il avait imaginé.

La banquette ne comportant que trois places, c'est à lui la plupart du temps qu'il revenait d'occuper l'étroit espace ménagé à l'arrière. Il avait aidé Gabriel à fixer un petit banc de bois à côté des bagages personnels. L'inconfort de ce siège ne gênait guère le jeune garçon mais, de sa place, il avait une vue très restreinte sur le paysage.

D'abord curieux de tout, à la longue il s'était lassé. Il se préoccupait surtout d'éviter les rebuffades de son père. Romain pourtant faisait des efforts pour être patient ; il avait d'ailleurs promis à Victoire de ne pas brusquer le garçon.

Vincent se montrait toujours soucieux de bien faire. Devant sa bonne volonté, son désir évident d'apprendre son métier, le père s'avouait agréablement surpris.

Certes, il ne fallait pas comparer ses deux fils. Alors que Gabriel, au même âge, soulevait sans peine les lourdes pièces de toile pour les transporter sur son épaule, Vincent peinait, c'était visible. Mais il ne se plaignait jamais et compensait sa faiblesse par toutes sortes d'initiatives bien venues.

Auprès des clients, il voulait toujours se montrer sous son jour le meilleur. Il ne serait pas dit que son père rougirait de ses maladresses. Le dernier des Lacaze devait convaincre les pratiques que, tout comme son frère aîné, il avait l'envergure d'un négociant compétent et respectable.

De son côté, Gabriel s'employait à faciliter son apprentissage de vendeur itinérant. Le jeune garçon lui en était reconnaissant, d'autant qu'il ne l'avait pas habitué à une telle sollicitude. Pour ne pas être en reste, il se surpassait dès qu'il en avait l'occasion.

À l'étape, les deux frères, comme chez eux, partageaient la même chambre. Si, parfois, Gabriel rentrait tard, Vincent faisait semblant de l'ignorer ; ainsi, tout se passait au mieux.

Le garçon s'était imaginé que la vie à l'hôtel était forcément agréable. Il avait déchanté assez vite. Aux repas, les trois hommes parlaient peu et uniquement de leur travail. Il n'avait pas d'autre choix que de s'y intéresser, ce qui, finalement, n'était pas une mauvaise chose bien au contraire. Les soirées surtout étaient longues et les dimanches. Pas de copains, pas de virées à bicyclette. Il se consolait en pensant que, durant six mois de l'année, il retrouverait son village et ses anciennes occupations.

Ces fameux dimanches où aucun démarchage n'était prévu, Romain ouvrait devant son jeune fils répertoires et carnets de comptes. Vincent étudiait de longues listes de créances, de commandes, de relevés de ventes, d'achats à prévoir, d'articles à renouveler. Que de tissus différents, de noms à retenir, de prix à mémoriser…

— Ne t'inquiète pas, garçon, ce n'est que ta première campagne. À la longue, tu en sauras autant que ton frère, et même autant que moi.

Désireux d'encourager son fils, Romain ajoutait :

— Pour un début, tu ne t'en tires pas mal du tout, tu sais.

Fier de ce compliment, Vincent parcourait des yeux une page de l'un ou l'autre des cahiers ouverts devant lui et demandait des explications. « Mousseline, Organdi, Nenquin, Taffetas, Bazène, Toile métis, Indienne de Beauvais, Reps, Julienne commune, Calicot, Satinette, Indienne mignonnette… » Et aussi :

« Lettres de change (copies) – Mois de novembre
Lafitte Alphonse, à Puyvert, 43 francs
Bonnery Simon, à Queyrac, 61,50 francs
Clerc Félicien, à Castelneuf, 58 francs, etc. »

Avant de s'endormir, dans la journée il n'en avait pas le temps, le jeune garçon avait bien souvent le vague à l'âme. Son entourage féminin lui manquait. Il imaginait la veillée dans la cuisine familiale. Sa grand-mère sommeillait dans son fauteuil près du poêle à bois. Victoire tenait son livre de comptes, ou bien elle poussait l'aiguille pour une reprise ou un ourlet. Flora tricotait ou feuilletait quelque magazine. Des voisines, peut-être, se trouvaient là le temps d'une veillée ; alors les femmes papotaient, évoquaient les hommes retenus au loin.

L'adolescent ne voulait pas tenir compte de la boule qui se formait dans sa gorge, il luttait pour retenir des larmes qui, pensait-il, n'étaient pas dignes de lui. Vite, il se remémorait la journée écoulée, anticipait sur la tournée prévue pour le lendemain. Que diable, il n'était plus un enfant, ses soucis devaient maintenant être ceux des adultes.

Il relisait la dernière lettre de sa mère, la carte illustrée envoyée par sa sœur. Gabriel le moquait gentiment :

— On ne m'écrit pas personnellement à moi ! Tu es bien le petit gâté de la famille !

Il lui ébouriffait les cheveux. Confus, Vincent ne répondait pas.

— Rassure-toi frérot, je ne suis pas jaloux. Allez, au lit, demain on a une dure journée !

Après cette première campagne, l'adolescent aurait mûri, son caractère se serait affirmé. L'enfance, alors, ne serait plus qu'un doux souvenir teinté de nostalgie.

XIII

Au fil des jours

La période des fêtes de fin d'année avait ravivé la mélancolie de l'apprenti toilier. Si son père était toujours absent quand revenait le jour de Noël, le jeune garçon songeait avec tristesse aux doux moments passés en famille, dans la maison chaude et accueillante. Quelques cadeaux, des friandises faisaient de la Nativité une journée inoubliable pour l'enfant qu'il était.

Victoire, de son mieux, gâtait tout son monde. Pendant ces fêtes, l'image de Romain ne la quittait pas ; malgré une longue habitude, elle ne se ferait jamais à cette vie qui les séparait la moitié du temps. Mais, pour ses enfants, elle avait toujours surmonté les périodes de découragement et de tristesse. Elle prenait exemple en cela sur sa belle-mère dont la force d'âme avait toujours été admirable.

Exceptionnellement, des entrées paraissaient au menu : saucisson chaud, tourte à la viande, rognons en sauce... Après la volaille rôtie ou le civet de lapin, les trois enfants applaudissaient les desserts assez rares pour être appréciés au-delà de tout : tarte aux pommes, brioche, crème au chocolat...

Le 24 décembre au soir, Romain avait offert à ses fils et à son commis un souper de fête dans le meilleur hôtel de la petite ville de l'Ouest où l'on séjournait provisoirement. Lorsque Vincent avait regagné son lit, sa tête tournait un peu ; pour la première fois, son père lui avait fait goûter le vin de Médoc et une griserie légère ravivait sa mélancolie.

Au village, il accompagnait Catherine, Victoire et Flora à la messe de minuit. La magie des cierges et des cantiques, le carillon joyeux des cloches dans une nuit pleine de mystères, zébrée de flocons blancs et brillants, éveillaient en lui un bonheur inexprimable. Une bienfaisante euphorie le soulevait alors, le comblait si bien qu'il se sentait profondément heureux.

Avant de couvrir de cendres le foyer du fourneau brûlant, Victoire servait à tous une boisson chaude, tisane ou lait sucré de miel. Ensuite on se couchait, fort tard, hébété d'un sommeil irrépressible qui sablait les paupières, dans le lit familier où la brique diffusait encore sa tiédeur.

Un couple de très anciens clients avait convié Romain et ses fils à leur table pour le déjeuner du jour de Noël.

— Tu verras, prévint Gabriel, notre cuisine auvergnate n'a rien de comparable avec les spécialités de cette région. Un conseil : n'abuse pas des mets que l'on va nous servir en quantité, même si tu les trouves fameux et ils le sont, crois-moi ! Au lendemain de notre souper de Réveillon, ton estomac n'y résisterait pas.

Après les cous d'oie farcis et la poêlée de foie gras frais aux raisins, Vincent dut faire honneur à l'énorme chapon aux truffes, au confit de canard et autres viandes garnies de marrons et de pruneaux. L'adolescent, que l'on resservait sans cesse malgré ses timides protestations, se dit que son frère n'avait pas exagéré. Il fit l'impasse sur le gratin de légumes et la salade aux gésiers. Autour de la table circulait une grande corbeille garnie d'énormes tranches de pain de maïs à la mie jaune et compacte.

La fille cadette des hôtes ne cessait de jeter à Vincent des coups d'œil effrontés qui le mettaient mal à l'aise. Elle devait avoir à peu près son âge et faisait preuve d'un bel appétit. L'estomac du jeune garçon semblait sur le point d'éclater. Il n'avait pas touché à son verre de vin ; par chance, une carafe d'eau se trouvait devant son couvert et il se servait de larges rasades. Le dernier plat n'arriverait donc jamais !

Lorsque la maîtresse de maison insista pour lui servir une seconde part de l'énorme gâteau garni de crème au beurre et de noix hachées, il refusa poliment.

— Allons, il ne faut pas être timide ! dit-elle avec gentillesse. Vous n'avez presque rien mangé !

Le garçon se dit qu'il y avait là de quoi se nourrir une semaine entière. Il évitait de regarder Elvire, ainsi se nommait la toute jeune fille assise en face de lui, mais il devinait son air moqueur et enrageait intérieurement. Mesure-t-on la valeur de quelqu'un à son appétit, chez vous ? avait-il envie de demander. Naturellement il se tut, soupira de soulagement quand on servit le café et les liqueurs. Enfin, on était venu à bout de ce repas, le plus copieux qui lui ait jamais été servi.

— Maman, demanda l'adolescente, on peut quitter la table maintenant ?

Et aussitôt en dévisageant le jeune garçon :

— Viens, on va visiter.

Il ne pouvait faire autrement que de la suivre, même s'il n'en avait guère envie. Pourtant, marcher lui ferait le plus grand bien. Il la suivit sur un petit chemin, entre des arbres fruitiers dénudés au tronc noir et, bientôt, au milieu du vignoble. Leurs pas résonnaient sur un sol rocailleux, durci par le gel. Sur la gauche s'élevait une longue falaise blanchâtre ; à droite, quelques champs nus descendaient en pente douce vers une large rivière aux eaux plombées sous le ciel gris.

— Alors, demanda Elvire, c'est comment le métier de négociant voyageur ? Tu prendras la suite de ton père ou bien tu en as déjà assez de courir les routes à la mauvaise saison ?

Pris de court par cet interrogatoire inattendu, Vincent s'entendit répondre :

— Pour le moment je débute, j'ai encore du mal à me faire une opinion, mais je crois que j'aimerais bien continuer, oui...

Sans crier gare, Elvire s'arrêta, se tourna vers lui pour demander d'un ton railleur :

— Chez toi, tu as une bonne amie ?

Aussitôt elle se jeta sur lui, l'entoura de ses bras, plaqua sa bouche sur la sienne. Interdit, il réussit à tourner la tête, mais elle lui enserra le visage dans ses deux mains pour l'embrasser fougueusement. Quand elle le relâcha, à bout de souffle, il était rouge et furieux. Furieux contre elle, furieux contre lui. Conscient de sa maladresse, il ne s'étonna pas de l'entendre s'exclamer :

— Quel nigaud ! Tu n'as donc jamais embrassé une fille ? Eh bien, si tous les garçons te ressemblent au pays d'Auvergne, on peut dire qu'ils ne sont pas dégourdis !

Elle riait en secouant la tête et ses cheveux courts, épais et blonds, volaient autour de son visage. Vexé, il la saisit, l'embrassa jusqu'à ce que, hors d'haleine, elle déclare forfait.

— Dis donc ! Toi alors, on peut dire que tu es bizarre ! Rentrons vite maintenant, mon père est d'une sévérité, tu peux pas savoir !

Il n'a peut-être pas tort, se dit Vincent, avec une fille aussi délurée, il aura de quoi faire !

De retour à l'hôtel, il expliqua à son père qu'il se sentait incapable de dîner. Romain, de bonne humeur, se mit à rire :

— Tu t'y feras mon garçon, tu t'y feras !

Seul dans la chambre tandis que Gabriel, son père et le commis s'attablaient devant un tourain, la soupe du Sud-Ouest, il commença par ruminer son ressentiment à l'égard d'Elvire, cette impudente qui, pour un peu, l'aurait ridiculisé. Et puis, en revivant la scène de l'après-midi, il nuança son opinion. Après tout, elle lui avait donné l'occasion de faire ses preuves ; finalement, embrasser une fille n'avait rien de désagréable, au contraire.

Il se coucha assez content de lui. Lorsque Gabriel rejoignit la chambre, Vincent dormait à poings fermés. Dans ses rêves, le visage d'Elvire, souriant et aguicheur, se multipliait à l'infini sur la muraille grise de la haute falaise.

Quand Gabriel avait prétendu ne pas recevoir de courrier, c'était demi-mensonge. Si ni sa mère ni sa sœur ne lui adressait de lettres personnelles, à chaque étape l'attendait un message de Sylvie Puézac.

Les premières semaines, il s'était demandé si donner l'adresse des étapes prévues avait été une bonne idée ou non. Il n'était pas encore très sûr de ses sentiments pour Sylvie. Tenait-il vraiment à s'engager ? Au fil du temps, il comprit que sa dernière conquête de l'été occupait toutes ses pensées. Ses aventures d'un soir s'espacèrent, il y prenait de moins en moins de plaisir.

Quand il avait regagné son lit en tapinois pour ne pas alerter Vincent, le sommeil était long à venir. Le sourire chaleureux de Sylvie lui apparaissait, engageant, plein de tendresse. Son regard gris, lumineux, ses cheveux blonds et lisses, sa peau si douce lui revenaient en mémoire. Il se surprenait à évoquer, tout ému, les baisers de la belle. Alors une onde chaude le parcourait et les battements précipités de son cœur exprimaient de façon indéniable la force de son attachement.

Devait-il se déclarer plus explicitement ? Annoncer à son père que, de retour au pays, Sylvie et lui se fianceraient ? Peut-être valait-il mieux attendre encore… Il s'adressait de vains reproches. De telles tergiversations ne lui ressemblaient pas. Pour la première fois depuis qu'il fréquentait les filles, il hésitait, pesait le pour et le contre. Lui, toujours si déterminé, voilà qu'il atermoyait sans cesse. Excédé, il se surprenait à parler seul : « Décide-toi, que diable ! N'attends pas que Sylvie se lasse et se détourne de toi ! »

Sans doute sa récente et cruelle déconvenue après la trahison de Julie l'avait-elle rendu méfiant. Il appréhendait une nouvelle désillusion…

Comme il se doit, les jeunes gens avaient échangé des vœux de Nouvel An. La carte de Sylvie, abondamment décorée de cœurs et de roses rouges, se terminait par ces mots :

« Si tu m'aimes aussi fort que je t'aime, dis-le moi vite, je t'en prie. Je brûle d'impatience de savoir si tu es sincère quand tu affirmes penser à moi nuit et jour... »

Un matin, Gabriel décida de se donner un mois encore de réflexion. Après ce délai, soit il cesserait ses courriers, soit il demanderait à Sylvie de l'épouser. Cette résolution prise, il se dit que le mieux était de laisser faire le temps. Stimulé par un regain d'optimisme, il éloigna de son esprit tout ce qui n'avait pas trait au commerce. Son père lui laissait de plus en plus d'initiatives, c'était un excellent dérivatif.

Un samedi matin de la fin février, Flora se hâtait vers le marché hebdomadaire. La saison ne permettait pas les étals en plein air, aussi se dirigeait-elle du côté de la petite halle couverte attenante à la mairie.

Le nombre d'acheteurs n'était pas considérable ; cependant une vingtaine de ménagères faisaient leurs emplettes parmi les denrées exposées. Les fermières des environs proposaient volailles ou lapins. Sur un lit de paille s'étalaient fromages, mottes de beurre, œufs, verres remplis de crème épaisse. En face, cinq ou six personnes vendaient des légumes d'hiver : poireaux, choux verts, potirons, salade frisée, choux-raves...

Flora ne prêtait guère attention au va-et-vient, dans le bruit des conversations et des discussions interminables pour obtenir un rabais. Elle n'était là que pour retrouver son amie Françoise. Souvent, la jeune fille remplaçait sa mère pour vendre sous la halle quelques produits fermiers. Elle n'habitait qu'à deux kilomètres du village mais, à la mauvaise saison, elle et Flora se voyaient peu.

La fille de Victoire lui apportait quelques écheveaux de fil à broder commandés à la mercerie. La noce de Françoise était prévue pour le mois de juin et elle brodait le linge de son trousseau d'initiales et de dessins divers. Après les embrassades, les deux amies purent bavarder quelques minutes, puis Flora s'écarta pour laisser des clientes faire leurs achats.

— Je pourrais vous parler un instant ?

Flora se retourna, pas très certaine que l'on s'adressait à elle. Une grande jeune fille blonde, un peu intimidée, lui faisait face. Elle chercha à qui pouvait bien appartenir ce visage aux traits réguliers, au sourire franc et agréable. Soudain un nom jaillit de ses lèvres :

— Sylvie Puézac, je ne me trompe pas ?

— C'est bien moi en effet. Je vous ai aperçue, alors je me suis dit…

Elle paraissait gênée et confuse. Flora voulut l'encourager.

— Oui, vous avez quelque chose à me demander ?

— Je ne sais pas si vous êtes au courant. Gabriel, enfin votre frère et moi nous nous connaissons bien. Je voulais juste savoir : est-ce qu'il vous a parlé de moi ?

Le ton était anxieux ; visiblement, si Flora répondait non, Sylvie serait très déçue.

— Vous savez, Gabriel est reparti début octobre et depuis je n'ai pas de nouvelles. Enfin si, bien sûr, mon père écrit régulièrement et je peux vous affirmer qu'il va très bien.

Une telle déconvenue se lisait sur le visage de Sylvie que Flora en eut pitié.

— Vous l'aimez, n'est-ce pas ? Je vous comprends…

Oh oui, elle comprenait, bien plus qu'elle ne pouvait le dire. La pensée de Bastien l'effleura et une détresse sans nom l'envahit. Spontanément, elle saisit la main de la jeune fille indécise.

— Ayez confiance, dans trois mois Gabriel sera de retour, le temps passera vite, vous verrez.

Que dire d'autre ? Quelle était la force des sentiments de son frère pour Sylvie ? Elle aurait tant voulu pouvoir lui donner l'assurance qu'il l'aimait vraiment…

— Je voulais aussi vous dire… Julie Cormeil que j'ai rencontrée à Grignat s'est moquée de moi. Elle m'a juré que Gabriel, après lui avoir promis le mariage, l'avait laissé tomber sans explications. Et elle a dit qu'il courait toujours sans se fixer jamais, et que j'étais bien sotte de croire à ses boniments.

— Elle a dit ça ? jeta Flora au comble de l'indignation. Elle a osé ? Mais c'est elle, elle, vous entendez, qui a trompé mon frère pour l'éconduire à son retour du Sud-Ouest !

— Ah ! Il l'aimait donc ?

— Oui, il l'a aimée. À présent, j'en suis certaine, il en est bien guéri. La mauvaise foi de cette menteuse lui a ouvert les yeux.

Sylvie baissait la tête, accablée.

— On ne peut pas nous comparer, Julie et moi. Elle est belle, pleine d'assurance, on n'a d'yeux que pour elle partout où elle va. Alors je comprends que Gabriel…

— Vous ne comprenez rien du tout ! Elle l'a trop déçu, je le connais, il ne reviendra jamais vers elle.

Flora embrassa affectueusement la jeune fille pour lui dire au revoir. Et comme on les regardait :

— Courage, dit-elle à voix basse, dès le retour de mon frère, je plaiderai pour vous. À bientôt !

Sylvie lui adressa un sourire reconnaissant. Puis elle se dirigea vers la sortie de la halle. Flora échangea quelques propos avec Françoise avant de repartir, elle aussi. Tout en marchant d'un bon pas dans le froid piquant, elle donnait libre cours à son ressentiment. Cette Julie, quelle fieffée menteuse ! Encore Flora ignorait-elle, heureusement, que l'impertinente avait découvert son secret et attendait son heure pour leur nuire, à elle et à Bastien.

XIV

La lettre

Au printemps de 1934, un grand événement vint bouleverser la vie de la famille Lacaze. Les hommes à peine rentrés, Catherine fit tant et si bien qu'elle réussit à convaincre son fils de suivre son conseil.

— Veux-tu être le dernier toilier du village à acheter une automobile ? Tu as reconnu devant nous tous que, cette année, tu avais fait une très bonne campagne, alors ? Si tu penses être trop vieux pour te mettre à la conduite, Gabriel, lui, ne se fera pas prier !

— La conduite, la conduite, il n'y a pas que ça !

— Bien sûr, le principal c'est l'argent, je m'en doute figure-toi ! Écoute, l'automne dernier, les bêtes se sont vendu un bon prix. Tu es mon fils unique, aussi je vais te faire une avance sur ton héritage.

— Tu y penses sérieusement ?

— Si je te le dis ! Tu m'as déjà vue avancer des choses et ne pas les tenir ? Jamais, que je sache ! Alors, commande une automobile sans tarder. Entre tes économies et les miennes, pour le prix, on doit pouvoir s'arranger.

— Il faut me donner le temps de réfléchir, voyons !

— Non, je finirai par avoir honte devant les autres. Victoire, bien sûr, n'ose pas t'en parler, Gabriel encore moins. Mais en voyant les Rouvel, les Malbeuf, les Théron, les Bruant et j'en passe, qu'est-ce qu'ils pensent, à ton avis ? Que nous trimons tous, du plus vieux au plus jeune, et que nous ne profitons de rien ! Qu'au village nous devons passer pour des grippe-sous, voilà ce qu'ils pensent, ta femme et ton fils !

Courant juin, une grosse berline commerciale de marque Citroën se rangeait devant la porte des Lacaze. Fou de joie, Vincent tournait autour, s'exclamait à l'adresse de sa mère et de sa sœur :

— Regardez un peu cette merveille ! Cinq places confortables, un coffre immense pour les marchandises. Sans compter l'impériale pour transporter plus de bagages encore !

Il avait rameuté plusieurs de ses copains. Le père de certains d'entre eux possédait un véhicule à moteur, mais celui-là était flambant neuf, sorti de l'usine depuis deux mois à peine. La commande passée, le garagiste de Grignat avait accepté de donner des leçons de conduite à Gabriel. Le jeune home s'employait avec ardeur à décrocher au plus tôt son permis de conduire. En octobre, la Citroën partirait pour sa première campagne.

Marcelin possédait son permis, obtenu quelques années plus tôt durant son service militaire. « Ainsi, se disait Romain, j'aurai deux chauffeurs. S'il y a un jour empêchement pour l'un, l'autre pourra prendre le relais. »

De son côté, Vincent se jurait qu'il tiendrait bientôt le volant, lui aussi. Vite, que les années passent, qu'il ait l'âge de prendre en charge un aussi beau véhicule ! « Si Elvire voyait ça ! » Riche producteur, le père de l'adolescente possédait une automobile depuis belle lurette, mais tout de même. Celle-là était sûrement plus moderne, plus performante.

En voyant pour la première fois la berline, Catherine, émue, avait eu une pensée pour son mari.

— Tu t'imagines, Antoine, si tu avais disposé d'un tel engin ! Ta tournée aurait été vite faite !

L'ombre d'Antoine, ainsi évoquée, ne se manifestait pour personne d'autre, évidemment. Seule Catherine le vit sourire. Alors elle sut que, de là où il était, il voyait les siens heureux et il partageait leur plaisir.

Les retrouvailles de Flora et de Bastien avaient été un tel bonheur que, le premier jour, ils pensèrent ne jamais pouvoir s'arracher l'un à l'autre.

Un dimanche de l'hiver précédent, le père du jeune homme s'était étonné :

— Tu ne recherches plus la compagnie des demoiselles ? Avant, le dimanche tu courais les bals et on ne te voyait guère. C'est la présence de ta mère qui te gêne ? L'hiver dernier pourtant tu ne lui demandais pas la permission !

Bastien n'avait su que dire. S'il avouait avoir laissé au pays celle qu'il aimerait toujours, son père demanderait son nom...

— Je dois vieillir, avait-il fini par répondre en riant, les bals tu sais...

— Tiens, tiens ! Voilà qui est nouveau. N'oublie pas tout de même que tu es mon fils unique. Un jour, il faudra bien te marier pour me donner un héritier. Mais tu as raison, c'est chez nous que tu devras trouver ta future femme. Bien sûr, cela ne presse pas, tu as tout le temps mon garçon !

Sur ce, Gildas était descendu à la salle à manger de l'hôtel. Des collègues l'attendaient pour une partie de cartes pendant qu'Amandine prenait le thé avec la patronne et les épouses des toiliers.

Bastien n'avait pas rapporté cette conversation à Flora de peur de la peiner. L'heure de la séparation venue, elle avait soupiré :

— Encore quinze mois avant mes vingt et un ans, nous n'en verrons jamais le bout !

— Mais si ! Vois, nous nous rencontrons depuis une année, elle a bien passé ! Le temps passe toujours, il travaille pour nous.

Pourtant, sans se l'avouer, l'un et l'autre redoutaient le jour où il faudrait annoncer leur décision à leurs parents. La pensée du drame inévitable entrevu ternissait la joie d'être ensemble. Catherine, Amandine, Victoire seraient désespérées. Romain et Gildas maudiraient leurs enfants tant leur colère serait terrible... Pourtant le bonheur serait à ce prix, à ce prix seulement. Est-il possible d'être heureux aux dépens de ceux qui nous sont chers ? se demandait Flora avec anxiété. Peut-être pas.

Depuis le retour des hommes, elle dormait mal. Aux repas, il lui fallait faire des efforts constants pour paraître naturelle. Perspicace, sa grand-mère la scrutait ouvertement ; un jour, la vieille femme n'y tint plus.

— Qu'est-ce que tu chipotes dans ton assiette, petite ? Tu n'as pas avalé trois bouchées. Te voilà blanche comme un linge et tu as maigri, il me semble. Tu es malade ?

Point de mire de toute la tablée, Flora s'obligea à mâcher, à avaler, malgré la boule qui lui serrait la gorge. Inquiète, Victoire s'était levée pour lui toucher le front. Les hommes ne soufflaient mot, pourtant Gabriel était visiblement en alerte. Ce n'était pas la fièvre, pensait-il, qui jetait sa sœur dans un trouble aussi manifeste. Non, elle avait des peines de cœur, voilà tout.

Le jeune homme enrageait de ne pouvoir découvrir qui en était responsable. Après l'échec de Vincent l'année précédente, comment savoir ?

— Ce n'est rien, maman, je t'assure, la chaleur sans doute. Ces derniers temps, je dors mal. J'ai un peu perdu l'appétit, c'est vrai, mais tout va rentrer dans l'ordre, promis.

Flora n'osait pas regarder du côté de son père. Réprobateur, il continuait à manger sans intervenir. Vincent paraissait très mal à l'aise. Il se reprochait de ne pas avoir assez prêté attention à sa sœur ces dernières semaines. Son unique préoccupation, c'était l'automobile. Il passait une grande partie de son temps libre à l'épousseter, la bichonner, la faire reluire avec un chiffon de laine. Si Flora était malheureuse, il devait faire quelque chose. Mais il attendrait qu'ils soient seuls pour l'interroger ; leur complicité, il l'espérait bien, restait indéfectible malgré les longs mois de séparation. Se confierait-elle ? C'était peu probable, mais il devait essayer.

Quant à Victoire, elle avait bien constaté qu'un tourment habitait sa fille. Maladie, fasse le ciel que non, ou chagrin d'amour ? En versant l'eau bouillante sur le filtre à café tandis que Flora desservait la table, elle regretta qu'elles ne soient pas plus proches. Pour le travail, elles s'entendaient bien. Mais sa fille était secrète, elle-même trop réservée. De l'une à l'autre, jamais de confidences.

« Comment peut-on s'aimer, vivre constamment côte à côte et se connaître aussi peu ? »

Victoire soupira, servit le café, remplit sa propre tasse. Flora avait commencé à laver la vaisselle. À la demande de son père, Vincent partit chercher le cheval pour le changer de pâture. Gabriel jeta un coup d'œil insistant à sa sœur qui ne leva pas les yeux. Sans un mot, il sortit pour ranger dans le magasin les denrées d'épicerie rapportées le matin même de Grignat. Sans bien s'expliquer pourquoi, il en voulait à Flora. Il haussa les épaules, décida de s'en désintéresser.

« C'est son problème après tout, je n'ai pas à m'en mêler. »

Perplexe, Victoire retournait entre ses doigts une enveloppe beige qu'elle ne se décidait pas à ouvrir. On l'avait glissée, durant la nuit sans doute, sous la porte du magasin. Mais qui donc ?

« Monsieur et Madame Romain Lacaze »

Ces mots, tracés au crayon noir sur la mystérieuse enveloppe, d'une écriture malhabile, mais qui n'était pas celle d'un enfant, désignaient explicitement les destinataires.

Comme si l'on avait écrit de la main gauche, se dit Victoire. Sans le savoir, elle était dans le vrai. Et la feuille qu'elle finit par déplier était couverte de la même écriture, extrêmement difficile à déchiffrer.

« Votre fille fréquente… devinez qui ? Cela ne fait pas plaisir quand on découvre que sa propre fille trahit sa famille, pourtant c'est la VÉRITÉ. »

Victoire relut cet étrange message à trois reprises avant de comprendre pleinement le sens des mots. La solution de cette énigme lui échappait. Trahir sa famille ? Quel était le sens de cette affirmation donnée comme une vérité ? Ce dernier mot écrit en majuscules semblait narguer la mère de Flora que la surprise déconcertait.

Elle replia précipitamment la lettre anonyme et l'enfonça dans la poche de sa blouse. Comme chaque jour, sa fille allait bientôt la rejoindre pour le ménage matinal de la boutique. Avant d'en parler à quiconque, elle devait réfléchir au calme. C'était, elle l'espérait bien, une très mauvaise plaisanterie, mais elle y penserait plus tard. Une telle information devait être longuement approfondie ; pour le moment, elle n'en soufflerait mot à personne, et surtout pas à son mari.

Les différentes occupations d'une journée ordinaire auraient presque fait oublier ce contretemps à Victoire si elle n'avait senti, au fond de sa poche, le poids pourtant bien léger de la fameuse lettre. En présence de Flora, elle se sentait stupidement envahie d'une gêne confuse. Importuns, lancinants, tous les mots de la lettre revenaient indéfiniment à sa mémoire ; leur sens continuait à lui échapper, elle perdait le fil de ses réflexions et s'en irritait bien inutilement.

Ce soir-là, prétextant des commandes urgentes à rédiger, elle se coucha longtemps après les autres membres de la famille. Seule dans la cuisine, elle réfléchit, pesa le pour et le contre. Finalement, elle résolut de ne pas faire cas de ce qu'elle considérait comme un infâme mensonge, une calomnie toute gratuite. Malgré le manque de signature, Victoire aurait juré qu'une amoureuse éconduite exerçait là une basse et inutile vengeance.

Si cette déduction s'avérait juste, il fallait admettre que Flora avait un soupirant. Quoi de plus normal pour une jeune fille de vingt ans, jolie et sérieuse ? Mais trahir sa famille ? Quel sens donner à ce qui n'était peut-être qu'une absurdité ? Le jeune homme était-il au-dessous de sa condition, malhonnête ? Un homme marié ? Toutes les suppositions étaient permises. Inquiète malgré tout, de tout son cœur de mère Victoire espérait que sa fille ne la décevrait pas.

Elle saisit le pique-feu, écarta une petite plaque de fonte pour découvrir le foyer et jeta la lettre au feu. Elle regarda le papier se tordre, s'enflammer, se consumer enfin, noirâtre et recroquevillé. Elle referma l'ouverture rougeoyante du poêle en se disant : le délateur en sera pour ses frais...

Gabriel s'était enfin engagé envers Sylvie Puézac ; les jeunes gens se rencontraient au vu et au su de tous, ils n'avaient rien à cacher. À chaque occasion, bal, fête, foire au chef-lieu, ils se retrouvaient, sûrs de leur attachement réciproque. Le bonheur donnait un nouvel éclat au visage un peu trop pâle de Sylvie. Davantage d'assurance dans son maintien la faisait maintenant remarquer et Gabriel était fier des regards admiratifs que lui lançaient les autres garçons.

Depuis peu, la jeune fille le trouvait préoccupé sans oser lui en demander la raison. Un jour, il dit brusquement :

— Tu connais un peu ma sœur, n'est-ce pas ? Crois-tu qu'elle fréquente quelqu'un ?

Sylvie se remémora sa rencontre avec Flora.

— Je le pense, oui, mais je ne suis pas sûre...

— Et tu te doutes de qui il s'agit ?

— Non, pas du tout, et même je te répète que je ne suis certaine de rien.

— Si je ne me trompe pas, pourquoi se cachent-ils, à ton avis ?

— Ils se cachent ?

— Je n'en sais rien ! Mais comment se fait-il qu'on ne les voit jamais ensemble, ni au bal, ni dans les fêtes de village, nulle part enfin ?

— Peut-être que ce garçon n'aime pas danser... ou bien il est en deuil, ou encore il habite très loin d'ici...

— Je n'avais pas pensé à toutes ces raisons. Tout de même, c'est étrange.

— Après tout, peut-être cherchons-nous quelqu'un qui n'existe pas !

Gabriel n'avait pas douté un instant que Julie avait dit la vérité en lui jetant, provocante : « Tu ferais mieux de chercher à savoir qui ta sœur fréquente ! » Et si elle avait lancé n'importe quoi pour faire du mal, pour ajouter à son amertume après l'avoir éconduit ? Après réflexion, il la croyait capable de la pire vilenie. C'était quelqu'un de dangereux dont il devait se méfier. Pourvu qu'elle ne s'en prenne pas à Sylvie...

— Oublions tout ça ! Tu ne penses pas que nous devrions nous occuper...

— Nous occuper de quoi donc ?

Sylvie le regardait, un peu interdite, mais ses yeux étaient pleins de tendresse. Gabriel l'enlaça, couvrit son visage de petits baisers. Il l'aimait et cette certitude l'emplissait de reconnaissance ; il se sentait fort, invulnérable. Avec Sylvie, il avait enfin trouvé son havre.

— Nous allons nous occuper de nos fiançailles, et vite ! Ce soir je parle à mes parents, demain je vais voir ton père. Si tu es d'accord, évidemment !

Les yeux de Gabriel riaient.

— Méchant ! dit-elle en se serrant contre lui, tu en doutes ?

XV

Le drame

Les jours, les semaines passaient. Victoire n'avait pu se résoudre à partager le secret de la lettre anonyme. Avec le temps, elle s'était persuadée qu'il s'agissait seulement de malveillance. Le mystérieux auteur de ce courrier ne se manifestait plus, aussi se disait-elle que le mieux à faire était de l'oublier.

Romain avait accepté de rencontrer les parents de Sylvie après le plaidoyer de Gabriel. À l'entendre, la jeune fille était parée de toutes les qualités. Leurs fiançailles célébrées, les jeunes gens envisageaient le mariage pour le printemps de 1935.

André Puézac exploitait une scierie proche de Grignat. Sa femme, Noémie, et sa fille s'approvisionnaient surtout dans la petite ville ; les Puézac et les Lacaze ne se connaissaient que de nom. Après la demande de Gabriel, Victoire invita sa future belle-fille et ses parents un dimanche de juillet. Armand, le plus jeune des Puézac, se destinait au métier de charpentier ; son père l'avait envoyé en apprentissage à Riom-ès-Montagne.

— Mon fils a passé toute son enfance à la scierie et le bois n'a aucun secret pour lui, confia André. Malgré ses seize ans, il en remontrerait à bien des quadragénaires, c'est sûr !

Flora et Sylvie s'étaient retrouvées avec plaisir. La sympathie née entre les deux jeunes filles se changeait déjà en affection. Flora se réjouissait sincèrement du bonheur de son frère. Pour elle et Bastien, il n'y aurait pas de fiançailles en famille. Quant à la noce… Elle chassa en hâte les idées sombres et réussit à donner le change, offrant l'image d'une sœur aimante, attentive, aimable envers tous. Si bien qu'au dessert, le père de Sylvie s'exclama :

— C'est bien dommage que notre fils n'ait pas quelques années de plus, sinon je vous l'aurais présenté, mademoiselle Flora !

On fixa la date des fiançailles au premier samedi de septembre, six à sept semaines avant le départ des toiliers.

— Dis-moi un peu, Gabriel, Armand ne reprendra pas la scierie, c'est certain. Si tu venais y travailler ? Tu ne serais pas obligé de quitter ta femme pour plusieurs mois. Pour le négoce de la toile, ton père a un autre fils, alors je m'étais dit…

Un silence général répondit seul à l'offre d'André. Victoire jeta un coup d'œil à la dérobée vers son mari. L'air sombre, le visage fermé, il regardait ailleurs. Catherine se retint à temps d'intervenir ; il ne serait pas dit qu'elle serait la première à désobliger le futur beau-père de Gabriel. Comme le silence se prolongeait et devenait embarrassant, le jeune homme voulut dissiper la gêne.

— J'avoue que je n'ai jamais envisagé de changer de métier, vous me prenez de court… Je regrette, mais je dois vous dire non.

— Eh bien n'en parlons plus ! jeta André qui réalisait sa bévue. Je disais ça… Mais si ma fille s'accommode de ta situation, je n'ai rien à y voir. Elle ne sera pas la seule à passer l'hiver sans son mari ! Chez nous, c'est une coutume qui remonte à loin, pas vrai ? Vous êtes majeurs tous les deux et capables de décider de votre vie. Bon, passons à autre chose. Il faut se mettre d'accord sur le repas de fiançailles.

Au grand soulagement de tous, on abandonnait un sujet fort délicat. Noémie suggéra de prendre en charge le repas ; selon la coutume locale, il revenait aux parents de la jeune fille de l'organiser. Mais son mari déclara que l'on irait au restaurant, à Grignat. Alors Romain qui sentait peser sur lui les regards de sa mère et de sa femme ne voulut pas passer pour un pingre.

— Le repas se fera à frais partagés, j'y tiens !

— D'accord, on ne va pas se contrarier, n'est-ce pas ? répondit André, heureux de la tournure des choses en dépit de sa proposition maladroite. Maintenant, voyons le menu. Qu'est-ce qui vous ferait plaisir, jeunes gens ?

Pendant un moment, on examina la question, échangeant des idées parfois contradictoires. Consultée, Sylvie suggéra que l'on demande au restaurateur ce qu'il pouvait proposer. On trouva cette remarque judicieuse et tout le monde se rangea à l'avis de la fiancée. Flora faisait le tour des convives en proposant une autre tasse de café, une liqueur de prune maison ou une eau de coing, la spécialité de sa grand-mère. L'humeur, maintenant, était joyeuse. Complètement déridé, Romain lança aimablement :

— Madame Puézac, je tiens à vous offrir, de même qu'à ma future belle-fille, votre toilette pour le jour des fiançailles. Avant votre départ, nous allons vous montrer notre collection de tissus. Naturellement, la note de votre couturière sera pour moi.

Tandis que la mère et la fille se confondaient en remerciements, il fit signe à ses deux fils de le suivre dans la réserve. Plusieurs rouleaux de satin, faille, crêpe et lainage léger furent déroulés sur le comptoir de la mercerie. Grand seigneur, Romain offrait ce qu'il avait de plus beau et de plus cher. « Ainsi, se disait-il amusé, cette fois ma mère ne pourra pas me reprocher ma radinerie ! »

Cette petite Sylvie lui plaisait ; son père se montrait un peu fruste, mais devait être un brave homme alors que sa femme restait fort réservée. Romain avait très discrètement pris des renseignements sur les Puézac et la moralité de leur fille.

Satisfait, il se disait que Gabriel n'avait pas fait le mauvais choix. Lui-même n'avait que cinquante et un ans ; le temps n'était pas encore venu de penser à la retraite, mais fatalement elle arriverait un jour. Ses deux fils associés seraient alors à la tête d'un commerce florissant, à condition que le contexte économique ne se dégrade plus dans les années à venir ; il fallait espérer que les deux garçons, aguerris dans le négoce ambulant, sauraient tenir le cap.

Ni lui ni personne n'aurait alors imaginé que la décennie qui allait suivre serait parmi les plus sombres de l'histoire de leur pays.

Le surlendemain des fiançailles de Sylvie et de Gabriel, un événement dramatique laissa tout le village en état de choc.

Ce jour-là, Flora et Bastien devaient se retrouver au milieu de l'après-midi. Dans un mois environ, le jeune homme repartirait pour la grande tournée annuelle. Le temps passait, inexorable, mais comme l'affirmait Bastien à chaque occasion, il les rapprochait de leur liberté.

Après un moment de bonheur total où tous les obstacles semblaient abolis, les jeunes gens revinrent à la réalité. Comme bien souvent, ils se taisaient, s'emplissaient de l'image de l'autre en songeant à la séparation proche. Ils avaient l'intime conviction que leur amour resterait impérissable ; ensemble, ils viendraient à bout de toutes les difficultés. Certes, leur avenir ne serait pas semé de roses. Nés dans deux familles ennemies, ils ne devraient compter que sur eux-mêmes. Qu'importe ! Ils triompheraient d'une fortune contraire, emportés par une passion qui balaierait tous les écueils.

— Ton frère est donc fiancé maintenant ?

— Oui...

Bastien se reprocha cette question. Dans la réponse de Flora perçait une tristesse infinie ; pour ne pas le peiner, elle se reprit très vite.

— Je suis heureuse pour lui, pour Sylvie. Une sympathie réciproque nous a aussitôt attirées. J'espère qu'elle sera une sœur pour moi.

— La noce est prévue pour le printemps, sans doute ?

— Tout à fait.

— Les jeunes mariés vivront chez vous ?

— Je ne pense pas. J'ai compris que Gabriel aimerait avoir son indépendance, c'est normal. Je suppose qu'il cherchera un logement pas trop loin à cause de son travail chez nous.

Après un long silence, Bastien eut tout à coup un petit rire.

— Sais-tu que je ne devrais pas être là ? Mes parents sont partis pour la journée. Nous étions invités chez des cousins, à Molignac. J'ai demandé que l'on présente mes excuses, je ne voulais pas manquer notre rendez-vous. Mon père a beaucoup insisté ; à la fin, ma mère a dit : « Bien entendu, c'est une affaire de cœur qui te retient ici ? » Je n'ai pas pu dire non, je ne sais pas mentir ! Alors mon père s'est déridé et il a dit : « Dans ce cas, à ce soir, don Juan ! » Ouf, j'avais gagné !

Flora se mit à rire, l'embrassa fougueusement. Quelle déception s'il n'avait pu venir ! Mais il était là, pour un long moment de félicité. Rien d'autre n'avait d'importance, rien ! C'est ce qu'elle croyait mais le sort en avait décidé autrement. La vie de Bastien venait de basculer et il l'ignorait encore.

Lorsque les jeunes gens se séparèrent sur la promesse de se retrouver dans trois jours, le ciel à l'ouest était d'un rouge ardent. Les hirondelles ne s'étaient pas encore rassemblées en vue du grand départ ; avec des piaillements aigus, elles zigzaguaient en rondes folles, à la recherche de moucherons.

Flora qui marchait rapidement vers le village s'arrêta un instant. Levant la tête, elle observa l'incessant manège des oiseaux ; sur le fond écarlate, leur petite silhouette noire traçait de mystérieuses arabesques aussitôt dissipées. En poursuivant sa route, la jeune fille crut soudain entendre la voix de Catherine :

— Ciel rouge au couchant, c'est signe de vent... Vols d'oiseaux trop bas et la pluie viendra...

Les hirondelles évoluaient assez haut pour que l'on puisse espérer une autre belle journée. Flora était en retard ; elle irait directement à la ferme sans passer par la maison. Indulgente, sa grand-mère ne demanderait rien. Si les volailles avaient déjà regagné leur poulailler, elles attendraient bien leur pitance un petit moment encore. Quant aux lapins, se dit Flora amusée, ils ne réclameraient pas, de toute façon ils étaient muets...

Bastien pédalait énergiquement en direction de Grignat. Abandonnant le petit chemin de terre, il vira bientôt sur la droite pour se retrouver à quelques centaines de mètres du village. Ses parents étaient certainement rentrés. De loin, il aperçut la maison, découvrit étonné la voiture des gendarmes garée tout près du portail. Un renseignement à demander à son père sans doute...

Il roula de la grille d'entrée au petit perron. Joseph Arfeuil sortit soudain de la maison ; sa mine bouleversée laissa Bastien interdit.

— Te voilà enfin ! jeta le gardien en se précipitant sur lui. Mon petit, mon pauvre petit !

Il baissa la tête et deux larmes roulèrent sur ses joues.

— Qu'est-ce qui se passe, Joseph, enfin dis-moi !

Bastien avait pris la main du vieil homme qui secouait la tête, incapable de parler. Il leva enfin les yeux vers le jeune homme, si accablé que ses mots furent presque inaudibles :

— Ton père, ta mère, tous les deux ! Quel malheur mon petit, quel affreux malheur !

— Mon père, ma mère, répéta Bastien les yeux agrandis de stupeur incrédule. Qu'est-ce que tu veux dire, que leur est-il arrivé ?

Maintenant il secouait les deux mains de Joseph ; sous l'emprise de l'angoisse, sa voix s'était faite plus aiguë. Dans sa tête se bousculaient des idées sans suite, des images précipitées, les visages de ses parents... Il respira profondément, revit le départ du matin, sa mère souriante qui s'installait dans la voiture, son petit signe derrière la vitre, Gildas au volant... L'automobile virait lentement, suivait l'allée pour franchir la grille grande ouverte... Un accident ! Ils avaient eu un accident !

Brusquement ramené à la réalité, Bastien vit s'approcher le chef de gendarmerie suivi d'un jeune subalterne. Ils sortaient tous les deux de la maison, s'arrêtaient derrière Joseph, la mine grave.

— Ils sont morts ! hurla Bastien.

— Hélas oui, monsieur Ménétrol ! dit le gradé en soupirant. Tués sur le coup. La voiture a fait un écart dans le virage des Trois Prés. On ne comprend pas pourquoi le véhicule a quitté la route pour franchir le fossé et venir s'écraser contre un arbre. Une enquête est en cours.

Bastien ne disait rien ; il se contentait de fixer le gendarme comme si les mots ne l'atteignaient pas.

— Le chauffeur d'une camionnette qui suivait la voiture de vos parents a alerté les secours. J'ai pris sa déposition. Il ne voit aucune raison à cet accident, peut-être une défaillance de la mécanique. Les traces de pneus montrent clairement que la voiture a mordu sur le bas-côté et il n'y a pas trace de coup de frein. Alors, avec la vitesse…

Anéanti, Bastien n'eut aucune réaction. Joseph et le jeune gendarme le prirent par le bras, le guidèrent vers l'entrée puis vers un fauteuil dans le petit salon d'Amandine. Le visage souriant de sa mère s'imposa si bien qu'il crut à une apparition. « Maman » dit-il d'une voix de petit garçon qui quête du secours. Il mit sa tête dans ses mains et éclata en sanglots.

Flora finissait de distribuer foin et épluchures de légumes aux lapins de sa grand-mère. Elle avait d'abord garni de pâtée les longs bacs étroits des volailles avant de refermer le poulailler pour la nuit. Dans le clapier, elle avait jugé que changer les litières attendrait le lendemain. La plupart des lapins broutaient tranquillement ; ceux qui attendaient leur part collaient au grillage de leur prison leur petit nez mobile et impatient.

— Tu étais là ? Je m'étonnais de ne pas te voir, d'habitude tu passes d'abord à l'étable…

Catherine restait debout derrière sa petite-fille qui lui avait seulement souri. Visiblement émue, la vieille femme demanda tout à coup :

— Tu as appris le malheur ?

— Le malheur ? Non, quel malheur ?

— En début d'après-midi, Gildas Ménétrol et sa femme ont eu un accident de voiture.

— Gildas et sa femme, un accident ? répéta Flora qui ne semblait pas saisir le sens des mots.

— Oui hélas, et ils sont morts tous les deux. On était loin d'être amis, très loin même, mais cela fait un choc. Pauvres gens, pauvre Bastien surtout ! Perdre son père et sa mère le même jour...

— Bastien, murmura Flora d'une voix blanche. Ils sont morts, tu es sûre ?

— Je suis sûre, pour ça oui. Gabriel revenait de chez sa future peu après l'accident. Les gendarmes venaient d'arriver. Il m'a dit que c'était épouvantable à voir, la voiture, les corps...

Catherine s'interrompit. Livide, Flora continuait de répéter :

— Morts, les parents de Bastien sont morts. Mais ce n'est pas possible ! Bastien, oh ! Bastien...

Elle chancelait et la vieille femme lui saisit promptement la taille.

— Petite, allons ! Qu'est-ce que... Viens, viens vite t'asseoir !

De son mieux, elle soutint sa petite-fille hagarde qui se laissa choir sur le banc de bois, contre le mur de l'étable. Catherine lui tapotait les mains, les joues.

— Tu te sens mieux ? Reprends-toi, ma petite, allons !

Flora lui jeta un regard éperdu avant de laisser aller sa tête contre la poitrine de sa grand-mère. Les larmes l'étouffaient ; elle n'avait même pas conscience qu'elle venait de les trahir, elle et Bastien. Sans parler, Catherine la pressait contre elle. À présent elle comprenait tout. Flora triste, sans appétit, qui perdait le sommeil. Oh, elle avait bien soupçonné une peine d'amour ! Mais cela, non, pas ce garçon, pas lui ! Pourquoi fallait-il... ? Comment s'étaient-ils connus ? La famille tout entière rejetterait la malheureuse quand on saurait. Elle non. Sa détermination était sans appel. Oubliées, les vieilles rancœurs. Quoi qu'il advienne, elle prendrait le parti de Flora.

XVI

Interrogations

LE PLUS GRAND SILENCE régnait autour de la table tandis que Victoire servait le dîner. Catherine, Romain et les garçons mangeaient sans se départir d'une fausse indifférence, mais chacun n'avait qu'une pensée : l'accident. Prétextant une violente migraine, Flora était montée dans sa chambre dès son retour de la ferme.

Sous ses couvertures, elle grelottait, incapable de rassembler ses idées. Bastien ! Il fallait le rejoindre, le consoler. Une impulsion la jeta soudain à bas de son lit.

« Il a besoin de moi, je dois le voir, il faut... »

Repoussant l'édredon, elle s'assit au bord du matelas ; sa tête tournait un peu. Elle saisit sa robe de chambre, la laissa retomber.

« Mais non, c'est impossible, il n'est pas seul. Sa grand-mère, son oncle, sa tante, tous doivent être là, autour de lui. Ou bien on l'a emmené à l'écart pour l'épargner. Je ne peux pas le rejoindre, personne ne doit savoir. »

Elle se recoucha et, à nouveau, le doute l'envahit.

« Et s'il m'attendait, si moi seule pouvais partager sa peine... Mais mon père ? Grand-mère a juré de ne rien dire, hélas elle ne peut pas m'aider, personne ne peut m'aider... »

Le tremblement l'avait reprise, elle était glacée, l'esprit en déroute, incapable d'ordonner des pensées contradictoires.

« Demain matin, j'enverrai Vincent aux nouvelles. Il m'aime, il pourra comprendre, ne pas nous juger. Il est jeune, mais pour moi il se taira. »

La porte s'entrebâilla soudain et Victoire se glissa dans la chambre.

— Tu vas mieux, tu veux quelque chose ? chuchota-t-elle.

Les yeux clos, Flora retenait son souffle. Sa mère sans doute la crut endormie. Elle recula, referma doucement la porte. Ses pas s'éloignèrent.

« Maman, si tu savais, si je pouvais te dire... »

Flora se débattait, comme prise dans un piège. C'était bien un piège en effet qui la muselait, la retenait loin de son amour alors qu'il l'appelait peut-être. Elle n'appréciait pas le temps, mais guettait les bruits de la maison. Quand tous dormiraient, sans doute se risquerait-elle à sortir, à prendre sa bicyclette, traverser le village, rôder autour de chez Bastien, tenter de le voir, de lui parler.

Elle sombrait dans une semi-inconscience quand la porte s'entrouvrit silencieusement. Catherine poussa le battant, s'avança dans l'ombre jusqu'au lit.

— Chut ! N'aie pas peur, ce n'est que moi.

Elle s'assit sur le rebord du lit, tendit la main pour caresser les cheveux fins répandus sur l'oreiller.

— Là, ça va aller, ne bouge pas, ça va aller.

La voix chuchotante, affectueuse, ne suffisait pas à faire taire l'extrême désarroi où l'horrible événement avait jeté Flora. Après un long silence, elle finit par murmurer :

— Je dois y aller, il le faut ! L'idée qu'il est seul face à ce malheur...

— Calme-toi, il n'est pas seul. Au bureau de tabac, Gabriel vient d'apprendre beaucoup de choses. Les gens ne parlent que de l'accident, tu t'en doutes. Une partie de la famille est déjà arrivée, les plus proches évidemment. Justin, le frère d'Amandine, va s'occuper des obsèques. Sa femme et d'autres veillent sur Bastien. Et puis...

— Quoi ? Dis vite !

— Gildas et Amandine rentraient plus tôt que prévu. Les cousins de Molignac sont là, eux aussi, et leurs suppositions éclairent peut-être ce drame. À ce qu'ils disent, le père de Bastien s'est senti un peu fatigué dès la fin du repas et il a voulu rentrer chez lui aussitôt. Il aurait eu un malaise, ce qui pourrait expliquer l'accident... Rien n'est sûr, mais ce n'est pas impossible. Hélas, pour cette raison ou pour une autre, les malheureux y ont laissé la vie.

— Conseille-moi, mémé, je t'en prie ! Que faire ? Je ne veux pas qu'il se croie abandonné alors que je donnerais ma vie pour qu'il ne soit pas malheureux...

Catherine cherchait vainement comment aider sa petite-fille. Le mieux était sans doute de l'éloigner quelque temps. Romain, Victoire allaient rapidement se poser des questions, faire le rapprochement entre le malaise de Flora et l'accident des parents de Bastien, qui sait ? Oui, là était la solution, provisoire certes, mais l'essentiel était de gagner du temps. Éloigner Flora, mais où pouvait-elle aller ? Georgette ! C'est chez la sœur de Victoire qu'elle trouverait refuge. La grand-mère était certaine que cette dernière comprendrait sa nièce, la prendrait sous son aile pour l'aider à se reprendre.

Longtemps, Catherine veilla sa petite-fille. Elle lui avait exposé son plan et Flora voyait enfin poindre une lueur d'espoir dans les ténèbres de son esprit tourmenté. Elle s'endormit confiante, la main dans celle de la vieille femme qui songeait, attendrie :

« À son âge, si l'on m'avait forcée à ne plus voir mon Antoine, je me serais enfuie, sans argent ni bagage, mais je l'aurais fait la joie au cœur ! »

Catherine réussit à convaincre sa belle-fille que la santé de Flora nécessitait du repos. Victoire l'avait finalement approuvée.

— C'est bien vrai que depuis quelque temps elle a une mine épouvantable... Si vous pouvez vous passer d'elle une semaine ou deux, j'assumerai seule le magasin. Au lieu de passer ses après-midi à faire des tours de vélo ou à fourbir la voiture, Vincent vous aidera, voilà tout !

Romain n'avait pas vraiment approfondi la chose ; aussi se rangea-t-il facilement à la décision des femmes, ce n'était pas son problème. Gabriel, à présent, conduisait l'automobile. Question de « se faire la main » comme disait son père, il l'utilisait pour les courses à Grignat. Fou de joie, Vincent l'accompagnait le plus souvent possible. Dès leur retour, il nettoyait le véhicule de fond en comble si bien que son frère disait en riant :

— Doucement, tu vas l'user, à force !

Victoire téléphona au café voisin du domicile de sa sœur. Non seulement Georgette ne fit aucune difficulté, mais elle se déclara ravie d'accueillir bientôt sa nièce. Petite fille, Flora avait souvent séjourné chez cette célibataire toujours pleine d'entrain ; elles s'entendaient si bien que la fillette demandait :

— Tata, si j'allais à l'école ici ? On serait bien toutes les deux !

— Mais tes parents, ta grand-mère, ton petit frère surtout seront malheureux sans toi.

— J'irai les voir aux fêtes, ce sera bien suffisant !

Alors Georgette l'embrassait en riant.

— Sais-tu ? Quand tu seras grande, tu viendras apprendre le métier de modiste, ainsi nous serons ensemble. Qu'en penses-tu ?

Flora faisait la moue. Fabriquer des chapeaux ? Non merci ! Elle n'aurait jamais la patience nécessaire. Mais depuis qu'elle avait quitté l'école et qu'elle travaillait auprès de sa mère et de Catherine, elle n'avait plus l'occasion de passer des vacances chez Georgette, et c'était bien dommage…

Le lendemain, Gabriel et Vincent conduisirent leur sœur à Cantolet, village distant d'une trentaine de kilomètres. C'était là le plus grand trajet entrepris par le chauffeur novice. Romain lui fit d'amples recommandations ; il ne s'agissait pas d'endommager la voiture toute neuve, surtout si près du grand départ.

En l'embrassant pour lui dire au revoir, Flora remit à sa grand-mère une lettre pour Bastien. Décidée à mettre Georgette dans la confidence, elle demandait au jeune homme de la contacter au plus vite à Cantolet.

— Je t'en prie, mémé, arrange-toi pour donner ce mot à Joseph Arfeuil. Il sait depuis longtemps, on peut lui faire confiance.

Sa mine anxieuse était pitoyable. Catherine promit de transmettre le message le soir même.

— Pars tranquille, ma petite, ne crains rien, tout s'arrangera bientôt.

Elle se voulait convaincante, même si l'avenir commun de Flora et de Bastien était une grande inconnue.

Ses frères repartis, Flora jugea prudent d'attendre la veillée pour s'épancher auprès de Georgette. Le grand-père se couchait tôt ; il perdait peu à peu la mémoire, confondait la jeune fille et sa mère. Il avait occulté le mariage de sa fille cadette et l'existence de ses trois petits-enfants.

— C'est gentil de nous rendre visite Victoire ! Il y a bien une semaine que tu n'étais pas venue.

Georgette fit signe de ne pas le détromper.

— Il faut toujours abonder dans son sens, sinon il perd complètement le fil de ses idées, et comme tu peux le voir, elles sont bien confuses… Le médecin dit de laisser faire. Il me reconnaît, mais s'imagine que j'ai quinze ans, tu te rends compte !

Après le dîner, quand les deux femmes se retrouvèrent seules, Flora se livra sans détours. Elle était certaine que sa tante la comprendrait. Si seulement Victoire avait eu ce caractère direct, chaleureux…

Elle fit le récit de sa rencontre fortuite avec Bastien, de leur attirance mutuelle qui, depuis ce jour, ne se démentait pas, au contraire.

L'accident des Ménétrol faisait la une du journal local le matin même, Georgette ne l'ignorait donc pas. Elle approuva Catherine d'avoir choisi d'éloigner la jeune fille. Née dans le même village que Romain et Gildas, la modiste savait tout de la haine ancestrale des deux familles. À l'époque des fiançailles de sa sœur avec un Lacaze, son père avait soupiré :

— À partir de maintenant, je peux faire une croix sur la clientèle des Ménétrol, ils vont changer de maréchal-ferrant !

À quoi sa femme avait rétorqué :

— Et pourquoi donc ? Ce n'est pas parce que notre fille se marie avec Romain que nous devons épouser leur querelle, tout de même ! Victoire ne sera qu'une pièce rapportée dans la famille Lacaze.

Mais la suite avait donné raison au père de Georgette. Dès l'annonce des fiançailles, Gildas avait porté ailleurs sa clientèle. Fallait-il être obtus et rancunier pour agir de la sorte ! se disait Georgette.

Elle rasséréna sa nièce de son mieux.

— Tu as déjà deux alliées dans la famille, c'est bien. Ta grand-mère saura raisonner ton père, tu verras. Il faudra peut-être quelque temps pour qu'il admette la situation mais elle y parviendra, j'en suis convaincue.

Elle embrassa la jeune fille avec affection avant d'ajouter :

— Finalement, l'amour que vous vous portez, toi et Bastien, sera la seule façon d'effacer pour toujours cette stupide rancœur qui n'a plus raison d'être depuis bien longtemps.

Trois jours après l'accident, les obsèques se déroulaient dans l'église du village, beaucoup trop petite pour contenir la foule de ceux qui assistaient à la messe de funérailles. Devant l'édifice, la place était noire de monde. Des bourgs et villes du voisinage, les collègues de Gildas, honorablement connu dans toute la région, étaient venus en nombre.

La coutume voulait que les hommes soient présents pour saluer la mémoire d'un défunt ; au contraire, une grande majorité de femmes suivaient la cérémonie quand il s'agissait de l'une des leurs. Ce jour-là, c'est toute la population qui avait défilé devant les deux cercueils, côte à côte dans le chœur de l'église drapé de noir. Bastien menait le deuil avec son oncle Justin. Le jeune homme paraissait absent ; il semblait agir en automate, comme si la cérémonie ne le concernait pas.

Ce matin-là, Victoire n'avait pas ouvert son magasin, persuadée qu'aucun client ne ferait retentir la sonnette. Elle pensait sans cesse à Amandine et aurait aimé se rendre à l'église, mais il ne fallait pas y songer. En imaginant la douleur du jeune Bastien, elle était triste, pleine de compassion inutile.

« Nous serions morts dans un accident, Romain et moi, nos trois enfants auraient pu s'épauler, se soutenir dans l'épreuve. Mais ce pauvre Bastien, comme il doit se sentir seul ! »

Quand le glas retentit dans le village silencieux pour accompagner le corbillard au cimetière, elle suspendit le geste ébauché ; alors elle en voulut terriblement aux hommes de la famille Lacaze, et tout particulièrement à son mari qui, malgré les circonstances, ne renonçait pas à sa haine stupide.

Romain s'était enfermé dans la remise où s'entassaient les marchandises, au fur et à mesure des livraisons venues des différentes usines de tissus en tout genre. Gabriel et Vincent aidaient leur grand-mère à la ferme. Du drame et de ses conséquences, personne n'avait soufflé mot. Catherine s'était abstenue pour éviter, peut-être, des réflexions désobligeantes de la part de son fils. Sans les confidences de Flora, elle n'aurait certainement pas tenu compte de l'opinion de Romain. Mais il était inutile de le mettre en colère ; tôt ou tard, il apprendrait la liaison de Flora et de Bastien. Alors il faudrait l'affronter, lui faire entendre raison. Ne pas lui donner l'occasion de s'emporter en évoquant les malheureux époux que l'on conduisait à leur dernière demeure était bien le mieux que l'on pouvait faire.

De son côté, le jeune Vincent se posait des questions. Le malaise de sa sœur le soir de l'accident des parents de Bastien, était-ce vraiment une coïncidence ? Intuitivement, le garçon soupçonnait une complicité entre les jeunes gens.

De quelle nature étaient leurs relations ? Là, il butait sur une énigme qu'il aurait bien voulu déchiffrer. Il réfléchissait : sa sœur et Bastien, apparemment, ne s'étaient jamais approchés, ou alors une seule fois... D'autre part, Flora avait certainement une raison impérieuse pour écrire au jeune homme... Il ne savait plus que penser. Sa grand-mère semblait cacher quelque chose, elle aussi, mais quoi donc ?

Si seulement il avait pu disposer d'une journée entière, il n'aurait pas hésité à se rendre à vélo chez sa tante Georgette. Il aurait sans détours proposé à Flora de contacter Bastien si elle le désirait ; ainsi, il aurait su à quoi s'en tenir. Pour elle, pour la voir à nouveau sourire, il était prêt à oublier toute prudence.

Hélas, se rendre à Cantolet n'était pas envisageable. Si sa mère le sollicitait fort peu, Vincent devait prendre à son compte les tâches accomplies auparavant par sa sœur à la ferme. Cette escapade, Catherine la lui aurait accordée, mais son père, certainement, s'y opposerait. Le jour du départ de Flora, l'air sombre de Romain disait assez son désaccord.

Malheureux, Vincent voyait anxieusement la date du départ se rapprocher. Pouvait-il abandonner sa sœur tout un hiver ? Elle avait un secret, il en était certain. Peut-être, après tout, serait-elle heureuse de voir partir les hommes, son père surtout...

Brusquement, le garçon se dit que toutes ses suppositions ne menaient à rien, et certainement pas à aider Flora, si toutefois elle avait besoin d'aide. Flora, Bastien... Ses pensées tournaient en rond, bien inutilement.

— Mémé, Flora va rester absente longtemps ?

— Qu'est-ce que j'en sais mon petit ? Elle te manque tellement ? Nous la reverrons quand elle aura retrouvé sommeil et appétit.

— Il faudra bien qu'elle soit là pour t'aider, dans quelque temps.

— Combien de jours avant le départ ?

— Vingt, je crois.

— Tant que ça ?

— Avec l'automobile, on gagnera du temps, une petite semaine de plus à passer ici.

— Tu n'as pas l'air très impatient de repartir ! Pourtant, tu brûlais de nous quitter, rappelle-toi.

Vincent ne répondit pas ; il était déçu, sa grand-mère ne lui avait rien appris. Mais elle n'en savait peut-être pas davantage. Et s'il n'y avait rien à savoir, aucun mystère à percer ?

Rageur, il acheva de charger le fumier de l'étable sur la brouette. Il avait un peu de temps devant lui, un tour de vélo lui ferait le plus grand bien. Il partit se laver et se changer avant de sauter en selle. Pédalant à vive allure, il fila vers la grande route. La maison des Ménétrol était fermée. Continuant sa promenade à un rythme soutenu, il laissa le vent ébouriffer ses cheveux. Que c'était compliqué, la vie ! Dans trois mois, il aurait seize ans et il avait l'impression d'être vieux comme le monde.

Depuis l'accident, Justin et sa femme s'étaient installés chez Bastien. Sa détresse leur poignait le cœur. Que pouvaient-ils faire pour lui sinon l'entourer, ne pas le laisser seul avec ses fantômes ? Lui toujours gai, franc, chaleureux semblait maintenant regarder à travers les gens et les choses, enfermé dans un monde d'où les autres étaient exclus.

« Comme s'il n'avait pas encore réalisé son malheur, pauvre petit ! » soupirait sa tante Rosine. Elle et Justin n'avaient pas eu d'enfant et Bastien était beaucoup plus que leur neveu, c'était presque leur fils. Elle était dans le vrai, hélas ; le traumatisme subi laissait le jeune homme hébété. Entre lui et la réalité s'ouvrait sans doute un abîme encore infranchissable. Sans but précis, il paraissait agir d'instinct, passait de longs moments debout derrière une fenêtre, les yeux dans le vague.

Quand son oncle, sa tante ou Joseph lui adressaient la parole pour tenter de le tirer de son apathie, il les regardait avec étonnement. Les mots ne l'atteignaient qu'après maintes demandes plusieurs fois répétées. La plupart du temps, il avait alors un petit sourire triste et ne répondait pas.

Deux semaines après les obsèques de Gildas et de sa femme, Justin, inquiet de voir peu à peu sombrer le jeune homme dans une dépression peut-être irréversible, se décida à lui parler de son travail.

— Dis-moi Bastien, tu penses pouvoir repartir bientôt pour une nouvelle campagne ou bien...

Il ne savait comment continuer sans blesser son neveu. Préparer le départ évoquerait fatalement l'image de sa mère et de son père, toujours à ses côtés, avant... Enfin, comme Bastien se taisait, il ajouta :

— Tu feras ce qui te semble le mieux mon petit, la décision n'appartient qu'à toi. Mais si tu te sens la force de repartir, ta tante et moi nous t'accompagnerons. Je me charge de terminer les derniers préparatifs, il y a seulement deux années que je ne voyage plus et je n'ai pas encore perdu la main.

Alors Bastien parut le voir réellement ; des larmes brillèrent dans ses yeux quand il saisit les mains de son oncle.

— Vous feriez ça ? Merci, oh merci ! Je crois bien que je suis sauvé...

Bouleversé, Justin lui entoura les épaules de ses bras, le serra contre lui en disant à son oreille :

— Rosine et moi nous ferons tout pour toi, comme pour un fils.

XVII

Le secret dévoilé

Lorsque Joseph avait remis à Bastien la lettre de Flora, un tremblement avait saisi le jeune homme. Dans son extrême douleur, le visage de celle qu'il aimait lui apparaissait, parfois, une fraction de seconde. Une impression confuse, fugitive, venait alors le convaincre que dans son malheur lui restait cette merveilleuse certitude. Désespérément, il essayait de retenir la chère image, mais elle lui échappait aussitôt, le laissant plus désemparé encore.

Sa lecture achevée, il pressa contre ses lèvres la feuille de papier où courait l'écriture de Flora, puis il la glissa dans l'encolure de sa chemise. Une douce chaleur semblait se dégager de la lettre, irradier au plus intime de son être. D'ici quelques jours, il irait voir Flora mais, tout d'abord, il devait se reprendre, émerger de son monde intérieur où régnait encore le chaos. Il ne se sentait pas la force d'entreprendre le voyage, aussi bref soit-il.

Confierait-il ce secret à sa tante Rosine ? Plus tard sans doute... Il pensa soudain à sa grand-mère. L'annonce de la mort de Gildas, son fils unique, avait eu raison de son vieux cœur malade. On l'avait transportée à l'hôpital d'Aurillac, si faible que les médecins interdisaient toute visite. Pour Bastien, un nouveau deuil se préparait à plus ou moins long terme. Le malheur le poursuivait. Son avenir auprès de Flora lui parut tout à coup une chimère insensée ; trop d'obstacles se dresseraient en travers de leur route. Les parents de Flora, ses frères s'acharneraient assurément à détruire un bonheur pourtant chèrement acquis.

« Mes parents à moi ne me feront aucun reproche... » se dit-il amèrement.

Le surlendemain, conduit par le fidèle commis de son père, il partait pour Candolet. Justin et Rosine s'étaient réjouis de le voir enfin exprimer un désir quelconque. Il souhaitait, disait-il, rendre visite à un ami. Mais Justin n'approuvait pas sa décision de partir seul. Bastien s'était rendu à ses raisons ; après avoir gentiment refusé que son oncle le conduise, il avait fait appel à Marius dont le dévouement n'avait pas failli.

Rosine vint l'embrasser pendant que Marius sortait la voiture du garage.

— Passe un bon après-midi, mais ne te fatigue pas au moins ! Et surtout n'allez pas trop vite.

Bastien lui sourit pour la rassurer. Pendant que le commis se rangeait devant le perron, il revit soudain l'autre automobile, celle où s'était achevée la vie d'Amandine et de Gildas. Le destin n'en faisait qu'à sa guise. Que leur réservait-il, à lui et à Flora ?

Il chassa ses idées noires et prit place près de Marius. À sa vue, dans le magasin de sa tante où les deux femmes avaient entrepris quelques rangements, Flora se jeta follement contre sa poitrine, éperdue, secouée de sanglots secs. Georgette proposa que les jeunes gens se retirent dans la salle à manger mais ils préférèrent aller marcher dans la campagne.

Flora courut prendre un vêtement dans sa chambre. De retour au magasin, elle vit avec plaisir que sa tante et Bastien avaient sympathisé. Le visage pâle et amaigri, les yeux cernés du jeune homme disaient assez quelle épreuve il venait de vivre. Il semblait flotter dans sa veste de velours noir.

Elle s'accrocha à son bras et ils sortirent très vite du village pour marcher lentement sur un petit chemin bordé d'arbustes épineux. Leur feuillage couleur lie-de-vin se piquait, çà et là, de petites baies rouges, rondes et lisses. Dans les prés, les dernières fleurs aux couleurs pâlies n'attiraient plus le regard. Le mauve des scabieuses, le jaune un peu délavé des épervières tachaient par endroits l'herbe d'un vert légèrement terni par de faibles gelées matinales.

Flora et Bastien ne voyaient rien du paysage, ni les frênes jaunis où jouait le soleil d'automne, ni le ciel d'un bleu diaphane et très doux, ni la ligne sombre des sapins mouvants, inclinés vers les pacages déserts. Ils avaient tant de choses à se dire et pourtant ils ne parlaient pas. Les doigts fébrilement noués, ils se retrouvaient comme si des siècles s'étaient écoulés depuis leur dernière rencontre.

De crainte de le blesser, Flora ne demandait rien. Enfin, Bastien lui dévoila ses projets tout récents.

— Je vais repartir bientôt, mon oncle et ma tante m'accompagneront. Après, nous ne nous quitterons plus, plus jamais ! L'été prochain nous nous marierons pour aller vivre dans la maison de Grignat. D'ici là, l'intérieur sera achevé ; au printemps, je la meublerai et elle nous attendra deux ou trois mois encore. Si tu veux bien...

— Tu comptes abandonner tes campagnes dans l'Ouest ?

— Non, mais l'automne prochain, je t'emmène avec moi.

Sa compagne le regarda, interdite, répéta :

— Tu m'emmènes ?...

— Oui. Tu seras ma femme, nous ne nous quitterons plus !

L'air rayonnant de Flora valait un acquiescement. Elle ne partirait pas sans regret, mais elle le suivrait, où qu'il aille.

— Peut-être nous ne nous reverrons pas d'ici ton départ. Je crains... on va me surveiller, j'en ai bien peur.

— Pour le courrier, je continuerai à l'adresser chez Joseph. Toi, par contre, tu pourras le mettre à mon nom maintenant...

L'émotion l'empêcha d'achever. Son père ne serait plus là pour essayer de découvrir qui lui écrivait, les précautions devenaient inutiles... Flora lui serra la main plus fort et il réussit à lui sourire.

Les jeunes gens ne pouvaient pas deviner qu'une violente altercation éclaterait bientôt entre Flora et son père, mais la jeune fille semblait en avoir le pressentiment. Un sort contraire paraissait vouloir les poursuivre, s'acharnant à détruire leur amour.

Lorsque Gabriel repartit chercher sa sœur à Cantolet, Vincent ne l'accompagnait pas. Comme elle s'en étonnait, son aîné répondit laconiquement :

— Le père avait besoin de lui. On part dans une semaine, tu dois l'avoir oublié pendant tes vacances...

Le ton était un peu cassant ; Gabriel n'avait pas pris de nouvelles de la santé de Flora. Pour détendre l'atmosphère, elle choisit un sujet moins hasardeux.

— Sylvie va bien ?

— Oui, très bien, mais mon départ ne la réjouit pas, tu t'en doutes.

Gabriel semblait s'être un peu déridé. Elle se demanda s'il avait des soupçons. Catherine n'avait rien dit au sujet de Bastien, elle en était certaine ; mais dans ce village tout était possible, une indiscrétion, un geste surpris...

Si la grand-mère, Victoire et Vincent accueillirent la jeune fille avec un plaisir non dissimulé, son père se contenta de répondre à son bonsoir. Au dîner, seule Catherine entretint la conversation. Georgette et son père lui donnaient prétexte à de nombreuses questions. Le sujet épuisé, Victoire fit l'effort de rapporter à sa fille quelques événements locaux survenus en son absence, des nouvelles des voisins, anodines et dépourvues d'intérêt. Jamais peut-être elle n'avait autant parlé. D'ordinaire, les autres convives étaient assez loquaces et, le plus souvent, elle se contentait d'écouter. Flora ne voulut pas être en reste.

— Alors, Fripon prend sa retraite ?

Elle n'osait pas demander si le vieux cheval allait être vendu.

— Sa retraite ? Pas tout à fait, répondit Catherine, il continuera à tirer la carriole et les chars de foin. Mais tout l'hiver il va vivre comme un pacha dans son écurie.

Vincent se mit à rire.

— Moi, il va me manquer un peu.

— Et l'automobile, alors ? demanda sa grand-mère pour le taquiner. Tu lui préfères Fripon ?

— L'automobile, bien sûr, mais on ne peut pas s'y attacher comme à un animal. N'empêche, ce sera drôlement chouette de gagner du temps avec la Citroën. Et puis, il n'y aura pas à panser le cheval tous les soirs.

— Justement, fit Gabriel, comme c'est Flora qui aura cette charge supplémentaire, elle a intérêt à reprendre un peu de poids, et vite !

Sa sœur le fixa un moment. Comment interpréter cette boutade ? Cherchait-il à la blesser ? Non, il lui souriait et elle fut heureuse de constater qu'il ne lui en voulait pas.

Romain n'avait pas prononcé un seul mot. En quittant la table, il lança à Gabriel :

— Demain matin, tu iras à Grignat avec ton frère chercher la dernière commande livrée à l'hôtel du Coq d'or.

Le départ des hommes était fixé au vendredi. Le mardi matin, Romain découvrit une enveloppe sur le pare-brise de l'automobile. Tracé d'une écriture tremblée, maladroite, son nom s'y étalait en grandes lettres noires. Sortant son couteau de sa poche, il l'ouvrit en se demandant qui pouvait bien l'avoir déposée là.

« Monsieur Lacaze, vous avez sûrement deviné qui est l'amoureux de votre fille. Après l'accident, c'est clair. Oui, il s'agit bien de Bastien Ménétrol, le dernier de vos ennemis. Alors, qu'en pensez-vous ? »

Cette lettre infâme n'était pas signée. Abasourdi, Romain pensa d'abord que c'était un mensonge, une insinuation éhontée de la part d'un jaloux. Il relut plus lentement ce courrier insolite, se remémora l'étrange attitude de sa fille le soir même de l'accident des Ménétrol. Une rage subite le submergea et, la lettre à la main, il se rua dans la boutique où Flora et sa mère époussetaient les rayonnages.

— Lis ça !

Il tendait la feuille de papier à sa fille qui s'en saisit, stupéfaite de la pâleur et du ton de son père. Victoire sentit son sang se glacer ; dans la main gauche de son mari, l'enveloppe était beige, comme celle qu'elle avait brûlée. Le visage blême de Romain ne lui laissait aucun doute sur le contenu de cette lettre ignoble.

Livide, Flora replia le papier, le posa sur le comptoir. Figée, elle baissait les yeux et le silence parut insupportable à sa mère qui ne savait comment le rompre.

— Alors, jeta Romain menaçant, c'est vrai ?

Flora restait muette, pétrifiée. Je t'en supplie, défends-toi, dis que c'est faux, dis-le par pitié !... Ces mots, Victoire ne les prononçait pas, ils résonnaient seulement dans son esprit affolé. Enfin la jeune fille releva la tête pour fixer son père et le défier. Ses joues avaient brusquement rougi ; elle planta son regard vert dans celui de Romain.

— Oui, c'est vrai, dit-elle en s'efforçant de garder son calme.

Il leva la main comme pour la gifler, laissa retomber son bras.

— Mais tu es folle ! Et depuis quand ce voyou...

— Bastien est aussi estimable que toi ou mes frères.

La voix de Flora était ferme, péremptoire. Bouillant de rage de la voir le braver avec une telle assurance, son père cria, hors de lui :

— Mais pourquoi lui, pourquoi celui-là ? Pourtant tu sais bien que...

— Je sais, oui, Bastien sait aussi. Mais nous refusons de perpétuer l'absurde querelle de nos deux familles. Ni lui ni moi ne nous sentons concernés. Finalement, cette lettre anonyme nous aura rendu service. Elle a permis de crever l'abcès. Bientôt j'épouserai Bastien et tu n'entendras plus parler de nous.

La colère qui s'était emparée de Romain face à tant d'insolence atteignit son paroxysme. Son teint vira au rouge violet ; la moustache frémissante, les veines du cou gonflées, il se mit à hurler et Victoire recula vers le fond du magasin.

— Tu vas l'épouser, tu crois ça ? Ma parole, tu oublies que tu n'es pas encore majeure et que tu dois m'obéir ! Et tu m'obéiras, même s'il faut t'enfermer jusqu'à la fin de tes jours !

Flora n'avait pas bougé. Proches à se toucher, le père et la fille se dressaient face à face, déterminés, sûrs de leur bon droit. Plus la fureur de l'un augmentait, plus l'autre retrouvait son calme.

— Non, je ne suis pas majeure, mais je le serai dans dix mois exactement.

— Jamais, tu entends, jamais ce mariage ne se fera. Moi vivant, tu ne porteras pas le nom de Ménétrol ! Je te l'interdis ! Au besoin, je le tuerai !

— Papa, tes paroles dépassent ta pensée, tu sais bien que tu ne feras jamais une telle chose…

— Ne m'appelle plus papa ! Tu n'es plus ma fille ! Va-t'en ! Et ne reparais jamais devant moi, sinon…

Victoire s'était rapprochée ; elle posa une main sur le bras de son mari. Il la repoussa violemment, fit demi-tour et sortit en claquant la porte si fort que la sonnette se mit à carillonner.

À l'heure du repas de midi, Flora monta s'enfermer dans sa chambre. Elle n'avait pas revu sa grand-mère. De la part de sa mère, aucun reproche. En pensant au départ imminent des hommes qui, l'automne venu, lui poignait toujours le cœur, Victoire éprouvait avec un peu de honte un réel soulagement. Restait à envisager la réaction de sa belle-mère ; mais elle était confiante, Catherine ne condamnerait sûrement pas sa petite-fille tant aimée.

Romain et ses fils passèrent à table. Les deux garçons ignoraient tout de la terrible scène matinale. La place de leur sœur restait vide ; intuitivement, ils comprenaient que mieux valait ne rien demander. Leur mère, visiblement, avait pleuré. La brusquerie, l'impatience revêche manifestées par leur père durant toute la matinée s'expliquaient sans doute par une querelle entre leurs parents.

Le repas commençait dans un silence pesant. Catherine qui soupçonnait, elle aussi, une dispute assez sérieuse entre Victoire et Romain, demanda le plus naturellement du monde :

— Et Flora ? Elle n'a pas l'habitude d'être en retard pourtant !

— Je t'en parlerai tout à l'heure, on ne l'attend pas, dit Romain d'un ton sans réplique.

La vieille femme dévisagea son fils. Il avait sa mine des mauvais jours. Aussitôt elle trembla intérieurement : avait-il appris ? Et si oui, comment ? Romain but son café, demanda à ses fils d'aller continuer l'étiquetage des ballots de marchandises. Victoire avait commencé à laver la vaisselle ; elle tournait le dos à sa belle-mère et à son mari encore assis à table.

— Tiens ! dit Romain en tirant l'enveloppe beige de sa poche et en la posant devant sa mère. Lis et dis-moi ce que tu en penses.

Catherine déplia la feuille de papier, comprit très vite, chercha une réponse adéquate qui ne nuirait pas trop à sa petite-fille.

— Tu as montré cette lettre à Flora ? Qu'est-ce qu'elle en dit ?

— Elle n'a pas nié, jeta Romain en haussant le ton, au contraire ! Elle m'a tenu tête, cette effrontée ! Mais je la materai, ça oui ! Quant à l'autre...

Catherine réfléchissait. Surtout ne pas dire qu'elle savait depuis le jour de l'accident. Mieux valait flatter son fils, reconnaître qu'il n'avait pas tort tout en assurant la défense de Flora. C'était loin d'être évident ; elle, si directe, craignait de ne pas savoir user de la diplomatie nécessaire.

— Je comprends ta réaction, vu les circonstances. Mais peut-être faut-il que cette vieille histoire prenne fin un jour. Flora, je la connais, la braquer ne servira à rien.

— Alors tu veux que je leur donne ma bénédiction, c'est ça ? Si mon père était là, j'aurais honte pour ma fille !

— D'abord, ton père n'est plus là, rétorqua calmement Catherine. Et puis je ne vois pas où est la honte. Gildas était bien considéré par tout le monde. On ne pouvait pas trouver plus aimable que sa femme, bonne épouse, bonne mère. Quant à leur fils, je n'ai jamais entendu dire qu'il se conduisait mal, de quelque manière que ce soit.

— En somme, des gens parfaits ! Et tu t'imagines que si le fils de Gildas était un infâme coureur de jupons, on nous en aurait parlé, à nous ? Il n'y a pas si longtemps, quand ils ont acheté la dernière automobile, tu avais eu des paroles plutôt désagréables si je me souviens bien…

— Oui, mais c'était par dépit. Leur réussite face à notre situation… j'étais un peu jalouse et je le regrette.

— Alors tu approuves Flora d'avoir choisi le seul qu'elle n'aurait jamais dû regarder ?

Catherine éluda cette question.

— Elle n'a pas commis un crime !

— Qu'est-ce que tu en sais ? fit Romain méchamment. D'ici qu'elle avoue qu'un petit Ménétrol est en route…

— Et quand bien même ? Mais pour ça, je suis tranquille.

Elle ne pouvait pas dire que Flora lui avait juré le contraire. Bastien l'aimait assez pour la respecter. Et si bien souvent la tentation était forte, l'un et l'autre savaient qu'ils ne pouvaient pas prendre un tel risque.

— Quoi qu'il en soit, je ne reviendrai pas sur ce que j'ai dit. C'est ma fille, elle est mineure, je suis dans mon droit !

XVIII

Mises au point

Sitôt son travail achevé, Vincent courut rejoindre sa grand-mère à la ferme. Le plus naturellement du monde, Flora la secondait comme chaque soir. Le garçon jeta un coup d'œil aux alentours pour s'assurer qu'ils étaient seuls tous les trois au seuil de l'étable.

— Quelqu'un peut m'expliquer ?

Il regardait tour à tour les deux femmes. Catherine avait empli deux seaux de pâtée pour la volaille, Flora attendait, un panier plein de fanes de carottes au bras.

— Allez donc couper un peu d'herbe dans le verger. Bientôt les lapins devront se contenter de foin sec, je crois qu'ils apprécieront un peu plus de verdure.

Flora comprit qu'elle voulait les laisser en tête à tête. Elle saisit un sac de jute tandis que son frère s'emparait d'une petite faucille, puis ils s'éloignèrent en direction du verger. Leur sac plein, ils s'assirent sur le tronc d'arbre couché comme ils l'avaient fait des centaines de fois. Alors elle raconta : son amour pour Bastien, leur première rencontre, leurs projets, leurs craintes surtout. Pour finir, elle en vint à la lettre anonyme, à la violente altercation entre elle et son père, le matin même.

Vincent l'avait écoutée sans rien dire. Quand elle se tut, il se contenta de passer un bras autour de son cou et elle posa sa tête sur l'épaule amicale.

— Qu'est-ce que je peux faire pour toi ?

La voix du garçon était douce, affectueuse. Tant de fois, sa sœur l'avait consolé ici même. Voilà que les choses s'inversaient, elle était la faiblesse, lui la force.

— Rien, rien du tout… Quand vous reviendrez en avril je m'éloignerai jusqu'à… notre mariage. Oh ! Vincent, nous ne nous verrons plus ! Je vais vous faire tant de mal à tous !

— Mais si, nous nous verrons ! Quand tu habiteras Grignat, je saurai bien m'échapper pour te rendre visite, ne crains rien ! Grand-mère est au courant de tout ?

— Oui, et elle me défend de son mieux. Notre mère par contre…

— Elle se range aux côtés du père ?

— Comment savoir ? Elle n'a rien dit, absolument rien, tu la connais… Pourvu que sa vie ne se transforme pas en enfer à cause de moi !

— Attends que nous soyons partis si tu préfères mais parle-lui franchement. Toutes les trois, vous vous soutiendrez. D'ici le mois d'avril, il peut s'en passer des choses.

— Qu'est-ce que tu veux dire ?

— Eh bien, je sais pas, peut-être que le père finira par céder.

— Non, il ne changera pas d'avis quand bien même je le supplierais à genoux. Mais je n'en ai pas l'intention. J'attendrai mes vingt et un ans, après il n'aura plus rien à dire.

Un silence s'installa ; chacun ressassait des pensées moroses. Que dire de plus ?

— Je sais que Bastien va bientôt repartir, lui aussi. Je peux aller le voir de ta part si tu veux.

— Non. Si le père l'apprenait, qui sait de quoi il serait capable. Nous nous écrirons, Bastien m'enverra les adresses des hôtels où il doit séjourner. Vincent, pardonne-moi ! Votre campagne d'hiver ne sera pas très plaisante, j'en ai peur. Tu ne m'en veux pas trop ?

Pour toute réponse, il embrassa sa joue fraîche. Il voulut l'accompagner à l'enclos des poules, mais elle refusa.

— Ne change rien à tes habitudes. Allez, va vite faire ton tour de vélo, je suis sûre que tes copains t'attendent, va !

— Flora, je voulais te dire. Tu pourras toujours compter sur moi, toujours, Bastien aussi !

Elle le serra très fort contre elle, comme lorsqu'il était petit et très malheureux après la réprimande d'un adulte, la perte d'un jouet, une moquerie de Gabriel... L'amour fraternel qui les liait si fort ne se démentirait pas ; elle lui en était infiniment reconnaissante.

*

* *

Flora hésita longuement avant d'affronter Gabriel. Elle craignait qu'il la juge mal, qu'il la rejette même. Cette vieille histoire entre les Lacaze et les Ménétrol empoisonnait leur existence à tous. Les très rares fois où elle avait été évoquée en famille, la jeune fille avait fort bien compris le parti que prenait son frère.

Avant le dîner, comme elle venait de se réfugier dans sa chambre, Catherine monta pour lui porter son repas.

— Merci mémé, je n'ai pas faim.

— Si, tu as faim ! Ou bien tu te forces à manger. Je ne bougerai pas de là tant que tu n'auras pas vidé cette assiette.

Vaincue, Flora s'attabla devant le gratin de pâtes au fromage. Sa grand-mère avait aussi posé devant elle deux petites pommes reinette.

— Comme moi, les arbres vieillissent, les fruits ne sont pas très gros cette année, mais ils ont toujours aussi bon goût. Allez petite, je te laisse, il ne faut pas que je me fasse attendre, en bas.

— Ma mère a vu que tu me portais mon repas ? Qu'est-ce qu'elle a dit ?

— Bien sûr qu'elle m'a vue, elle n'a rien dit. Vous vous êtes expliquées ? Pas encore ? Ne tarde pas à lui parler, elle est malheureuse tu sais.

— Je sais oui, je me fais tellement de reproches...

— Il ne faut pas. Ce qui est dit est dit, un point c'est tout ! N'empêche que tu dois te confier à ta mère comme tu l'as fait avec moi, que tout soit clair entre vous deux.

Ce sera beaucoup plus difficile, se dit Flora.

— Je le ferai demain, si mon père s'absente un moment. Sinon, j'attendrai qu'il soit parti. Merci mémé, allons, sauve-toi ! À demain.

Victoire s'attendait aux reproches de son mari dès qu'ils se retrouveraient seuls. Il n'en fut rien. Volontairement, elle ne s'était pas attardée à la cuisine comme elle le faisait souvent. Quand elle poussa la porte de leur chambre, Romain rangeait des papiers dans la grande sacoche noire qui le suivrait l'hiver durant.

Elle retira sa blouse, sa robe, ses bas. En combinaison, elle fit une rapide toilette. Elle n'avait pas pensé à monter de l'eau chaude ; celle du broc était froide et elle réprima un frisson. Derrière elle, Romain se déshabillait, enfilait son pyjama. Il alluma la lampe de chevet, pressa le bouton près de la porte pour éteindre le plafonnier, se coucha enfin.

Les autres soirs, ils ne se parlaient guère mais, entre eux, l'absence de dialogue était naturelle, Victoire n'y prenait pas garde. Ce jour-là au contraire le silence semblait peser dans la petite chambre, dense, un peu effrayant.

Elle ôta ses sous-vêtements, mit sa chemise de nuit. Sous les couvertures, son mari lui tournait le dos. Quand elle fut allongée près de lui, il éteignit la petite lampe. Longtemps, ils restèrent éveillés dans le noir. Victoire faillit tendre le bras pour toucher l'épaule familière, renonça, refoula ses larmes, essaya vainement de ne plus penser.

Dehors, le vent d'ouest s'était levé ; autour de la maison, dans le jardin, son souffle puissant déroulait d'incessantes spirales. Quelque part, à intervalles réguliers, un volet grinçait désagréablement. Pour la centième fois depuis l'envoi de la première lettre anonyme, Victoire se torturait l'esprit :

« Qui, mais qui donc ?... »

Sans doute n'aurait-elle jamais la réponse.

Depuis l'arrivée de ce courrier qui avait déclenché la colère de Romain, l'occasion d'un tête à tête avec Gabriel ne s'était pas présentée. Flora ne paraissait plus à la table familiale, son frère était très occupé par les derniers préparatifs. Il travaillait le jour durant dans la remise avec son père et Vincent ; le jeudi matin, il était allé faire ses adieux à Sylvie, sa fiancée. Après le déjeuner, les trois hommes commencèrent à charger l'automobile.

C'est donc avant l'heure du dîner seulement que Flora frappa à sa porte. Gabriel lui ouvrit, l'air renfrogné. Il était seul, Vincent faisait une ultime promenade à vélo avec Pierrot et Roger, ses deux fidèles.

— Il faut que je te parle. Je peux entrer ?

Il s'effaça sans répondre. Elle le suivit, referma la porte.

— Tu me prends pour un imbécile ? Tu crois que je n'ai rien compris ? L'autre matin, dans la boutique, le père criait assez fort, de la remise j'en ai assez entendu pour saisir de quoi il retournait !

Décontenancée par cette attaque, Flora faillit faire demi-tour. Réprimant une impulsion qui pourrait seulement la desservir, elle s'efforça de garder son calme.

— Alors dis-moi franchement, tu es pour ou contre moi ?

Pris au dépourvu, tant il était persuadé que sa sœur se montrerait agressive, il continua sur le même ton abrupt :

— Tu t'imagines que je vais me désolidariser de plusieurs générations de Lacaze ? Eh bien tu te trompes, j'ai le sens de l'honneur, figure-toi !

— Justement ! Personne ne m'a jamais expliqué de quoi il retourne. L'honneur ! Vous n'avez que ce mot à la bouche, le père et toi ! Alors ?

— Tu n'as donc pas demandé à Bastien Ménétrol ?

— Si, c'est même la première question que je lui ai posée. Il n'en sait pas plus que moi. Son père devait lui confier l'affaire quand il jugerait le moment opportun, mais maintenant…

Visiblement mal à l'aise, Gabriel se taisait.

— Alors, répéta sa sœur, la raison de cette rivalité ? Que je sache au moins pourquoi le père me rejette comme une lépreuse !

— Ce qui s'est vraiment passé, je ne sais pas exactement… L'aïeul de ton Bastien a, paraît-il, offensé une fille Lacaze.

— Paraît-il ? Tu n'es pas sûr ? Offensé, offensé comment ?

— Tu m'agaces, à la fin, je n'en sais pas plus !

— En somme, on a bâti une haine héréditaire sur des on-dit ! Cela ne tient pas debout ! Et le père, comment il l'explique ?

— Il n'en a pas dit plus long. Le grand-père Antoine lui-même n'était pas mieux renseigné.

À présent Gabriel était penaud. Flora sentait monter une colère qui la faisait trembler. Elle attendait la révélation d'un acte indigne, méprisable, infamant, qui entachait la dignité de sa famille. Au lieu de ça, rien, des suppositions ! Personne n'avait gardé la chose en mémoire. N'était-ce pas la preuve qu'il ne fallait plus en faire cas, que cet événement absurde, occulté depuis trois générations, devait tomber définitivement dans l'oubli ?

Soudain l'envahit une immense lassitude. Elle se dit qu'elle luttait en vain, mieux valait abandonner, en terminer tout de suite.

— Tu vas donc partir mécontent de moi ?

— Je ne sais pas…

Gabriel venait de penser à Sylvie. Aurait-il renoncé à elle si, comme la famille de Bastien, les Puézac représentaient l'ennemi de toujours ? Comment se prononcer ? Le dilemme était trop embarrassant. On se heurtait à un mur d'incertitudes. Jamais il ne s'était demandé si ce différend était fondé ou non, il l'avait admis, tout simplement. Voilà que sa sœur l'amenait à réfléchir. Il restait perplexe, contrarié d'avoir à abandonner peut-être ses convictions les plus enracinées.

— Quoi que tu décides, je ne t'en voudrai pas. Tu resteras toujours mon grand frère obstiné, mais je t'aime comme tu es, Gabriel.

Là-dessus, Flora sortit très vite de la chambre, laissant son frère désorienté. Le lendemain matin, pour la première fois elle n'assista pas au départ des hommes. Il était 6 heures quand le ronflement de l'automobile l'attira à la fenêtre. Dissimulée par le rideau, elle vit Vincent et Marcelin s'installer à l'arrière. Gabriel était déjà au volant, Romain à côté de lui.

« Je ne les ai embrassés ni l'un ni l'autre... »

Elle avait l'impression que quelque chose s'achevait ce jour-là ; cette pensée la jetait dans un malaise confus presque douloureux. Peut-être ne les reverrait-elle jamais... Impuissante à percer le secret de son avenir, elle se recoucha. La sensation d'être prisonnière de murs invisibles prêts à la broyer la suffoqua soudain, ne se dissipa que lorsque quelqu'un ouvrit la porte de sa chambre.

Debout sur le seuil, sa mère la regardait, hésitante. Alors elle sauta de son lit pour se jeter dans les bras tendus.

— Pardon Maman, pardon !

Dans la matinée, Joseph Arfeuil vint à la rencontre de Catherine qui venait de faire sortir le bétail. Les journées encore belles permettaient de le conduire au pâturage, en attendant la mauvaise saison et le long repli dans l'étable.

L'homme de confiance de Bastien apportait une lettre pour Flora. Il ne savait pas si Victoire accepterait de la lui remettre, aussi s'adressait-il à Catherine qu'il connaissait de longue date.

— Je le croyais reparti sur les routes.

— Comme vos hommes ne sont plus là, il a retardé le départ d'une journée pour... enfin vous me comprenez.

Catherine remercia le messager sans autre commentaire. Un peu plus tard, Flora vint la rejoindre pour panser le cheval et aider à la traite. Agréablement surprise, elle ouvrit aussitôt l'enveloppe. Bastien proposait une rencontre en fin d'après-midi. Les yeux brillants, elle ne dissimulait pas une joie débordante.

— Il n'est pas encore parti, mémé, je vais le voir une fois encore ! C'est merveilleux !

Elle prit sa grand-mère par le cou, l'embrassa fougueusement. La journée lui parut interminable. Elle travaillait fébrilement, parlait toute seule, chantonnait, riait sans raison. Fripon eut droit à de longues caresses et même à des confidences : « Si tu savais comme je l'aime ! » Malgré quelques remords, après le départ de son père, elle se sentait libre, enfin.

Après une heure de baisers fous, de serments, de projets, Flora eut toutes les peines du monde à s'arracher aux bras de Bastien. Il n'avait plus cette mine épouvantable, effrayante. Son immense chagrin était toujours présent, certes, quelque part au fond de lui, mais il avait retrouvé le goût de vivre. Leur amour réciproque le portait, le rendait invincible.

De nouveau seule, Flora resta un long moment debout, le dos appuyé contre le tronc du vieux frêne témoin de toutes leurs rencontres. Attendre, toujours attendre... Que d'angoisses tout au long des mois d'hiver ! À la joie la plus parfaite succédait l'abattement le plus profond. L'accident des parents de Bastien s'imposa tout à coup à son esprit préoccupé. Et si lui aussi... Vite, repousser cette pensée, loin, très loin.

Ce matin déjà, en assistant au départ de son père et de ses frères, une horrible vision s'était imposée une fraction de seconde : l'automobile écrasée, Romain et ses fils morts... Et maintenant Bastien... Elle faillit crier : « Non ! », cacha son visage dans ses mains. Elle haïssait les automobiles, s'affolait sans parvenir à chasser de terribles images de sang répandu, de corps disloqués, sans vie, au travers d'une route meurtrière.

Enfin elle se reprit, respira longuement, s'obligea à évoquer sa mère, Vincent, sa grand-mère qui avaient tellement besoin d'elle, de sa force d'âme. Elle repartit vers le village. Parvenue à l'entrée du verger, elle avait pris une décision. Ce soir même elle écrirait à Sylvie, l'inviterait à venir la voir.

Sûrement, après le départ de Gabriel, la jeune fille devait se morfondre. Elles s'épauleraient l'une l'autre. Sylvie paraissait timide ; sans doute n'attendait-elle qu'un signe pour lui accorder son amitié et sa confiance.

Quelques jours plus tard, la première lettre de Bastien acheva de rasséréner Flora. Malgré sa répugnance à prendre la plume, Vincent lui avait adressé une carte assez brève. Après des nouvelles de ce premier périple en automobile, il terminait par ces mots :

« *Tu es et seras toujours ma grande sœur chérie. Et moi, quoi qu'il arrive, je resterai ton petit frère qui t'aime.* »

XIX

Romain ne pardonne pas

SEMAINE APRÈS SEMAINE, l'hiver passait, apportant son lot de peines et de joies. En l'absence des hommes, Flora travaillait dur. Le froid, l'humidité amplifiaient les douleurs de Catherine ; elle lui épargnait donc de plus en plus de tâches, délaissant la boutique où Victoire assumait seule la vente et les menus travaux indispensables.

Peu après le départ de Bastien, Joseph Arfeuil était venu à la ferme proposer ses services. Bien que le vieil homme s'en défende, Flora soupçonnait Bastien d'être l'instigateur de cette démarche. Presque aussi âgé que Catherine, Joseph était encore très alerte. Journalier, il avait travaillé longtemps dans les fermes de la région avant d'entrer au service de Gildas Ménétrol.

— Allons, Catherine, ne faites pas de manières ! Moi, l'hiver je m'ennuie. La maison de Bastien est fermée, le parc impossible à entretenir par mauvais temps. Après mon inspection du matin pour voir si tout est en ordre, je n'ai plus qu'à rentrer chez moi. Et quand j'ai lu le journal et cuit ma soupe, jusqu'au soir le temps n'en finit plus.

Joseph portait une canadienne usagée par-dessus un bleu de travail toujours impeccable. Sous le bord de son feutre noir, ses yeux vifs pétillaient. Il lissait continuellement de la main gauche les pointes de sa moustache grisonnante. Il se voulait convaincant, mais ne savait plus quel nouvel argument avancer.

— En somme, dit Catherine, si j'accepte votre aide, je vous rends service.

— Eh bien oui !

— Alors, à une condition : je vous paierai au tarif d'un domestique agricole.

— Ah ça non, par exemple !

À la mine butée de la vieille femme, Joseph comprit qu'il venait de la vexer. Embarrassé, il tira un peu plus fort sur son épaisse moustache.

— Dans ces conditions, avec l'accord de ma belle-fille qui tient la queue de la poêle, vous serez nourri, ça vous va ?

Joseph s'empressa d'accepter une proposition qui lui convenait tout à fait. Par la suite, les jours de livraison à l'épicerie, Flora pouvait consacrer davantage de temps à aider sa mère. Le bétail pansé, la traite finie, après le nettoyage de l'étable et des clapiers, Joseph trouvait le temps de transporter le bois de chauffage du hangar à la cuisine. Les jours où la neige tombait dru, où le vent violent et glacial la faisait tourbillonner, Catherine, après quelques exhortations de sa petite-fille, consentait à ne pas quitter la maison.

— Mes bêtes, bougonnait-elle, qu'est-ce qu'elles vont penser si elles ne me voient pas ?

— Tes bêtes, répondait Flora en riant, sans vouloir te faire de peine, elles sont si bien habituées aux soins de Joseph que tu ne leur manqueras pas du tout !

Aux repas, le vieil homme était pour les trois femmes une agréable compagnie. Il ajoutait toujours quelque commentaire aux nouvelles que les clientes rapportaient à Victoire. À part lui, il se disait que Bastien avait eu raison de choisir Flora entre toutes ; il lui trouvait toutes les qualités.

Les lettres de Bastien arrivaient régulièrement. Quand le facteur lui tendait une enveloppe, Flora ne pouvait retenir le léger tremblement de ses doigts, l'éclat de son regard, un sourire radieux.

« M'est avis, pensait chaque fois le messager, que c'est là une lettre d'amour ! »

Le soir, elle lisait encore et encore les mots débordant de tendresse. Aussitôt, elle rédigeait une réponse où elle laissait parler son cœur. De semaine en semaine se rapprochait la perspective du retour de Bastien. Il lui semblait qu'un soleil intérieur brillait en elle de tous ses feux, chassait les ombres et les angoisses, l'inondant chaque jour un peu plus d'une chaleur ardente où elle puisait sa force.

Cette euphorie l'abandonna le jour où, Joseph reparti vers la ferme après le déjeuner, Victoire tira de sa poche la dernière lettre de son mari. Catherine feuilletait le journal sur un coin de table, Flora desservait.

— Alors, quelles nouvelles de nos hommes ? demanda la grand-mère. L'automobile donne toujours satisfaction ?

— Je vais vous lire la lettre de Romain, répondit Victoire en s'asseyant.

Elle jeta un coup d'œil à sa fille pour retenir son attention et commença sa lecture.

« 24 janvier 1935

Ma chère Victoire,

J'ai bien reçu ton dernier courrier. J'espère que tout va pour le mieux chez vous. Ma mère a bien fait d'engager Joseph Arfeuil, dis-lui de ma part de se ménager. De notre côté, la tournée se poursuit comme prévu. La semaine prochaine, nous gagnerons la région de Rochefort pour un premier démarchage que j'espère fructueux.

J'ai quelque chose d'important à te demander, d'urgent aussi. Écris de ma part à mon cousin Sylvestre, à Paris. Demande-lui comme un grand service s'il peut envisager d'employer ta fille dans son restaurant, de la mi-mars environ à la fin juillet. Au cas où son personnel serait au complet, prie-le de trouver un emploi assez proche de chez lui pour qu'il puisse facilement la surveiller. Elle peut, à défaut d'être serveuse, occuper une place de vendeuse dans un commerce, quel qu'il soit.

Demande aussi à mon cousin de te donner réponse au plus vite et tiens-moi au courant. Les fils t'embrassent ainsi que ma mère.

Bien à toi. Romain

P.-S. : Si elle doit travailler chez lui, il n'aura pas de salaire à verser, la nourriture et le logement suffiront. »

Un silence suivit cette lecture. Flora devint livide, sa colère était palpable quand elle répéta, indignée :

— *Ta fille !* Il persiste donc à me renier ! Un jour ou l'autre, il le regrettera amèrement, je le jure !

— Allons, fit Victoire qui cachait sa réprobation, il faut lui donner du temps, je te l'ai déjà dit. Votre dispute est trop récente. J'avais pensé te proposer de retourner chez ma sœur pour les quelques mois avant ton…

Elle ne parvint pas à prononcer le mot : mariage.

— Moi aussi, j'avais pensé à la même chose. J'aurais demandé asile à Georgette dès que mon père annoncerait son retour. Paris, il veut m'envoyer à Paris ! Pour m'éloigner le plus possible de Bastien ! Là-bas, il ne risquera pas de me rendre visite comme il aurait pu le faire si j'étais chez ma tante, à Cantolet. Travailler à Paris jusqu'à la fin juillet, évidemment, mon anniversaire tombe le 28… C'est bien calculé, mon père est un monstre !

Le ton de Flora démentait presque ces paroles excessives. Elle paraissait très calme mais, pour qui la connaissait, une rage froide l'habitait, c'était visible. Du regard, elle interrogea sa grand-mère qui, jusqu'alors, s'était contentée d'écouter sans intervenir.

— Vous voulez mon avis ? Toi, Victoire, tu ne peux pas refuser d'écrire à Sylvestre, ce serait relancer une polémique inutile, qui ne mènerait à rien. Paris ou Cantolet, la différence n'est pas si grande. Oui, je sais, quand tu seras dans la capitale, Bastien ne viendra pas te rendre visite deux fois la semaine. Mais quatre mois et demi, ce n'est pas l'éternité, que diable ! Si tu dis non, il y aura de nouveaux affrontements entre toi et ton père, et sa rancœur en sera décuplée. J'irai même plus loin : il attend peut-être une rébellion de ta part pour continuer à manifester sa colère, ne lui en donne pas l'occasion.

Victoire approuva sa belle-mère et, le soir même, transmit la demande de son mari au cousin Sylvestre. Flora, de son côté, voulut informer Bastien au plus tôt. Elle rapporta ce qu'avait imaginé son père pour mieux les séparer. Mais, écrivait-elle, tant pour se consoler elle-même que pour rassurer Bastien, Romain ne faisait que retarder un peu l'échéance. Inutile de penser le voir fléchir un jour, il n'aurait pour elle aucune indulgence. Enfin elle ajoutait : pour moi, la rupture est consommée, il n'a plus de fille, je n'ai plus de père !

La lettre signée, l'enveloppe cachetée, Flora écrasa deux larmes de dépit, de chagrin aussi qu'elle refusait farouchement de s'avouer. Elle savait bien qu'au fond, elle aimait toujours son père ; elle avait espéré si fort que le temps atténuerait son obstination à les rejeter, elle et Bastien. Hélas, il venait de prouver qu'il ne pardonnait pas. Leur désaccord, sans doute, resterait définitif. Pourrait-elle jamais s'y résigner ?

Avant même la réponse du cousin Sylvestre, Flora reçut un courrier enthousiaste de son jeune frère. Jusque-là, il donnait très peu d'informations sur le commerce, la clientèle, les rencontres à l'étape. Le ton morose de ses lettres laissait penser, comme sa sœur l'avait prévu, que l'humeur de son père restait plus que maussade. Visiblement, Vincent comptait les semaines ; le retour, auquel il aspirait tant, devait lui sembler bien loin encore.

Et voilà que, depuis peu, le garçon venait de découvrir l'Atlantique. Dès l'achat de la Citroën, Romain avait réorganisé sa tournée. Le temps gagné grâce à l'automobile permettrait de poursuivre le voyage jusqu'à l'océan. À ses débuts, quand il négociait encore avec son père, la prospection s'étendait à la Charente-Inférieure et à la Gironde. Au fil des ans, il avait préféré raccourcir le temps passé loin de chez lui. Avec trois jeunes enfants et le décès d'Antoine, Victoire et Catherine ne pouvaient tout assumer ; le commerce vivotait, ne laissant qu'un piètre bénéfice. Romain rentré, l'approvisionnement devenait beaucoup plus facile, les ventes augmentaient en conséquence.

Le négociant n'avait conservé de la tournée initiale que les régions les moins éloignées et les plus profitables à son commerce : Indre, Vienne, Dordogne, Tarn, Lot-et-Garonne. Il ne dépassait ni Castelsarrasin ni Albi, remontait au retour à travers l'Aveyron pour finalement rejoindre le Cantal.

Restait une grande inconnue. La clientèle délaissée depuis une bonne quinzaine d'années ne bouderait-elle pas ces nouveaux venus ? C'était un risque à courir. Pour une fois, la mère de Romain ne lui reprocherait pas son manque d'initiative. Il avait pris soin de rechercher le carnet d'adresses d'Antoine. D'anciens clients, qui avaient connu et apprécié son père, seraient sans doute assez faciles à retrouver et la génération suivante une source potentielle de nouvelles pratiques. À lui et à ses trois aides de savoir les persuader ; alors on leur confierait peut-être des commandes intéressantes de tissus et d'habillement.

Au départ de Périgueux, Gabriel prit la direction de Cognac et, de là, celle de Rochefort-sur-Mer. Quand le jeune homme arrêta l'automobile au sommet d'une petite côte, la vue de l'immensité verte et mouvante laissa Vincent bouche bée.

Le tournant de la route surplombait une plage qui bordait la grève indéfiniment. Un vent assez violent courbait les herbes desséchées aux pieds des garçons et de Marcelin, muets devant le prodigieux spectacle de l'océan.

De hautes vagues d'un gris-vert chatoyant, frangées d'écume crémeuse, s'écrasaient avec fracas sur le sable, refluaient, repartaient à l'assaut de la plage parsemée de rochers humides, tour à tour noyés et découverts par les flots. Et, du fond de cette gigantesque masse liquide, montait un grondement perpétuel, colère assourdie de quelque bête fabuleuse. Par saccades s'amplifiait ou s'amenuisait ce ronflement continu, haletant, selon que le vent virait vers le nord ou vers l'ouest.

À l'horizon où se noyaient de lourds nuages opaques d'un gris sale, Vincent scrutait le point de rencontre incertain de l'eau et du ciel bas. Il dut bientôt s'arracher à cette irrésistible fascination. Romain, qui n'avait pas quitté l'automobile, rappelait son monde. Primordiale, la tournée de vente n'attendrait pas ; le patron était impatient de rejoindre le bourg d'où il avait prévu de rayonner trois ou quatre jours durant.

Vincent ne trouvait pas de mots assez forts pour faire partager à sa sœur sa surprise et son émerveillement. Par la suite, il avait vu rentrer au port des bateaux de pêche, assisté au débarquement des caisses de poisson. L'odeur inconnue de l'iode, des algues, de la marée pénétrait avec force ses narines. N'était la présence de son frère à ses côtés, il aurait pu se croire transporté dans un autre univers, très loin de son monde familier ; ou bien il était plongé dans un rêve coloré, insolite, où se côtoyaient le quotidien et le merveilleux.

« Je ne sais vraiment pas comment te décrire ce décor tellement différent de nos montagnes et de nos pacages. J'ai décidé de naviguer plus tard, pas pour le restant de mes jours, mais assez longtemps pour mieux connaître le vaste océan et peut-être percer ses secrets. »

En lisant la fin de la lettre de son frère, Flora eut un sourire indulgent, tout en se réjouissant du plaisir manifeste et de l'enchantement du garçon. Auraient-ils l'occasion, elle et Bastien, de contempler un jour l'océan ? Ou alors cette mer si bleue que son grand-oncle Donatien et sa femme Éloïse traversaient autrefois pour gagner l'Algérie ? Qui pouvait le dire ?

Pour le moment, son avenir immédiat dépendait de la réponse du cousin de Paris. Sylvestre n'était pas revenu voir l'Auvergne depuis de longues années. Flora en avait gardé le souvenir d'un homme jovial, bon vivant, à l'appétit d'ogre. Si elle devait travailler chez lui, elle espérait qu'il ne poserait pas trop de questions et qu'entre eux régnerait une bonne entente. On verrait bien, mieux valait se laisser porter par les événements. Elle était lasse d'anticiper sans cesse les imprévisibles péripéties qui l'attendaient.

Comme elle se l'était promis, Flora avait noué d'amicales relations avec sa future belle-sœur. Souvent, avec le cabriolet de ses parents, Sylvie venait lui rendre visite. La jeune fille aurait aimé conduire l'automobile de son père, mais il refusait de lui laisser prendre des leçons de conduite et lui-même manquait de temps.

— Tu vas te marier bientôt, disait-il, ton mari t'apprendra à conduire l'été prochain.

Depuis le départ des toiliers, Flora avait toujours hésité à parler de son amour pour Bastien à la fiancée de son frère. Avec les neiges de décembre et de ce début de mois, les deux jeunes filles n'avaient guère eu l'occasion de se revoir. La réponse de Sylvestre venait d'arriver quand Sylvie put reprendre la route enfin dégagée, de la scierie à la maison de ses futurs beaux-parents.

Toutes les deux se retirèrent un moment dans la chambre de Flora pour bavarder. Alors elle s'épancha, certaine qu'une oreille amicale écoutait ses confidences.

Sans s'étonner de la demande de Romain, son cousin affirmait qu'il accueillerait Flora tout le temps qu'elle le désirerait. Elle remplacerait au restaurant sa propre fille, partie vivre en Alsace avec son époux ; de ce fait, sa chambre était libre. Valentine, la femme de Sylvestre, serait heureuse de retrouver Flora qu'elle avait connue petite fille lors de ses séjours auvergnats.

Flora venait de tout rapporter à Sylvie qui ne l'avait pas interrompue. Elle s'était si peu attendue à de telles confidences qu'elle ne trouvait rien à dire.

— Gabriel ne t'avait pas mise au courant, avant son départ ?

— Pas du tout. Il est contre toi, contre vous, je veux dire ?

— Je ne sais pas trop, il hésitait lui-même, alors… D'abord furieux à cause de cette vieille histoire ridicule, à la fin il semblait avoir perdu ses certitudes. Pourtant il ne voulait pas céder, tu le connais maintenant, il tient de notre père et ne veut jamais avouer qu'il a tort.

— Bastien sait, pour ton séjour à Paris ?

— Oui, bien sûr, mais qu'est-ce qu'il peut y changer ? Je n'ai plus qu'à m'incliner. Remarque, si cela ne m'éloignait pas de Bastien, je serais contente de travailler quelque temps chez mes cousins. La patience n'est pas mon fort, au contraire ! Et dire qu'après six mois de séparation, il nous faudra encore en compter quatre…

Cependant Flora souriait pour signifier qu'elle n'en faisait pas un drame, mais tout de même son père exagérait. Sylvie paraissait presque plus affectée qu'elle-même.

— Alors, dit-elle en lui prenant la main, tu ne seras pas là pour notre mariage ?

— Eh bien non, et je le regrette beaucoup…

— Moi aussi ! Flora, je t'aime comme une sœur, je voudrais tant pouvoir t'aider. Quand Gabriel rentrera, je lui parlerai. J'essaierai de le convaincre, de lui faire comprendre que votre amour est aussi fort que le nôtre et qu'il doit l'admettre.

— Écoute Sylvie, il se peut que je me trompe, mais il vaudrait mieux que mon frère ignore cette conversation. Au lieu de le convaincre, tu risques d'obtenir tout le contraire. Crois-moi, laissons faire les choses. En tout cas, merci, je suis touchée de voir combien nous sommes proches…

Émues, les deux jeunes filles s'embrassèrent. Flora promit à Sylvie de lui donner l'adresse de ses cousins, le moment venu. Puis, pour faire diversion, elle changea de sujet.

— J'ai cru comprendre que tu aimerais avoir un dessus-de-lit comme celui que j'ai offert à mon amie en cadeau de noce, aussi j'en ai commencé un pour toi et Gabriel, il est même bien avancé. D'ici mon départ, je vais m'activer à le finir. Je voulais te faire la surprise, mais vu les circonstances… Il ne sera pas dit que je ne vous donnerai pas de cadeau pour votre mariage.

— Merci, oh merci ! Je suis si maladroite, le crochet ne m'obéit pas ! Toi, tu avais réalisé une vraie merveille.

— Eh bien, ce sera un bon moyen pour que tu penses à moi chaque soir !

Elles échangèrent un sourire complice avant de descendre rejoindre Victoire et Catherine pour boire une tasse de café. Après le départ de Sylvie qui voulait rentrer avant la tombée de la nuit, la grand-mère hocha la tête un moment.

— Cette petite, finit-elle par dire, elle est bien mignonnette, un peu trop. Je crains qu'elle n'ait aucune défense. Avec un mari comme Gabriel, un peu plus d'aplomb ne gâterait rien, au contraire. Enfin, souhaitons qu'elle apprenne à résister au besoin. Oh ! Il n'est pas méchant, un peu autoritaire, c'est tout. Bon, ils feront comme les autres, un jour bien un jour mal.

XX

La capitale

Ignorante du résultat de sa révélation, Julie Cormeil s'interrogeait. En apparence, rien n'avait changé dans la vie des Lacaze. Les trois hommes étaient repartis vers l'ouest, Flora continuait à seconder sa mère et sa grand-mère. Non, rien n'avait changé…

Sa première lettre de délation n'avait eu aucun effet. Elle n'aurait pas dû l'adresser à M. et Mme Lacaze. Victoire, sans aucun doute, l'avait subtilisée et Romain n'en avait rien su. Le second courrier, coincé sous l'essuie-glace de son automobile, il en avait certainement pris connaissance. Alors ?

Julie enrageait. Elle n'avait pas touché la bonne cible. L'annonce officielle des fiançailles de Gabriel et de Sylvie Puézac l'avait jetée dans une colère tout à fait inutile. En frappant sa sœur, elle avait voulu l'atteindre, lui. Si, à l'époque, elle avait connu ses relations avec cette pécore de Sylvie, c'est à cette dernière qu'elle aurait tenté de nuire. À présent, il était trop tard.

Récidiver ne servirait sans doute à rien. La date du mariage de Gabriel était fixée au 27 avril. Un scandale à l'église ? Non, elle risquait d'être découverte. Voilà qu'elle était jalouse de Sylvie, une sainte-nitouche que la rumeur villageoise parait de toutes les vertus. Et puis, elle était lasse de papillonner d'un garçon à l'autre. Chez ses parents, elle s'ennuyait ferme. Le printemps venu, elle chercherait un travail à la ville, Aurillac peut-être, ou même Clermont-Ferrand. Mais travailler n'était pas son fort… Restait à espérer que, devenue citadine, elle trouverait un bon parti, un homme assez riche pour lui permettre de mener une vie oisive de bourgeoise.

Depuis l'envoi de la première lettre anonyme, Julie refusait de faire les courses pour sa mère au magasin de Victoire Lacaze. Auparavant, tout au contraire, elle y multipliait ses achats pour narguer Gabriel. Habituée à son comportement fantasque, sa mère s'inclinait un peu trop facilement devant les décisions contradictoires et sans appel de sa fille.

Quand Flora partit travailler dans la capitale, Julie se dit qu'après tout, ses courriers n'avaient pas été inutiles. Ses parents l'éloignaient de Bastien Ménétrol, ce n'était certainement pas une coïncidence. À défaut de faire du tort à Gabriel, elle avait fini par atteindre Flora qu'elle détestait depuis toujours ; méchamment, elle s'en réjouissait.

Au matin du 14 mars 1935, André Puézac, le père de Sylvie, conduisait Flora à Bort-les-Orgues où elle prendrait le train jusqu'à Clermont-Ferrand. De là, une correspondance l'amènerait à Paris. L'arrivée était prévue à 19 h 40 ; Sylvestre viendrait l'accueillir à la gare de Lyon.

Romain et ses fils ne rentreraient pas avant une quinzaine de jours. Quant à Bastien, il ne serait guère de retour au village avant la première semaine d'avril. Dans sa dernière lettre, il suppliait Flora de lui écrire dès son arrivée dans la capitale ; il l'incitait surtout à convaincre ses cousins de permettre une rencontre dans le courant du mois de mai. Il aurait alors le loisir de s'absenter quelques jours, le plus discrètement possible.

Cet espoir de revoir Bastien avant le milieu de l'été, Flora ne l'avait confié à personne, pas même à sa grand-mère. Pour conjurer le sort peut-être…

La veille de son départ, Sylvie était venue rendre visite à son amie une dernière fois.

— Flora, j'ai réfléchi. Quand nous serons mariés, Gabriel et moi, je crois que je pourrai plaider pour toi et Bastien. Ton séjour forcé à Paris, ton absence à notre mariage surtout, donneront facilement prétexte à une explication. Mais je ne veux pas le faire sans ton accord.

— Après tout, tu as peut-être raison… Fais comme tu veux mais n'insiste pas trop. Expose tes arguments sans le presser, pas de reproches surtout. Mais je suis sotte, tu sauras bien trouver les mots, je te fais confiance.

Si le voyage vers Paris s'était déroulé sans encombre, il avait semblé ne devoir jamais finir. Flora n'osait pas abandonner ses bagages dans le compartiment pour arpenter l'étroit couloir du wagon et soulager ses jambes engourdies. Finalement, elle s'était persuadée que ses deux valises ne s'envoleraient pas ; n'y tenant plus, à deux reprises elle s'était accordé dix minutes de marche. En même temps, elle regardait défiler le paysage. Aux plaines succédaient d'autres plaines, de temps à autre émergeait un bourg dont les maisons s'agglutinaient autour du clocher ; le printemps étalait partout, au gré des parcelles de champs et de prairies, sa gamme de verts, ses bruns de terre non ensemencée, avec, ici et là, le pointillé rose ou blanc des arbres en fleurs et le fil bleu argenté d'une rivière paresseuse.

À la gare de Lyon, Sylvestre s'était avancé au plus près de la voie où s'arrêterait le train de Flora ; elle risquait de s'égarer dans la cohue. Quand elle l'aperçut, debout sur le quai où venait de s'immobiliser le convoi, elle éprouva un grand soulagement. Après les embrassades, elle le suivit à travers le hall où stagnait la fumée des locomotives, dans un brouhaha continu entrecoupé des annonces des haut-parleurs, des coups de sifflet brefs et stridents signalant le départ d'un train. Le roulement métallique des chariots à bagages, le halètement des machines, les allers et retours en tous sens des voyageurs pressés, des cheminots, des contrôleurs étourdissaient la jeune provinciale.

Après une demi-heure de trajet en automobile le long d'avenues violemment éclairées puis de rues plus étroites, on finit par atteindre le restaurant. Par l'entrée de service, Sylvestre guida sa jeune cousine à l'étage pour y déposer sac et valises.

— Maintenant, allons dîner, tu dois être épuisée ma pauvre petite !

Ils soupèrent à l'arrière de la cuisine, dans une petite salle qui servait aussi de lingerie.

— Valentine est occupée par le service, elle a dîné avant avec le personnel. Tu la verras tout à l'heure.

Malgré les encouragements de Sylvestre, Flora ne fit guère honneur au repas qu'il était allé chercher en cuisine ; il lui tardait de pouvoir s'étendre sur son lit. L'heure s'avançait, peu à peu les derniers clients quittaient la salle. Son mari parti la relayer à la caisse, Valentine vint s'asseoir un moment près de sa jeune cousine qu'elle embrassa avec affection. Chaleureux, son accueil eut raison des dernières craintes de Flora.

— Je suis très contente à l'idée de te garder quelque temps ici. Clémence, notre fille, ne nous avait jamais quittés, c'est dur de la savoir aussi loin. Strasbourg, tu imagines ! Édouard, son mari, travaillait dans une brasserie du sixième arrondissement. Et puis, l'année dernière, son père a dû se retirer brusquement pour raison de santé. Nos jeunes se sont donc installés là-bas pour reprendre son affaire, une taverne très réputée. Clémence n'est pas vraiment partie de gaieté de cœur, mais que veux-tu, il faut suivre son mari ! Et puis, on ne refuse pas une aussi belle occasion de se faire une place au soleil, n'est-ce pas ? Mais je bavarde et je ne t'ai pas dit l'essentiel. Demain matin, tu te reposes, Léa te portera ton petit déjeuner. Après tu t'installes, tu prends ton temps. À 11 h 30, tu descendras déjeuner avec nous. Ensuite, tu te contenteras d'observer ce qui se passe en salle et en cuisine, pour t'habituer. Jeudi seulement tu commenceras ton travail. Allez, petite, va te reposer. Ah, j'oubliais ! Demain nous téléphonerons chez toi, ta mère et Catherine doivent attendre des nouvelles de ton voyage, tu penses bien !

À la fin de la semaine, Flora, déjà, avait pris le rythme. En général, Sylvestre était préposé au bar, à l'entrée du restaurant. Valentine trônait derrière la caisse qu'elle délaissait parfois, après un signe à son mari, pour aider un moment au service. Secondée par le jeune Henri, apprenti polyvalent disponible aussi bien en salle qu'en cuisine, Léa naviguait de la cuisine au restaurant ; la cinquantaine vive et alerte, une grande pratique du métier donnait à la serveuse l'assurance nécessaire pour tenir la cadence, du début à la fin du service.

Aux fourneaux officiait le chef, Denis, seul maître à bord, et son aide Émilien, surnommé Bouillotte, au grand amusement de Flora. Avec l'aide d'Henri, ce dernier passait la matinée « aux pluches », c'est-à-dire à l'épluchage et à la préparation des légumes du jour. Ensuite il « faisait la plonge » devant deux immenses bacs métalliques, un pour les couverts, l'autre pour les énormes casseroles et marmites qu'il appelait « mes fichues gamelles ».

Il revenait à Léa de laver, rincer, essuyer les verres dans un évier à part ; disposés sur de grands plateaux, ils étaient aussitôt rangés dans les placards à vaisselle, près d'un énorme réfrigérateur. Très vite, ce travail devint la spécialité de Flora.

Deux fois par semaine, Henri et Bouillotte gagnaient la blanchisserie toute proche, chargés des nappes, serviettes de table et vêtements professionnels. Tout ce linge revenait avant le repassage qui incombait à la patronne. Là aussi, Flora prit le relais et Valentine ne s'en plaignit pas, au contraire.

Originaire de la région de Murat, au pied du Plomb du Cantal, le chef cuisinait de préférence les plats régionaux dont le restaurant de Sylvestre Bruzac s'était fait une spécialité.

— Les trois quarts de nos clients sont d'origine auvergnate, expliqua Valentine à Flora. Ils retrouvent avec plaisir la cuisine de leur grand-mère. Et comme, en plus, ils invitent souvent de vrais Parisiens, ils font connaître notre table. Parfois nous devons refuser du monde, tu as pu le constater, alors les gens préfèrent retenir leur table, surtout les samedis et les dimanches à midi.

Avec l'incontournable potée, Denis proposait les tripoux, les rognons de veau flambés à l'Armagnac en sauce financière, les pieds de porc gratinés aux haricots, le coq au vin de Chanturgue, la soupe de raves à la crème, le boudin noir aux pommes et aux châtaignes, le pounti maigre les vendredis, gras les autres jours. Née à Salers, Valentine tenait à la truffade, pommes de terre poêlées à la fourme de Cantal, aux choux de la Menette où l'on utilise le même fromage en abondance, légumes accompagnés de grosses saucisses grillées ou de côtes de porc.

Après les entrées et plats consistants, le chef régalait la clientèle des desserts du cru : clafoutis aux pruneaux ou aux cerises selon la saison, compote meringuée, tarte au lait caillé. Sa spécialité, réservée aux dimanches, était celle fort réputée de la ville de Murat : les cornets à la crème. Les larges tuiles rondes à peine sorties du four, Denis les roulait prestement autour du rouleau à pâtisserie. Garnis de Chantilly, les cornets emportaient tous les suffrages.

— Prends-en de la graine, jeune fille, disait-il à Flora admirative. Tu pourras en régaler ton mari. Les hommes, on te l'a dit sans doute, on les garde en flattant leur gourmandise.

Là-dessus, il partait d'un grand éclat de rire en ajoutant :

— Allez, place-moi ça au frais en attendant l'heure du service.

— Elle en a de la chance, votre femme, avec vous pas besoin de se mettre en cuisine.

— Tu crois ça ? Eh bien tu te trompes ! Quand je suis chez moi, repos complet ! Je lui laisse volontiers le fourneau, apparemment elle ne s'en plaint pas. Si, tout à fait exceptionnellement, je mets mon nez dans les casseroles, elle gémit pendant huit jours au moins : j'ai sali une tonne de vaisselle, ses provisions ont fondu à vue d'œil, sa cuisine ressemble à une porcherie et ainsi de suite. Alors tu vois, on croit faire plaisir et puis...

Et il se reprenait à rire de plus belle avant d'entonner une chanson à la mode, de Tino Rossi ou de Charles Trenet. Par contre, il mettait de côté son humeur enjouée pendant le coup de feu. Les premiers clients attablés, en cuisine on n'entendait plus que des ordres brefs, mêlés au cliquetis des ustensiles maniés avec dextérité. Henri et Bouillotte, au garde à vous, ne risquaient que des : « Oui, chef ! Bien chef ! C'est parti, chef ! »

Les serveuses passaient les commandes : « Un plat du jour, un ! » ou bien « Deux tripoux garnis pour la sept, deux ! » ou encore « Quatre coqs frites pour la neuf, quatre ! »

Le chef répétait : « Et quatre coqs frites, quatre ! Tu peux enlever ! »

D'abord surprise par ce langage expéditif, Flora s'y était rapidement habituée. Un peu timide au début face à la clientèle, elle laissait Valentine ou Léa prendre les commandes. Petit à petit, munie de son calepin, elle devint experte, transporta sans dommage les assiettes débordantes de sauce et les plateaux garnis de verres pleins. Discrète et souriante, elle gagnait de nombreux pourboires et faisait caisse commune avec Léa et Henri.

— Et pour Émilien, alors ? avait-elle demandé le premier soir.

— Tu apprendras, petite, avait rétorqué la rousse Léa, que seuls ont des pourboires les employés en contact avec la clientèle !

— Mais c'est injuste !

— Injuste ou pas, dans le métier, il en a toujours été ainsi. Tu peux me croire sur parole, j'ai débuté à quatorze ans et j'en ai cinquante tout rond ! Quant à Bouillotte, t'inquiète pas pour lui, le patron est généreux, pour ce qu'il fiche ce mollasson… Tiens, une tortue avancerait deux fois plus vite que lui à la plonge !

Flora n'était pas vraiment de cet avis. Le pauvre Émilien n'était certes pas très vif, mais tout de même…

Dans sa correspondance, Flora rapportait en détail sa vie au restaurant « Les Cascades », en plein cœur de Paris. Ses cousins, les employés, la clientèle, elle décrivait tout de son mieux dans ses lettres à sa mère, à Georgette, à Sylvie, à

Bastien. Malgré son regret d'être retenue si loin de lui, les journées passaient vite. Catherine avait bien raison quand elle affirmait que le travail est le meilleur des dérivatifs. Et puis Valentine et Sylvestre l'avaient aussitôt adoptée, mise en confiance. Le mercredi était jour de fermeture et le restaurant n'ouvrait pas non plus ses portes le dimanche soir.

Valentine avait entrepris de faire découvrir à sa jeune cousine les monuments ou les lieux les plus célèbres de la capitale. Incontournables, les premières visites avaient été pour la tour Eiffel et l'Arc de Triomphe de l'Étoile, suivies d'une promenade sur les Champs-Élysées. Flora s'était familiarisée avec les trajets en autobus et en métro. Elle ne cachait pas sa joie et en redemandait.

Chaque mercredi après-midi, la femme de Sylvestre se faisait donc un devoir de lui servir de guide.

— Grâce à toi, je redécouvre beaucoup d'endroits où je n'étais jamais revenue depuis l'enfance de ma fille. C'est un changement très salutaire, le restaurant m'occupe beaucoup trop...

— Sylvestre ne voit pas nos sorties d'un mauvais œil au moins ?

— Penses-tu ! Il se rend compte que ces balades nous rendent heureuses autant l'une que l'autre et il s'en réjouit. C'est un très brave homme, tu sais.

— Oui, je sais. J'ai beaucoup de chance d'avoir des cousins tels que vous.

Le site préféré de la jeune fille, c'était l'île de la Cité. Après la visite de Notre-Dame de Paris, bras dessus bras dessous, les deux femmes flânèrent sur les quais sous un joyeux soleil printanier, parmi les bouquinistes, les petits marchands de fleurs et de friandises. Un vieil homme proposait aux enfants ses ballons multicolores. Toutes les ficelles réunies dans sa main, il brandissait son énorme bouquet que la brise menaçait d'emporter dans la Seine indifférente.

Un moment, les deux cousines avaient observé les bateaux naviguant sur le fleuve gris et brillant, puis elles avaient gagné la butte Montmartre. Au sommet se dressait la silhouette blanche de la basilique du Sacré-Cœur. Dans les ruelles escarpées, sur les petites places, Flora s'amusa de la foule des touristes, des terrasses de bistrots pittoresques, des petites échoppes ouvertes au soleil, des peintres surtout. Pour Bastien, elle accepta de faire exécuter son portrait à la sanguine.

— Tu l'enverras à ton amoureux, je suppose, dit Valentine pour la taquiner.

Sottement, elle se sentit rougir mais elle ne répondit rien et, plus tard, se le reprocha.

— Dimanche après-midi, nous irons au cinéma, j'ai remarqué que tu y avais pris goût.

Non seulement Flora avait pris goût à visionner les films, mais elle se passionnait pour les aventures des héros admirés sur l'écran. Sa prédilection allait, entre autres, à l'acteur Louis Jouvet. Elle s'émerveillait sans réserve des prestations de Danielle Darrieux, débutante très prometteuse. Lorsqu'une scène émouvante savait l'attendrir, elle s'essuyait discrètement les yeux tout en sachant que c'était là une fiction et rien d'autre.

Depuis l'arrivée de Flora à Paris, cinq semaines s'étaient écoulées. Au village, le mariage de Gabriel était imminent. Dernièrement, Vincent avait écrit à sa sœur. Il était furieux de constater que son père n'avait pas cédé et que, même pour le jour des noces, elle était tenue à l'écart.

Flora absente, le garçon avait très rarement l'occasion de faire des promenades à vélo. Son travail à la ferme terminé, les corvées à la boutique de sa mère ne manquaient pas. Gabriel marié, Vincent disposerait de la chambre pour lui seul. Son aîné avait loué un petit appartement dans le village ; il s'y installerait avec sa femme au lendemain de leurs noces.

Le pire, pour le jeune garçon, c'est que Flora ne reviendrait jamais vivre dans la maison familiale. Contrairement à ce qu'il avait affirmé, lui rendre visite à Grignat s'avérait une entreprise difficile. Le dimanche après-midi, peut-être, tant que son père ne se douterait de rien...

Dès son retour, Bastien avait entrepris, avec l'aide de son oncle et de Joseph, l'aménagement de la grande maison neuve que ses parents n'habiteraient jamais. Bientôt, de Mauriac et de Bort-les-Orgues, il ferait livrer les meubles retenus. En accord avec Flora, ils choisiraient ensemble rideaux, tapis, lustres et objets de décoration. Pour le moment, le jeune homme préférait laisser intacte la maison de son village natal. À Grignat, son oncle et sa tante demeuraient non loin de sa future résidence, et Rosine s'en réjouissait.

Durant la campagne d'hiver, Bastien les avait informés de ses fiançailles secrètes et du rejet total du père de Flora. Alors Rosine avait déclaré avec indignation :

— Il t'a refusé comme gendre, toi ! Mais ne te soucie pas pour ces sans-cœur, mon petit, si Flora et toi vous vous aimez, le reste ne compte pas.

Un jour enfin, Flora osa s'épancher auprès de Valentine qui se chargea d'informer son mari. Avec leur accord, elle put annoncer à Bastien qu'il serait le bienvenu à Paris. On le logerait dans un hôtel proche dont le patron était un ami de Sylvestre.

« *Mon cousin fait taire ses scrupules,* écrivait-elle, *je comprends d'ailleurs fort bien qu'il ne veuille pas tromper mon père, mais il s'est attaché à moi comme moi à lui et il refuse de me voir malheureuse. Et puis, je vais bientôt être majeure et cette perspective l'incite à passer outre. À condition, m'a-t-il précisé, que nous fassions preuve du plus grand sérieux... Je le lui ai promis.* »

La lettre expédiée, elle courut acheter une nouvelle robe et des chaussures légères pour faire honneur à son fiancé quand, ensemble, ils visiteraient Paris.

XXI

Espérance

— ATTENDS, je descends de l'escabeau pour voir si le drapé tombe bien !

Aidée de Bastien, Flora suspendait les doubles rideaux à la fenêtre de leur chambre. Elle avait choisi, dans le stock de tissus, des couleurs en harmonie avec les peintures de la pièce et le dessus-de-lit capitonné. Justin et Joseph s'étaient chargés d'installer les lustres dans tout l'appartement de la maison neuve. Munie de sa nouvelle machine à coudre, la tante Rosine n'avait voulu confier à personne d'autre le soin de confectionner stores et panneaux.

Le 10 août 1935, Flora et Bastien avaient décidé de se marier discrètement dans le village de Georgette, témoin de la mariée. Il n'était pas question, évidemment, de prévoir la cérémonie au village ; à Grignat, Bastien était trop connu. Quand Georgette avait proposé à sa nièce d'organiser le mariage à Cantolet, Flora lui en avait été reconnaissante.

— Je crains que mon père te fasse des reproches, je ne voudrais pas être la cause d'une brouille entre vous.

— Ne t'inquiète pas, avait rétorqué Georgette, péremptoire, c'est déjà fait ! Ta mère ne t'a rien dit ?

Non, Victoire n'avait rien dit de la querelle entre son mari et sa sœur quand cette dernière était venue plaider la cause de Flora. À son retour de Paris, la jeune fille avait trouvé refuge à Cantolet où sa mère, Catherine et Vincent étaient venus la voir à trois reprises.

Là encore, Romain avait manifesté une vive réprobation, mais Catherine avait eu raison de ses attaques en détournant quelque peu les choses.

— Tu ne prétends tout de même pas empêcher ta femme de rendre visite à son père et à sa sœur, ni Vincent à son grand-père, je suppose ? Tu t'obstines, libre à toi. Nous nous passerons fort bien de ton consentement !

Restait le problème du voyage. Gabriel n'avait toujours pas pris position en faveur de Flora. On ne pouvait envisager d'utiliser l'automobile. Qui aurait pris le volant ? Après quelques hésitations, la grand-mère décida que l'on demanderait à Bastien de servir de chauffeur. Ainsi, la famille ferait sa connaissance ; de plus, ni lui ni sa fiancée ne se plaindraient de ces visites, au contraire.

Tout aurait été pour le mieux si l'atmosphère n'était devenue irrespirable chez les Lacaze. Les repas surtout, où tous étaient réunis autour de la table, devenaient un moment de gêne embarrassante pour Vincent et sa mère. De son côté, Catherine continuait à bavarder de choses et d'autres, en évitant toutefois d'aborder le sujet délicat du mariage de sa petite-fille. On ne répondait que du bout des lèvres à ses questions, si bien qu'en général, elle s'en tenait à un monologue pour meubler un silence trop pesant.

C'est elle, encore, qui prévint son fils qu'ils assisteraient tous les trois à la cérémonie.

— Ainsi, dit-elle pour conclure, le monde saura que ta fille n'est pas une pestiférée rejetée par tous les siens !

Romain n'avait pas relevé la remarque ; simplement il s'était enfoncé un peu plus dans un mutisme têtu dont Victoire et Vincent faisaient les frais.

Par la suite, Catherine insista pour que, de temps à autre, l'on se rende à Grignat visiter le jeune couple. Comme l'avait souhaité Bastien, Flora partirait avec lui pour tout l'hiver. Romain et ses fils sur les routes, les deux femmes se retrouveraient seules avec Joseph et, très souvent, la présence et l'aide de Sylvie, solitaire et désœuvrée après le départ de Gabriel.

Malgré ses efforts pour convaincre son mari, la jeune femme n'avait obtenu aucun résultat. Gabriel ne se décidait pas à renouer avec sa sœur.

Aux côtés de Bastien, dans une traction avant flambant neuve lourdement chargée, Flora s'émerveillait comme une enfant de toutes les nouveautés rencontrées sur leur parcours. Devant eux, dans la voiture du toilier, Justin, Rosine et Marius transportaient un autre chargement de marchandises. Les étapes se succédaient ; bientôt, le paysage changea. De son mieux, la jeune femme prenait sa part de labeur, s'initiait à la vente à domicile en pensant à l'avenir.

L'oncle et la tante prenaient de l'âge. Justin ne cachait pas que, d'ici deux ou trois ans, ils abandonneraient les tournées hivernales. Leur neveu, à présent, était épaulé par une jeune épouse courageuse, rompue au commerce depuis son adolescence.

— Elle est née dans la toile, elle aussi, observait Rosine, elle s'y fera vite. Les clients vont se laisser charmer, tu verras, elle est si mignonne, si aimable avec tous !

Bastien, fièrement, présentait sa femme à ses clients. Partout, on leur réservait le meilleur accueil. Les plus anciens parmi les acheteurs gardaient un souvenir ému d'Amandine et de Gildas et ils commerçaient volontiers avec le jeune couple si sympathique.

Pour faire plaisir à Flora, bien qu'elle n'ait rien demandé, de Niort Bastien remonta jusqu'aux Sables-d'Olonne. Alors, face à l'océan, la jeune femme comprit mieux l'enthousiasme de Vincent le jour de sa découverte. Ce matin-là, le pâle soleil d'hiver marbrait la surface liquide de fragments de lumière. Lent et régulier, le ressac submergeait la plage assaillie par un vol de mouettes qui, de temps à autre, s'abattait sur les vagues pour, aussitôt, réinvestir le sable humide avec des cris aigus et de grands battements d'ailes.

Dans le regard lumineux de sa femme, dans son sourire, Bastien sut qu'elle était heureuse, sans regret. Il la serra très fort, embrassa doucement ses lèvres.

— Tes yeux sont du vert de l'océan. Je t'aime.

La joue posée sur sa poitrine, un instant elle ferma les yeux. Finies les angoisses, l'attente, les incertitudes. Le bonheur était à portée de main, l'avenir radieux à l'image du décor dont elle ne se lassait pas. C'était sans compter sur la folie des hommes.

En mai 1936, le Front populaire remportait les élections. D'importantes réformes sociales allaient suivre. Avec les conventions collectives, le gouvernement releva les salaires, octroya la semaine de quarante heures et, grande innovation, les congés payés. Après plus de deux ans d'émeutes et de grèves liées à une grave crise économique, ces réformes calmèrent les esprits.

Les événements extérieurs, hélas, n'étaient pas au diapason. En juillet de la même année débutait en Espagne une terrible guerre civile qui durerait trois ans. Opposé aux troupes du général Franco, le gouvernement républicain dut capituler. Ce conflit intérieur se solderait par un atroce bilan de six cent mille morts ; des milliers de réfugiés, fuyant le régime franquiste et les menaces de mort, se replieraient alors vers la France, jusqu'au sud de l'Auvergne.

Quand Flora et Bastien rentrèrent de leur campagne dans l'Ouest, en avril 1936, on commençait à s'inquiéter de la politique du nouveau chancelier allemand. Investi de tous les pouvoirs depuis trois ans, il mettait en place une expansion des plus alarmantes. Où s'arrêterait-il dans sa folle ambition d'annexer l'un après l'autre de plus en plus de territoires ?

Beaucoup, pourtant, refusaient de voir là une menace pour la France.

— Hitler a suffisamment de pays à se mettre sous la dent tout autour de chez lui, disait Justin. S'il avait un jour des visées sur notre pays, nous aurions des alliés puissants, et il le sait.

Les toiliers rentrés au pays, les syndicats les incitaient maintenant à préparer la première grande foire de Bort-les-Orgues. Cette manifestation devait perdurer de longues années. À l'origine, on l'avait créée pour valoriser la profession de marchand de toile itinérant et la faire connaître à un large public.

En parallèle avec ce métier, de plus en plus de négociants possédaient au pays un magasin de vente. Tenu l'hiver par l'épouse et les filles, la belle saison venue il occupait toute la famille. Beaucoup proposaient aussi leurs marchandises sur les gros marchés et les foires proches de leur domicile où ils « avaient un banc ».

Chaque toilier était donc invité à prendre part à l'événement. Malgré l'insistance de Bastien, Flora hésitait. Se rendre à Bort, n'était-ce pas risquer une rencontre avec son père et Gabriel ? Or elle refusait farouchement une confrontation ; par ailleurs, il ne serait pas dit qu'elle ferait le premier pas, éplorée et repentante.

Par Vincent, elle apprit que Romain refusait d'assister à cette foire et déléguait la participation de son commerce à ses deux fils. Alors Bastien essaya la persuasion.

— Ne donne pas à Gabriel l'occasion de croire que tu crains de le rencontrer. D'ailleurs, il y aura là-bas une telle foule que s'éviter sera facile, crois-moi. Et puis, j'aimerais tellement que tu m'accompagnes...

Elle n'avait jamais pu résister à son sourire enjôleur, à l'adoration qu'elle lisait dans son regard bleu et elle avait cédé d'autant plus facilement qu'elle aussi voulait voir cette manifestation sans pareille.

Pour l'occasion, Marius vint prêter main-forte alors que, l'été, il travaillait à la ferme familiale. Les trois hommes entreprirent le tri des marchandises à emporter, les chargèrent dans les deux automobiles. Plus que de vendre, il s'agissait de montrer la grande variété de textiles en tout genre offerts par la maison Ménétrol. À Bort étaient attendus beaucoup de fournisseurs et voyageurs de commerce. C'était l'opportunité d'échanger de bonnes adresses, de rencontrer des collègues concurrents, de renouveler son stock en y ajoutant des nouveautés.

Si Bastien et son oncle depuis quelques années vendaient des vêtements de confection, leur choix dans ce domaine était encore limité. Suivre la mode, d'une saison à l'autre, pour la clientèle féminine surtout exigeait de ne pas se tromper sur l'anticipation des ventes. Sinon, comme le disait Justin, « les rossignols vous restaient sur les bras » et l'on avait ensuite un mal fou à en écouler une petite partie, même en solde. Bastien abondait dans son sens.

Courant août, un événement imprévu leur fit changer de perspective.

Un soir, après une journée de chaleur accablante, Bastien avait déjà gagné son lit tandis que Flora terminait sa toilette. Allongée près de lui, elle le regarda un moment, absorbé dans la lecture d'un journal.

— Qu'est-ce qu'il y a ? Quelque chose te chagrine ?

Il avait deviné chez sa femme une sorte d'impatience, de fébrilité inhabituelle. Comme elle ne répondait pas, il rejeta le journal, entoura de son bras les épaules nues qui émergeaient de la fine chemise de nuit.

— Encore un problème avec les tiens ?

— Non, pas de problème, au contraire !

Alors seulement il remarqua l'expression sereine de son visage tendu vers lui, l'éclat ébloui de ses yeux.

— Donne ta main.

Elle posa doucement sur son ventre la main de Bastien.

— Il est là, dit-elle, si petit encore, mais il est là !

Bouleversé, il la regardait, hésitait à comprendre.

— Tu es sûre ? souffla-t-il, la gorge serrée.

— Oui, absolument sûre. Cet après-midi, j'ai vu le docteur Chauvet, il est formel : deux mois et demi.

— Mais… tu m'avais dit que tu partais en balade avec Sylvie !

— Eh bien non, je t'ai menti.

Elle riait en se serrant contre lui.

— Tu n'es pas fâché au moins ?

— Fâché ? Non, oh non, je suis heureux, si heureux au contraire.

Il la couvrit de baisers. Ainsi, il allait être père. C'était merveilleux, inattendu mais merveilleux. La tante Rosine allait pleurer de joie, songeait-il sans s'apercevoir que ses yeux à lui étaient pleins de larmes. L'espace d'un instant, il se dit que son père et sa mère ne connaîtraient pas ce bonheur. Puis il revint au présent, profondément convaincu que le destin leur souriait, à lui et à Flora.

Il se leva pour repousser l'un des battants de la fenêtre ouverte sur la nuit tiède et complice. Puis il fit glisser les épaulettes de la légère chemise de nuit de sa femme. Déjà elle s'abandonnait, toute à la plénitude de leur mutuel amour.

*

* *

À l'annonce de la grande nouvelle, Justin et Rosine se rangèrent aussitôt à l'avis de leur neveu. Dans son état, Flora ne devait pas songer à repartir début octobre. Elle s'était bien gardée de dire à son mari que le médecin le lui avait formellement déconseillé. Rouler en voiture tous les jours ou presque six mois durant pouvait être extrêmement dangereux pour le bébé.

Tout en sachant que la sagesse le voulait ainsi, elle ne pouvait envisager de rester seule. S'installer chez sa mère, peut-être, une fois son père reparti…

— Tu ne pourras pas reprendre la tournée, évidemment, déclara Bastien. D'autant que la naissance est prévue pour le début de mars, un mois avant la fin de la campagne.

— Alors tu ne seras pas là pour voir ton enfant venir au monde ?

— Si, je serai là. Je ne partirai pas, moi non plus.

Et comme elle le regardait sans comprendre.

— Mon oncle, ma tante et Marius repartiront, eux. On engagera un second commis. Quant à nous, nous ouvrirons dès septembre un magasin, ici même ! Qu'est-ce que tu en dis ?

Flora lui sauta au cou.

— C'est vrai, c'est bien vrai, tu restes avec moi ?

— Bien sûr que c'est vrai ! Te laisser seule, maintenant, je ne pourrais pas !

Il lui exposa son plan. Les vêtements de confection, pour les hommes surtout, prenaient peu à peu le pas sur les costumes exécutés par un tailleur. À côté des tissus vendus au mètre, le couple proposerait l'habillement pour messieurs et pour dames, ainsi que les sous-vêtements et les costumes de travail. Par la suite, on pourrait aussi envisager d'étendre le rayon de bonneterie : gants, bas, chaussettes, ceintures, bretelles, cravates... et même bérets, bonnets, écharpes et foulards en tout genre.

À Grignat, de nombreux négociants en toile domiciliés assez loin du bourg s'installaient à l'hôtel une semaine, voire deux, souvent accompagnés de plusieurs couples d'amis. Cette clientèle-là rechercherait les toilettes répondant aux derniers critères de la mode. À la fin de l'hiver, Flora se pencherait sur la collection estivale. Dès le mois de mai, les ventes devraient s'amplifier grâce à des modèles attrayants.

Enthousiaste, la jeune femme s'inquiéta du local de vente.

— C'est résolu, dit Bastien, mon oncle et moi avons pensé à tout. Le garage et une partie de l'entrepôt vont être transformés dès demain. En même temps, je vais faire bâtir un garage pour la traction à l'entrée du parc et voilà !

Trois semaines plus tard, alors que les travaux étaient presque terminés, Flora reçut la visite de Victoire et de Catherine. Le père de Sylvie venait souvent à Grignat ; il avait proposé d'aller chercher les deux femmes et de les reconduire en fin d'après-midi. Trop peu fréquentes, les retrouvailles étaient toujours d'intenses moments de bonheur. Malgré ses rhumatismes, Catherine ne changeait pas. Le visage de Victoire, par contre, attestait un mal-être permanent. Chaque fois, ses joues un peu trop pâles, un peu trop creuses, ses yeux cernés poignaient le cœur de sa fille.

— Et Vincent ?

— Ton père avait besoin de lui. Mais il est venu te voir il y a seulement dix jours…

— Vous faites des travaux ? s'étonna Catherine. Pourtant la maison est déjà bien grande pour vous deux !

Alors Flora confia son secret. Elle n'avait pas voulu annoncer la future naissance par courrier, préférant le faire de vive voix et, elle l'espérait, être témoin du bonheur des deux femmes qui lui étaient si chères.

Victoire essuya des larmes, serra tendrement sa fille contre elle. Très émue, Catherine prit la main de Flora :

— Tu vas me faire arrière-grand-mère, pour une fois je ne sais plus que dire. Qu'il vienne vite, ce petiot, et que je le vois grandir un peu !

— Bastien va donc repartir sans toi ? demanda Victoire inquiète soudain.

— Non, nous ne partons pas, ni l'un ni l'autre.

Et Flora dit les projets d'ouverture du magasin, que Justin et Rosine approuvaient. Elle lut le soulagement inexprimé sur le visage de sa mère.

Au moment du départ, Victoire prit le temps de quelques recommandations : pas de surmenage, une bonne nourriture…

— Ne te soucie donc pas, dit Catherine. Telle que te voilà faite, un peu maigrichonne avoue, tu as eu trois beaux enfants sans problème aucun. Ta fille fera aussi bien que toi, j'en suis tout à fait sûre !

XXII

L'horizon s'obscurcit

— ATTENTION, GÉRAUD, ne marche pas dans la boue !

Flora suivait pas à pas son petit bonhomme qui, du haut de ses deux ans, partait à la conquête du monde. Il courait aussi vite que le lui permettaient ses petites jambes, riait quand sa mère feignait de le poursuivre. Cette course était un jeu très excitant. Quand elle le prit dans ses bras, il protesta avec véhémence.

— Non, non, voir mémé Cat'ine !

— Mais nous y allons la voir, je te promets. Allons, arrête de gigoter, sois gentil !

Évitant les flaques boueuses, Flora se dirigeait vers la porte de l'étable. Malgré l'interdiction de tous les siens, sa grand-mère était venue « visiter son bétail ». Romain et ses fils repartis, l'automne précédent, on avait engagé un jeune garçon de seize ans, Germain, pour seconder Joseph.

Après la naissance de leur fils, Bastien avait appris à conduire à sa femme ; il avait acheté une 202 Peugeot et, la plupart du temps, c'était Flora qui effectuait des petits trajets avec la nouvelle voiture. De Grignat, soit elle partait voir les siens, soit elle gagnait Cantolet. Son père décédé quand Géraud n'avait que six mois, Georgette y vivait seule et continuait son commerce de modiste. Elle gâtait le petit peut-être plus encore qu'elle ne l'avait fait pour ses trois neveux.

Romain et Gabriel, malgré cette naissance, restaient brouillés avec le jeune couple ; dans la famille, tous en prenaient leur parti, sauf Flora. Après l'arrivée de Géraud, elle avait espéré voir son père et son frère revenir enfin vers elle. En vain.

Comme par le passé, seules Victoire et Catherine se rendaient de temps à autre à Grignat, souvent accompagnées de Vincent. Le jeune homme allait sur ses dix-neuf ans ; il n'avait plus rien de l'adolescent un peu frêle qui pleurait de voir partir son père sans lui. Gabriel lui avait appris à conduire, mais il devait attendre sa majorité pour posséder son permis. Il partait parfois chez sa sœur à vélo, ou bien avec un voisin. Les quinze kilomètres n'étaient pas un obstacle, l'un ou l'autre des commerçants du village gagnait très souvent le bourg pour ses affaires.

Le magasin ouvert au rez-de-chaussée de la villa connaissait un grand succès. Contrairement aux autres boutiques des environs, on y trouvait un grand choix de vêtements et la clientèle venait de loin. Pour les noces, baptêmes, communions solennelles, les ventes atteignaient des records.

Dès l'ouverture, Sylvie avait offert de seconder Flora. Son bébé verrait le jour début mars, au fil des mois elle aurait besoin de plus en plus de repos. Après la naissance, l'enfant l'occuperait assez pour qu'elle n'ait pas à se soucier de la bonne marche du commerce.

Comme il fallait s'y attendre, Gabriel avait fait une scène terrible à sa femme, mais elle n'avait pas cédé. Outre le plaisir de côtoyer Flora, devenue pour elle une véritable sœur, elle gagnait un salaire appréciable et, par là même, son indépendance. Très vite, avec l'aide financière de ses parents, elle avait acheté une petite Simca d'occasion pour faire les trajets de chez elle à Grignat. C'est elle, à présent, qui conduisait Catherine et Victoire au bourg.

Au printemps de 1939, Justin et Rosine rentraient de leur dernière tournée pour prendre enfin leur retraite. Les deux commis associés prenaient leur suite. Après six campagnes aux côtés de Gildas, Marius avait derrière lui assez d'années de pratique pour prendre la tête du négoce. Il envisageait, après deux ou trois tournées d'hiver fructueuses, d'engager deux autres commis et de racheter un second véhicule. Hélas, l'effroyable tempête qui allait bientôt secouer l'Europe ne lui en donnerait pas le loisir.

Son fils installé sur ses genoux, Bastien écoutait attentivement un communiqué transmis par la radio. Dès son mariage, il avait fait l'acquisition d'un poste de TSF. Outre les informations qui leur apportaient des nouvelles du monde, le couple appréciait aussi les programmes musicaux. Flora fredonnait souvent les dernières chansons à la mode entendues sur les ondes.

Ce jour-là, Géraud ne voulait pas quitter son père. Tout en préparant le repas, Flora leur lançait des coups d'œil attendris. Le garçonnet ressemblait étonnamment à Bastien, même chevelure blonde et bouclée, même sourire enjôleur avec, au creux de la joue, une charmante petite fossette. Pourtant, il tenait d'elle son regard vert nuancé d'éclats d'un gris lumineux.

La jeune femme ne prêtait guère attention aux paroles du speaker quand elle vit Bastien changer d'expression. Il monta le son, lui fit signe d'écouter. Une voix grave annonçait une nouvelle alarmante. Les troupes victorieuses du général Franco venaient de repousser les Forces républicaines jusqu'en France. Triomphants, les franquistes entraient à Madrid après un terrible bain de sang.

— Tu crois que cela peut avoir une incidence sur notre pays ? demanda Flora perplexe.

— Je le crains, oui.

L'année précédente, le chancelier allemand avait annexé l'Autriche et la Tchécoslovaquie. Il clamait partout que son pays serait bientôt le maître de l'Europe. En France, malgré l'optimisme affiché par les gouvernants, certains s'inquiétaient. En dépit du pacte de non-agression signé en 1934 avec l'Allemagne, la Pologne menacée appelait au secours les autres pays européens.

Nul n'ignorait que le parti nazi allemand et son alliée l'Italie fasciste étaient intervenus dans la malheureuse guerre civile espagnole. Maintenant, l'Espagne était sous la coupe d'un dictateur ; longtemps encore des représailles contre le peuple allaient faire des prisonniers et des martyrs.

Le 30 septembre 1938, les accords de Munich n'avaient été qu'un leurre. La France et la Grande-Bretagne croyaient avoir échappé à la guerre en acceptant que les troupes allemandes occupent le territoire des Sudètes. C'était compter sans la folle ambition d'Hitler qui, lui, interpréta cet agrément comme une incitation à étendre ses conquêtes.

Durant tout le bel été de cette année fatale, l'inquiétude gagnait peu à peu les plus pessimistes. Les autres croyaient en la ligne Maginot, fortification invincible qui, si besoin, arrêterait les soldats allemands en marche vers la France.

Romain Lacaze était de ceux-là. Un jour que sa mère lui demandait son avis sur la politique d'Hitler et la menace qu'elle faisait peser sur ses voisins, il répondit en haussant les épaules :

— Jusqu'à maintenant, il n'a trouvé en face de lui que des peuples faibles, mal armés. Pour nous, c'est tout différent. Qu'il y vienne, pour voir, il subira une belle humiliation, je te le dis !

Gabriel qui assistait à la conversation n'était pas de cet avis mais il se garda de contrarier son père. Le jeune Vincent ne savait que penser. Il avait entendu Bastien et son oncle tenir un tout autre langage, et même faire preuve d'une inquiétude manifeste. Qui fallait-il croire ? À tout prendre, il préférait que son père soit dans le vrai.

Début juillet, on vit arriver dans la région quelques émigrés espagnols qui, de ferme en ferme, cherchaient du travail, certains avec femme et enfants. En situation irrégulière, ils se cachaient de la police et des gendarmes, ne s'aventuraient que dans les massifs montagneux isolés.

Un matin très tôt, Joseph et le jeune Germain s'apprêtaient à partir charger le foin coupé l'avant-veille. Un homme accompagné d'un gamin d'une dizaine d'années les aborda timidement. Dans un mauvais français, il demanda s'il y avait du travail pour lui.

Ses joues hâves, ses yeux creux et luisants laissaient deviner une grande lassitude. Un peu en retrait, le gamin avait un air craintif de gibier pourchassé. Le père et le fils portaient une veste et un pantalon de toile délavée, des espadrilles trouées. Joseph eut pitié, mais il n'était pas le maître.

— Il faut attendre le patron, dit-il.

L'homme fit signe qu'il avait compris. Puis, désignant le gamin, il dit avec une lueur de crainte dans les yeux :

— Lui, caché là !

Il montrait la porte entr'ouverte de la grange où, déjà, s'entassait une belle quantité de foin sec. Joseph comprit qu'ils étaient recherchés.

— Vous avez faim ? Manger ?

— Si, dit l'homme, le regard brillant de convoitise.

Alors Joseph ouvrit sa musette de toile, en sortit le pain et le fromage qu'il emportait pour son casse-croûte, en tendit une part au gamin, une autre à l'homme qui remercia trois ou quatre fois dans sa langue. Le petit s'était jeté sur la nourriture.

— Germain, va donc leur chercher à boire.

Le jeune homme s'exécutait quand Gabriel et Vincent arrivèrent pour prêter main-forte aux deux faneurs. Mis au courant par Joseph, ils se regardèrent, perplexes.

— J'ai bien peur que mon père refuse, dit Gabriel.

— Et si j'allais demander à grand-mère ? proposa Vincent.

— Comme tu voudras...

Le premier geste de Gabriel avait été de renvoyer les étrangers. Mais la mine du gamin, son petit visage aigu, ses yeux fiévreux le mettaient mal à l'aise. Pablo et Manuel furent aussitôt engagés par Catherine qui dut essuyer les reproches de Romain.

— Et si tu as la visite des gendarmes ?

— Pourquoi viendraient-ils ici ? Pablo jure qu'ils n'ont pas traversé le village, que notre ferme est la première du coin où ils ont frappé. Il suffit que tous deux restent là nuit et jour. On leur portera à manger, on leur aménagera un coin de la grange pour dormir. Ce n'est pas bien compliqué.

— Mais si ce Pablo a des mauvaises intentions ?

— Lui, des mauvaises intentions, avec une mine pareille ? Non, c'est un malheureux chassé de son pays. Et ce pauvre gosse, il a dû en voir des vilaines choses là-bas, chez lui !

— Enfin, un jour ou l'autre, quelqu'un les verra bien travailler au-dehors, les gens s'étonneront…

— Si c'est le cas, je dirai que c'est un cousin un peu simplet que nous avons pris pour aider Joseph.

— Tu as réponse à tout, comme d'habitude ! Bon, ici tu es chez toi, je te laisse à tes responsabilités.

Sur ce, Romain partit rejoindre Victoire dans la boutique.

— On dirait que ma mère cherche à s'attirer des ennuis, dit-il après lui avoir raconté l'arrivée des Espagnols. Si l'on nous interroge, fais comme moi, nous ne savons rien !

Puis il s'était dirigé vers le garage. Depuis le mariage de sa fille, il espaçait le plus possible ses voyages à Grignat. Malgré la distance, il préférait se rendre à Riom pour approvisionner l'épicerie. En démarrant la voiture, il se dit que Catherine avait de la chance d'être sa mère. Personne d'autre n'aurait osé lui résister ainsi. Bien que Flora, elle aussi… Il repoussa l'image de sa fille comme il l'avait fait tant de fois. Sa vie, maintenant, avait un goût amer.

Sans rien dire à son mari, Victoire avait décidé de renouveler les vêtements de Pablo et de son fils. Flora, de son côté, avait pris le petit Manuel en amitié. Souvent, elle l'emmenait chez elle. Un beau jour, elle avait décidé de lui apprendre à lire, à mieux parler, à perdre son accent. En octobre, peut-être prendrait-on le risque de le scolariser. Pour lui plaire, le gamin faisait de rapides progrès ; la jeune femme était pour lui une sorte de fée bienfaisante. Il jouait avec Géraud, veillait sur lui, le protégeait comme un petit frère. Il répétait les mots prononcés par l'enfant, apprenant en même temps que lui les rudiments du langage.

— Pauvre petit, disait Flora à Bastien, sa mère et sa sœur aînée mortes sous ses yeux ! Comment un enfant de cet âge peut-il surmonter de telles visions d'horreur ?

Pablo avait raconté. Les franquistes avaient envahi son village, semant la mort dans les maisons, les rues, les champs où travaillaient les femmes. Alors il avait entraîné Manuel avec lui. De la bergerie où ils se cachaient, ils avaient assisté au massacre. Le père bâillonnait de sa main la bouche du petit pour l'empêcher de crier, persuadé que tôt ou tard ils seraient découverts, froidement exécutés.

Soudain, les soldats sanguinaires avaient reçu l'ordre du repli. Le silence retomba sur le village. Longtemps après le départ des troupes, Pablo sortit de sa cachette. Pour sa femme, sa fille et des dizaines d'autres il n'y avait plus rien à faire. Alors, muni d'un mince bagage, il avait pris la fuite, sa main dans la main de l'enfant hébété. Le plus rapidement possible, de nuit ils avaient passé la frontière, cherché asile en France, remontant vers le Massif central. Ceux qui avaient pitié répugnaient à les garder plus d'un jour ou deux. Alors, d'étape en étape, fuyant les villes, contournant les bourgs, le père et le fils étaient arrivés dans les monts du Cantal.

— Mais, demandait Flora bouleversée, votre village... pourquoi avoir tué tous ces malheureux ? Que leur reprochait-on ?

— On avait longtemps caché des républicains, alors vengeance, pour punir...

Quel courage, quelle force d'âme fallait-il à ce père pour aider Manuel à survivre ! Sa femme, sa fille de quinze ans mortes sous les balles... Pauvre Pablo !

— Ici, vous ne risquez rien, certifiait Bastien. Ma femme et moi sommes prêts à n'importe quel mensonge pour que vous n'ayez pas d'ennuis, ni vous ni l'enfant. Une seule consigne : ne pas parler devant les étrangers, votre accent vous trahirait. Surtout, expliquez bien cela à Manuel.

Pablo remerciait. Enfin le ciel l'avait entendu. Son fils et lui avaient trouvé plus que des amis, des frères.

Qui, de Flora ou des siens, aurait pu se douter que pour eux aussi s'annonçait l'orage ?

À Grignat, la saison d'été battait son plein. Voyageurs de commerce et négociants, comme toujours, emplissaient les hôtels et les auberges. Les rencontres se multipliaient, les affaires se traitaient devant une bonne bouteille, les repas fins succédaient aux banquets. La réussite de la première grande foire de Bort-les-Orgues apportait d'intéressantes retombées au métier de toilier itinérant. Au magasin Ménétrol, on allait bientôt présenter la collection de vêtements d'automne. Dans la bonne odeur de tissus neufs, Flora secondait Sylvie derrière le comptoir pour quelques heures, tout en surveillant Géraud et Manuel qui jouaient dans le parc. Bastien passait les commandes, assurait les livraisons, recevait des représentants et des collègues. Quand sa femme se consacrait au travail de la maison, il prenait sa place au magasin pour assurer la vente.

Et puis, le 1er septembre, les troupes allemandes envahirent la Pologne. Le couloir de Dantzig incorporé au Reich par la force, la guerre devenait inévitable. La peur, encore imprécise, se répandit dans la population, malgré les exhortations au calme du gouvernement. Pourtant, aux côtés de l'Angleterre, la France entrait en conflit avec l'Allemagne.

Au village, comme partout dans le pays, les femmes tremblaient : un époux, un père, un petit-fils, un neveu, un frère… toutes avaient un être cher menacé, plusieurs même parfois. Le 3 septembre, Bastien et Gabriel étaient mobilisés. L'un comme l'autre allait avoir trente et un ans. Sans l'ombre d'un soupçon d'égoïsme, Sylvie pensait : Flora garde son fils, moi je n'ai plus rien ! Mariée depuis plus de quatre ans, elle attendait avec impatience d'être mère. À présent…

— Les hostilités ne dureront pas, lui jurait Gabriel. Hitler se retrouve seul, ses amis italiens l'abandonnent. Nous, au contraire, nous avons les Anglais à nos côtés. On va écraser ce cafard en vitesse et rentrer au pays ! Crois-moi !

Sylvie aurait bien voulu le croire, mais la peur de le perdre la taraudait. Flora et moi, nous nous soutiendrons, se consolait-elle. Elle n'osait pas demander à Gabriel d'aller dire au revoir à sa sœur. Il était tellement certain que rien de mal ne pouvait lui arriver…

Géraud endormi, Flora regardait Bastien s'occuper de son paquetage. Ces préparatifs lui semblaient avoir quelque chose d'irréel. Hier encore ils riaient ensemble, ils étaient heureux, tous les trois. Pour elle, le pire c'était l'incertitude. Où serait son mari ? Et surtout, reviendrait-il jamais ? Elle chassa cette pensée avec agacement. Qu'allait-elle chercher là ? Bien sûr qu'il reviendrait ! Il le fallait, pour son fils, pour elle.

Bastien poussa doucement la porte de la chambre contiguë à la leur. Il se pencha sur Géraud endormi. Ses longs cils ombraient ses joues roses un peu moites, il serrait dans ses bras un ourson en peluche beige. Ses courtes boucles blondes auréolaient son petit visage angélique.

Flora sourit. Le petit n'avait rien d'un ange, sinon l'apparence. Vif, remuant, il commençait à affirmer son caractère. Têtu, volontaire, il trépignait quand on lui refusait quelque chose. Son père et sa mère ne cédaient pas, mais Catherine, Victoire, Rosine et Georgette avaient pour lui toutes les indulgences.

— J'ai bien peur qu'il vous ressemble, à toi et à ta grand-mère, disait Bastien en riant.

Alors Flora se jetait sur lui, le martelait de ses poings ; c'était un semblant de bataille qui se terminait toujours par une pluie de baisers.

Elle secoua la tête, regarda longuement ses « deux hommes ». Une immense tendresse l'inonda. Les protéger, les garder contre elle, toujours… Bastien se releva, lui sourit. Ils gagnèrent leur chambre, s'allongèrent sans parler. Les mots étaient inutiles. Une fois de plus, ils allaient être séparés. Mais là, il ne s'agissait pas d'un hiver de commerce itinérant.

Bastien partait vers l'inconnu, vers le danger. Pour un mois, un an, davantage ?

Le lendemain, à 7 heures, un camion emmènerait les hommes du bourg mobilisés à la caserne d'Aurillac. Après…

Flora ferma les yeux, serra les dents pour retenir ses larmes. Blottie contre Bastien, elle chuchota :

— Rien de mal ne peut nous arriver, tu sais bien que l'amour est toujours le plus fort.

La jeune femme regardait les futurs soldats monter dans le camion bâché. Géraud dormait encore, à la garde de la tante Rosine. Soudain, Flora aperçut Gabriel, déjà installé. Les hommes de son village étaient là, eux aussi. Un instant, les regards du frère et de la sœur se croisèrent. Aussitôt, il tourna la tête.

Alors, elle qui n'avait pas pleuré devant Bastien, courut vers sa maison en étouffant des sanglots.

XXIII

Heures sombres

LES PREMIERS MOIS DE LA GUERRE, aucune réelle offensive ne vint perturber les troupes massées aux frontières ; après quelques incursions des deux armées, françaises et allemandes, chacun reprenait ses positions. Les soldats donnaient régulièrement de leurs nouvelles. Ils ne cachaient pas leur impatience de pouvoir enfin repousser l'ennemi et rentrer chez eux.

« *Je me demande ce que nous faisons là,* écrivait Gabriel à ses parents. *À mon avis, et tous les camarades pensent comme moi, l'Allemagne hésite à combattre, elle va bientôt se rendre. Ce n'est qu'une affaire de quelques semaines, au plus.* »

Victoire espérait qu'il ne se trompait pas. Si son mari avait passé l'âge de la mobilisation, Vincent, par contre, serait appelé au début de l'année 1940. Les soldats et la population ignoraient que ni la France ni la Grande-Bretagne n'étaient réellement préparées à la guerre. Il faudrait attendre de longs mois canons et projectiles, chars d'assaut, camions, avions, armes modernes que fabriquait en toute hâte l'industrie.

Début octobre, comme à l'accoutumée, Romain avait repris la route avec son fils et Marcelin, soutien de famille ; sa mère était veuve, ses deux sœurs n'avaient pas encore atteint leur majorité.

Le commerce avait quelque peu ralenti mais, jusqu'à la fin septembre, les livraisons de marchandises n'avaient souffert d'aucun retard. La plupart des gens dépensaient encore, confiants, certains d'une issue rapide de cette guerre étrange. D'autres, plus prudents sans doute, trouvaient préférable d'acheter avant une probable pénurie.

De son côté, Flora maintenait de son mieux son commerce. Justin avait offert de remplacer Bastien et rendait de multiples services à la jeune femme. Sylvie continuait à venir chaque jour au magasin. En automne, après le départ des familles de toiliers, les ventes baissaient toujours, on ne s'en alarmait pas. Les deux jeunes femmes cherchaient du réconfort dans leur mutuelle affection et, pendant les heures creuses, se tenaient compagnie en bavardant ; leur sujet de prédilection restait évidemment le sort de leurs maris.

Géraud avait réclamé et cherché son père partout. À deux ans et demi, il ne comprenait pas les explications de sa mère. Elle lui lisait les lettres de Bastien, affirmait qu'il allait bientôt revenir.

— Demain ? demandait le petit.

Pour lui, demain était tout ce qu'il concevait de l'avenir. Alors, chaque soir, Flora disait :

— Demain, papa reviendra demain.

Malgré le courrier reçu, l'attente était interminable, même si elle se rassurait en voulant croire que l'issue de la guerre était proche. Mais s'achèverait-elle sans combats sanglants ?

Le 1er octobre, elle avait conduit Manuel à l'école du village. Le directeur n'était sans doute pas dupe, mais il avait feint de croire à des papiers d'état civil perdus dans l'incendie de la maison de « ses cousins du sud ».

Le jeudi et le dimanche, soit elle allait chercher le garçon pour le garder à Grignat, soit elle le retrouvait en visitant sa famille avec Géraud. Catherine réconfortait Victoire qui s'inquiétait pour ses deux fils. Si Vincent était appelé en janvier, il devrait abandonner la tournée que Romain et le commis termineraient seuls.

Bastien et Gabriel n'appartenaient pas au même régiment. Le premier avait accompli son service militaire dans la cavalerie, le second avait été versé dans l'infanterie. On avait affecté le mari de Flora à une division de chars légers, sur la ligne Maginot. Il était cantonné non loin de la frontière suisse, alors que le détachement de Gabriel stationnait au nord de Metz.

Après des mois d'inaction, le 10 mai 1940 les troupes allemandes envahirent simultanément la Belgique, pourtant neutre, la Hollande et le Luxembourg. Alors, le premier moment de stupeur passé, avec les unités anglaises un tiers de l'armée française se porta à leur secours.

Sur les routes encombrées par les populations en fuite, Français et Anglais côte à côte se hâtaient, jour et nuit, à la rencontre des Allemands. Il fallait à tout prix les repousser le plus loin possible de la frontière et leur couper la route vers Paris.

Après un mois de batailles, hélas, le Commandant en chef des armées alliées donnait l'ordre de retraite générale. Le 12 juin, les vainqueurs entraient dans la capitale que beaucoup de Parisiens avaient fuie, en route vers le sud. Réfugié à Tours, le gouvernement regagna Paris pour composer avec les autorités allemandes.

Consternée, toute la population avait suivi l'avancée de l'ennemi avec angoisse. Depuis le début des opérations, les familles ne recevaient plus de nouvelles de leurs soldats. Aucun signe de Bastien ni de Gabriel.

De retour de leur campagne, fin mars, Romain et Vincent avaient été accueillis avec soulagement par les femmes. Pourtant, le jeune homme était attendu par les gendarmes. Il aurait dû être incorporé deux mois plus tôt. Mais, encouragée par Catherine et Flora, sa mère avait déclaré ne pas pouvoir le joindre ; trop irrégulier, le courrier ne lui parvenait pas, certifiait Victoire.

En cachette, les femmes avaient donc préparé la fuite du jeune homme qui refusait d'être enrôlé dans cette drôle de guerre. La nuit même de son retour, il partait, sac au dos, vers la ferme de la mère de Marcelin. Là-haut, sur les premiers contreforts des monts du Cantal, il serait à l'abri des recherches des forces de l'ordre. Pour donner le change, le commis resta une semaine au village ; il aidait son patron à effectuer l'inventaire des marchandises rapportées de la tournée hivernale. On avait déclaré aux gendarmes que Vincent, au reçu de son ordre de mobilisation, avait quitté les toiliers pour rejoindre sa caserne ; depuis, il n'avait pas donné signe de vie.

Quand, un mois et demi plus tard, arriva la nouvelle de la capitulation, Vincent hésita à rentrer chez lui. Marcelin lui conseilla la prudence.

— On est encore en guerre, il n'y a pas eu d'armistice. Toi, tu es considéré comme déserteur. Attends plutôt de voir comment tournent les choses.

Cet armistice, les gouvernants français le signaient le 22 juin. Trois semaines plus tard, le maréchal Pétain devenait le chef de l'État français. Le 27 septembre, le Japon entrait en guerre aux côtés de l'Allemagne et de l'Italie qui s'était finalement engagée auprès du Fürher. Le conflit devenait mondial ; sur tous les fronts on se battait, sur terre, sur mer, dans les airs.

La honte de la capitulation, la terreur au fur et à mesure de l'avancée de l'armée allemande dans le pays, jetaient la population française dans le plus effroyable désarroi. Au fil des semaines, les réfugiés rescapés des bombardements qui, au long des routes de l'exode, décimaient leurs pitoyables colonnes, atteignaient le centre de la France. Certains avaient la chance d'être hébergés dans leur famille ; la plupart comptaient sur des âmes charitables pour survivre.

Parmi les troupes défensives, les vainqueurs avaient fait des milliers de prisonniers ; on les acheminait vers la frontière allemande, le but étant de les employer dans des camps de travail et des usines du Reich. Parallèlement, après l'occupation du Nord, de la région parisienne et de l'Est, les troupes d'envahisseurs passaient la Loire et continuaient vers le sud. Bientôt, elles atteignirent la ville de Moulins et plus de la moitié nord de la France devint zone occupée. Dès lors, passer cette « ligne de démarcation » devint un exploit extrêmement dangereux.

À Grignat, Flora avait longtemps attendu des nouvelles de son mari. Enfin, vers la mi-juillet, un courrier de la Croix-Rouge l'informa que Bastien était prisonnier en Allemagne. Dès son affectation définitive, il communiquerait son adresse aux siens.

« Il est vivant ! » pensa d'abord la jeune femme avec un immense soulagement. Et aussitôt :

« Mais il est peut-être blessé, malade... Prisonnier, pour combien de temps ? »

Les conditions de l'armistice ne stipulaient pas la durée de l'occupation ennemie. Jusqu'au triomphe des armées qui combattaient encore contre les troupes d'Hitler, sans doute... Et en cas de défaite ?

Géraud regardait sa mère avec curiosité. Il montra le courrier qu'elle tenait toujours entre ses doigts.

— Papa ?

— Oui mon chéri, c'est de papa, il va bien.

Elle s'accroupit, étreignit le bambin de 3 ans pour qui, sans faiblir, elle allait lutter. Chaque soir, elle montrait à Géraud une photographie de son père afin que sa mémoire d'enfant n'oublie pas.

Au village, la situation était tout autre. Un matin, Sylvie était accourue chez sa belle-mère, une lettre au timbre des armées à la main. Incapable de parler, elle la tendit à Victoire. On avait le regret d'apprendre à l'épouse de Gabriel Lacaze que ce dernier avait été grièvement blessé à l'épaule. Il était soigné à Charleville, dans les Ardennes. Dès que son état le permettrait, les autorisations obtenues, il serait rapatrié à l'hôpital militaire d'Aurillac.

Catherine trouva Victoire et sa belle-fille en larmes. Elle lut le message, réfléchit un moment.

— Une blessure guérit forcément un jour ou l'autre. Au moins, on sait où il est. Sans doute faudra-t-il attendre longtemps son retour ici, vu la situation sur les routes. Après tout, c'est peut-être mieux ainsi.

On va le réformer, pensait-elle, il a probablement échappé à des choses bien pires. Reste à savoir si son bras blessé restera valide… Heureusement, on ne parle pas d'amputation.

— Je vais prévenir Romain, dit-elle. Toi, Sylvie, va donc voir Flora qui doit se ronger les sangs. Tout de même, s'il était arrivé malheur à Bastien, on l'aurait avertie. Dis-lui pour Gabriel.

Cinq semaines passèrent encore après le communiqué de la Croix-Rouge. Et puis, un matin, le facteur tendit à Flora une sorte de carte-lettre qui portait plusieurs tampons.

— Cela vient sûrement de votre mari, annonça-t-il, ces jours-ci j'en ai plusieurs, toutes pareilles, à distribuer.

Elle courut à l'étage où Rosine veillait sur Géraud.

— Il a écrit, il a écrit ! s'écria-t-elle en ouvrant cet étrange courrier, les doigts tremblants.

Très vite, elle comprit que Bastien avait craint de voir sa lettre censurée. Brève, banale, mais qu'importe…

« Je vais bien et j'espère qu'il en est de même pour toi et Géraud. Mon adresse ne l'indique pas, mais je suis dans la région de Weimar où je travaille dans une usine d'habillement de l'armée. Je suis bien nourri et logé pas très loin de l'usine. Je pourrai vous écrire une fois par mois. Flora, embrasse mon oncle et ma tante de ma part. Prends bien soin de toi et du petit. Écris-moi dès que possible. Je vous aime et je vous embrasse avec toute ma tendresse. »

Ce style impersonnel n'était pas celui auquel Bastien l'avait habituée quand, chaque semaine, il lui écrivait depuis les étapes où le conduisait sa tournée hivernale. Mais l'essentiel était d'avoir enfin reçu ces quelques lignes qui se voulaient rassurantes.

En début d'après-midi, elle s'empressa de gagner le village avec Géraud. Romain se trouvait sur le seuil de la boutique, en train de décharger des sacs de légumes secs. En apercevant la voiture de sa fille, il partit vers la remise sans se retourner. De le voir fuir ainsi, Flora sentit monter des larmes. Son petit-fils avait près de trois ans et demi et il avait toujours refusé de le voir.

Depuis l'annonce de la blessure, Sylvie était toujours sans nouvelles de son mari. L'hôpital militaire d'Aurillac contacté avait répondu n'avoir aucune information concernant Gabriel Lacaze, blessé lors de la bataille de la Meuse.

De son côté, Vincent n'avait pas osé reparaître au village. Le chef de gendarmerie de Grignat, qui connaissait Romain de longue date, avait fait comprendre au père du jeune homme que mieux valait jouer l'ignorance. Tous les membres de la famille avaient donc la consigne de s'en tenir à la même version, au cas où les autorités viendraient les interroger. Pour tous, et même pour les villageois, Vincent avait quitté son père dans l'Ouest, bien avant la fin de la tournée ; depuis, il n'avait donné aux siens aucune nouvelle.

Georgette aussi était dans la confidence. Le village de Cantolet se trouvait assez proche de la ferme où se cachait son neveu. Il se risquait parfois chez sa tante, en prenant de grandes précautions ; elle pouvait ainsi rassurer Victoire qui, entre le souci de la blessure de Gabriel et la peur qu'elle éprouvait pour Vincent, avait perdu l'appétit et le sommeil.

Par l'intermédiaire de Georgette, le jeune homme avait pu acquérir un poste de TSF. Le 18 juin, il entendit l'appel du général de Gaulle ; dès lors, il écouta Radio Londres chaque soir. L'Angleterre continuait à combattre les troupes nazies. Et Vincent, qui pourtant n'avait jamais porté les armes, adhérait au discours de celui qui faisait renaître l'espoir de chasser un jour l'occupant. En lui résonnaient des mots, des phrases qui lui donnaient envie de se battre : « Quoi qu'il arrive, la flamme de la Résistance française ne doit pas s'éteindre et ne s'éteindra pas !... J'invite tous les Français qui veulent rester libres à m'écouter et à me suivre... »

De son côté, Churchill, chef du gouvernement britannique, incitait les Français, dans ses allocutions radiodiffusées, à aider de tout leur pouvoir les Forces de libération.

Un jour que Flora avait rencontré son jeune frère chez leur tante, il lui avait confié son sentiment de culpabilité.

— Je suis là, inactif, alors que je pourrais être utile à ceux qui luttent pour nous libérer. Mais si je me rends, ce sera la prison. Jamais je n'aurais dû quitter l'Ouest pour revenir ici. J'aurais dû, au contraire, gagner La Rochelle ou Rochefort et m'embarquer pour l'Angleterre. Si j'avais su, alors... Il n'est peut-être pas trop tard.

— Vincent ! Tu n'envisages pas d'essayer de gagner Londres ? C'est beaucoup trop loin, beaucoup trop risqué ! La ligne de démarcation...

— Qui te parle de passer la ligne ? Sous prétexte de commerce, je peux voyager dans l'Ouest et, de là, chercher à m'embarquer.

— Mais réfléchis donc ! Il n'y a plus de ports en zone libre, gagner l'Angleterre est un pari impossible.

— C'est une région où nous avons de bonnes connaissances, et puis rien n'est encore fait. J'attendrai l'automne. Si le père repart en tournée, alors je pense que je lui fausserai compagnie pour aller rejoindre le général. Surtout, n'en dis rien à personne ! Tu as d'autres nouvelles de Bastien ?

Flora secoua la tête. Non, elle n'avait pas reçu de nouveau courrier. Un mois, il fallait attendre un mois. Restaient encore quinze jours avant de pouvoir espérer la prochaine lettre. Et, d'une lettre à l'autre, combien de temps avant le retour de Bastien ?

Le 31 août, en début d'après-midi, la jeune femme vit arriver Sylvie en trombe. Les pommettes rouges, le regard brillant, elle ne prit pas même la peine de l'embrasser.

— Gabriel ! Il sera là demain soir !

Un peu calmée, elle s'expliqua. Son mari n'avait pas été rapatrié vers Aurillac mais à la caserne de Clermont-Ferrand. Évacué loin de Charleville, inexplicablement on l'avait transporté dans le département de l'Aisne. C'était là, hélas, l'une des zones interdites ; il avait fallu des semaines de démarches, de demandes de permis de circuler, avant que le médecin-major n'obtienne l'autorisation de faire rapatrier les blessés par les camions de la Croix-Rouge.

Après cinq jours passés à Clermont, Gabriel avait enfin obtenu son renvoi dans le Cantal.

— Demain, je vais le chercher à Aurillac avec ton père. C'est trop beau, je ne parviens pas à croire qu'il va revenir !

Sylvie pleurait et riait à la fois. Soudain, elle se rendit compte que si Flora manifestait, elle aussi, son soulagement de voir son frère rentrer enfin, elle ne pouvait pas partager pleinement son bonheur. Bastien était loin, au centre de l'Allemagne, dans un camp de prisonniers. Malgré les garanties de la Croix-Rouge qui laissaient espérer des conditions de vie supportables, nul ne savait vraiment à quoi ces malheureux exilés étaient condamnés à long terme.

Trois jours plus tard, Victoire frappait à la porte de sa fille.

— Ton père est parti chercher des marchandises à Riom, il ne sait pas que je suis venue. Il fallait que je te voie, je n'en peux plus. Gabriel, on ne le reconnaît pas ! Sylvie ne fait que pleurer. Depuis son retour, il ne lui a pas dit trois paroles...

Les larmes l'empêchèrent de continuer. Géraud s'approcha de sa grand-mère, grimpa sur ses genoux, l'entoura de ses petits bras.

— Pourquoi tu pleures ? On a été méchant avec toi ?

Victoire sourit au bambin, sécha ses larmes, l'embrassa.

— Non mon chéri, non, rassure-toi, je vais bien.

Flora emmena l'enfant au magasin dont Justin avait la garde ce jour-là. Quand elle remonta auprès de sa mère, Victoire soupira.

— Pardonne-moi. Ton frère est là, certes, mais à quel prix ! Son épaule gauche ne retrouvera jamais une entière mobilité. Il a encore le bras en écharpe pour plusieurs semaines, mais même après... Je comprends qu'il soit aussi accablé. « Je suis un infirme, vous entendez, un infirme pour le restant de mes jours ! » Voilà la seule chose qu'il nous ait dite.

Flora s'était assise tout près de sa mère, elle lui avait pris les mains.

— Maman, c'est terrible pour lui, je m'en rends bien compte. Mais dis-toi qu'il a évité le pire, qu'il aurait pu ne jamais revenir. Un bras raide, certes c'est un handicap. Mais il est fort, plus tard il pourra reprendre son métier.

Soudain une impulsion la mit debout.

— Je te raccompagne avec Géraud.

Elle obligea sa mère à boire une tasse de café, à manger deux biscuits pendant qu'elle chaussait son fils et lui mettait un gilet de laine. Puis ils s'installèrent tous les trois dans la voiture. Pendant le court trajet, elle expliqua à Géraud qu'il allait faire la connaissance de son tonton Gabriel. Victoire n'osait pas protester, mais elle craignait le pire.

Flora poussa l'enfant devant elle. Sylvie était venue leur ouvrir, les yeux battus par les larmes et l'insomnie.

— Il refuse de sortir de la chambre.

Après deux petits coups frappés à la porte de son frère, Flora ouvrit le battant, le garçonnet s'avança.

— Bonjour tonton Gabriel. Quand je serai grand, je les battrai ceux qui ont fait mal à ton bras. Je peux te faire une bise ?

Gabriel dévisagea le petit, tendit sa main valide, le serra contre lui.

— Tu peux, oui. Bonjour Géraud.

XXIV

Vincent s'expatrie

GABRIEL SE LEVA, regarda intensément sa sœur, resta debout sans parler, tête basse. Il cherchait ses mots.

— Flora... Pardon. Tant d'années perdues... C'est de ma faute, si tu savais comme je regrette ! Là-bas, j'ai beaucoup réfléchi. Face à ce que j'ai vécu, à ce que nous vivons tous, cette brouille est tellement absurde. Je...

Il ne savait plus que dire. Sa sœur et lui se dévisageaient, séparés depuis cinq ans par son obstination ridicule, peut-être sans fondement aucun. Submergée par une émotion qui lui nouait la gorge, Flora soudain se jeta contre la poitrine de son frère. Il l'enserra de son bras valide en répétant :

— Pardon, pardon !

Elle pleurait, mais n'éprouvait pas de rancune.

— Flora, je voulais te dire aussi, le père ne m'a jamais monté contre toi, jamais nous n'avons évoqué ton... ton amour pour Bastien. Moi seul... Pourtant grand-mère a tout mis en œuvre pour me faire entendre raison.

— C'est fini, murmura-t-elle, oublions tout cela. À présent, nous devons nous soutenir. Les jours meilleurs reviendront, tu verras !

Dans la lettre qu'elle écrivit à Bastien quelques jours plus tard, elle voulut lui faire partager ce bonheur tellement attendu.

« Gabriel est de retour, blessé à un bras mais presque guéri. Nous nous voyons souvent, il joue avec Géraud qui aime beaucoup son oncle... »

Bastien comprendrait et se réjouirait, sans nul doute. Elle n'en parlait jamais, pourtant son mari savait à quel point elle souffrait de la rupture avec son frère.

Par la suite, elle se demanda ce que son père pensait de ces retrouvailles fraternelles. Sans doute était-il furieux contre Gabriel. Pourtant, il n'en montra rien, continua à informer son fils de tout ce qui avait trait à leur négoce. Les événements l'avaient changé, lui aussi. Mais sa fierté, son entêtement l'empêchaient encore de faire amende honorable et de se réconcilier avec sa fille.

Depuis la débâcle et la fuite des populations du Nord et de l'Est, les communes d'Auvergne, entre autres, hébergeaient de plus en plus de réfugiés. Dès la fin mai, le maire du village avait réquisitionné pour eux plusieurs logements. La maison de Bastien, fermée depuis plusieurs années, pouvait abriter deux familles. Sans hésiter, Flora avait remis les clés à la mairie. Malgré son grand âge, Joseph veillait toujours sur la demeure des parents de Bastien. Aux beaux jours, il aérait, dépoussiérait, nettoyait le parc. L'hiver, il s'assurait que l'humidité ne pénétrait pas et, de temps à autre, allumait une flambée pour assainir les murs.

Par la suite, Flora et Sylvie firent de leur mieux pour secourir ces gens tellement démunis. Victoire les approvisionnait en épicerie, Catherine leur apportait des produits de la ferme. Au premier, deux femmes, mère et fille, et deux petits garçons dont le père était prisonnier en Allemagne. Au rez-de-chaussée, une jeune femme, sa fillette et ses vieux parents ; le père de la petite avait été tué sur la frontière belge dès le début des hostilités.

Une semaine après le retour de Gabriel, alors que les réfugiés devenaient rares, un couple accompagné de deux fillettes frappa, à la nuit tombée, à la porte des Lacaze. Sales, maigres, une lueur d'inquiétude dans les yeux, ils tombaient d'épuisement.

— Je suis Clémence, la fille de votre cousin Sylvestre, dit la jeune femme. Voilà Édouard, mon mari, et nos jumelles, Lydie et Léa. Nous avons fui l'Alsace, je crains que l'on nous recherche.

— Entrez vite, dit Victoire qui leur avait ouvert la porte du magasin.

Catherine et Romain venaient de passer à table. Victoire s'empressa de battre une omelette pour compléter le repas. Les fillettes rassasiées, elle les conduisit à l'ancienne chambre de Flora.

— Dormez tranquilles. Ici vous êtes comme chez vous, il n'y a aucun danger.

Victoire et Clémence redescendirent à la cuisine. La fille de Sylvestre commença ensuite à raconter le parcours semé d'embûches commencé en septembre 1939.

— Dès la déclaration de guerre, mon père nous a procuré de faux papiers pour fuir l'Alsace, trop proche de la frontière. Je n'étais pas vraiment d'accord, à cause des petites, mais comme il a eu raison !

« Si nous étions restés à Strasbourg, Édouard serait maintenant enrôlé dans l'armée allemande... À présent notre nom est Rouvel. Pour tous, nous avons toujours vécu et travaillé à Paris. Tout d'abord, c'est là que nous nous sommes repliés, chez mes parents. Qui aurait pu prévoir l'occupation allemande ?

« Alors ma mère nous a donné l'adresse de son oncle, près de Montluçon. Là, nous ne nous sentions pas en sécurité, trop proches de la ligne de démarcation, du gouvernement de Vichy. Édouard ne dormait plus, moi-même je mourais d'inquiétude. C'est alors que j'ai pensé à vous. D'un train à l'autre, avec quantité d'arrêts imprévus, en car enfin, nous sommes arrivés jusqu'ici.

Clémence se tut. On l'avait écoutée sans intervenir. Alors elle reprit, en jetant des coups d'œil à son mari qui n'avait pas encore pris la parole.

— Nous ne voulons pas vous créer d'ennuis, si notre présence doit vous compromettre, nous partirons plus loin.

— Non, dit Romain, vous resterez. Vos papiers sont en règle, vous êtes domiciliés chez Sylvestre, n'est-ce pas ? En cas de contrôle, nous hébergeons nos cousins, vous n'êtes pas les premiers Parisiens à arriver au village, personne ne s'étonnera.

— Merci, dit Édouard. Si nous pouvions prévenir les parents de Clémence, ils nous croient encore dans l'Allier...

— Je m'en charge, dit Catherine. Je vais écrire à Sylvestre, lui dire que les quatre enfants sont bien arrivés chez nous à la campagne. Ce sera suffisant, Valentine et lui comprendront.

Clémence eut à cœur de se rendre utile auprès de Victoire. Édouard s'occupa de la ferme aux côtés de Pablo. Le jeune Germain avait dû rejoindre les Chantiers de Jeunesse qui remplaçaient l'ancien service militaire. Joseph ne faisait plus que de brèves apparitions. L'âge avait raison de ses forces, l'entretien de la maison Ménétrol lui suffisait.

Romain et son commis tentèrent une nouvelle campagne vers les départements de l'Ouest en zone libre ; la tournée s'en trouverait raccourcie, mais ce serait mieux que rien. Ils avaient obtenu permis de circuler et bons d'essence ; le carburant commençait à être rationné, pour s'en procurer un justificatif était nécessaire. Les marchandises emportées étaient deux fois moindres que les années précédentes. Il ne fallait plus songer à passer commande dans le Nord ou l'Est, zones occupées.

Romain avait donc effectué ses derniers achats autour de Saint-Étienne et dans les petites manufactures régionales.

Après avoir longuement parlementé avec son père, Vincent avait obtenu son accord pour être du voyage sous une fausse identité. De nuit, il vint faire ses adieux à toute la famille ;

il recommanda expressément à Gabriel et à sa sœur de ne dévoiler son intention de gagner l'Angleterre ni à sa mère ni à Catherine. Il serait temps pour elles de s'inquiéter au retour de Romain et du commis.

Là-haut, dans la ferme montagnarde, le jeune homme laissait à regret une fiancée secrète. L'aînée des sœurs de Marcelin, Claudine, travaillait dans l'unique hôtel de Cantolet. Âgée de 19 ans, c'était une belle brune qui, lors de ses visites à sa mère, avait su gagner le cœur de Vincent. Ils s'étaient promis le mariage quand tout rentrerait dans l'ordre.

Quand, à l'aube, Romain quitta le village avec Marcelin, son fils était caché à l'arrière de la voiture, dissimulé sous des pièces de toile. Passées les limites du département, il quitta le refuge où il étouffait et l'automobile roula vers sa première étape. Les hommes, certes, s'attendaient à des contrôles inopinés tout au long du parcours. Le passeport de Vincent le rajeunissait de deux ans ; il était censé jouer le rôle d'un second commis. Parvenu au plus près de la Vendée, il prendrait des contacts pour franchir la ligne et s'avancer vers la côte.

Tout d'abord, Romain avait tenté de le dissuader. L'entreprise était beaucoup trop aléatoire. À la longue, il avait cédé, se souvenant que lorsque son fils s'était caché, il n'était guère d'accord non plus. Se soustraire à son devoir n'était pas digne d'un Lacaze. Mais, l'armée française en déroute, les troupes d'occupation écrasant la plus grande partie du pays, Romain n'avait pas pu donner tort au jeune réfractaire. Malgré les dangers de son entreprise, Vincent se conduisait en homme responsable, conscient que seul le mouvement de libération nouvellement créé pouvait ramener paix et indépendance.

Les premiers jours de décembre, une lettre de Romain apprit à Gabriel que Vincent venait de partir pour l'Angleterre. Par d'anciens clients, les toiliers avaient eu connaissance d'une filière clandestine. Première difficulté : passer la ligne de démarcation et, en voyageant de nuit, à pied, gagner sur la côte un lieu d'embarquement discret.

Vincent, qui avait d'abord pensé partir de Vendée, quitta la France depuis l'île d'Oléron. Trois autres clandestins cherchant à rallier Londres s'étaient embarqués avec lui. Échappant par extraordinaire aux patrouilles navales ennemies, ils touchaient un peu plus tard les côtes d'Angleterre.

Patiemment, Romain et son commis avaient attendu le passeur, en profitant pour prospecter durant quelques jours à partir de l'hôtel, point de ralliement. Vincent était parti sans difficulté, restait à espérer qu'il arriverait à bon port. Comme convenu avec Gabriel, son père lui écrivit une lettre où une petite phrase anodine l'avertissait de la réussite du départ de son frère.

« Cette saison, c'est la toile de lin de marque Flèche bleue qui rencontre le plus de succès. »

Au cas où ce courrier serait ouvert et lu par les services de contrôle, on n'y trouverait rien de répréhensible.

Quand Flora trouva la fille du cousin Sylvestre installée au village avec sa famille, elle proposa aussitôt d'héberger les quatre réfugiés. Toute proche, beaucoup plus grande, sa maison où elle était seule avec Géraud leur offrirait beaucoup plus d'espace.

— Tes parents ont été merveilleux avec moi pendant mon séjour à Paris. En retour, je me ferai un plaisir de vous avoir sous mon toit.

Clémence et Édouard étaient tentés. Mais Catherine et Victoire étaient seules au village, même si Gabriel et sa femme demeuraient à dix minutes de là. Habiter sur place faciliterait le travail d'Édouard à la ferme. C'était d'autant plus raisonnable que presque toutes les automobiles avaient été réquisitionnées. En sa qualité de commerçant itinérant, Justin avait pu conserver la sienne et Flora l'utilisait pour ses allers et retours au village. Comment ferait Édouard sans véhicule ?

Les choses en restèrent là. Pourtant, lors des congés scolaires, les jumelles attendaient avec impatience de venir passer la journée chez Flora. Âgées de 9 ans, Léa et Lydie jouaient les petites mamans auprès de Géraud. Tout content de cette cour féminine dont il était le roi, le garçonnet criait de plaisir à la vue des fillettes.

Beaucoup plus timide, moins enclin à jouer, Manuel se tenait généralement en retrait. Mais Léa, la plus hardie des jumelles, se chargeait de l'entraîner dans leurs jeux.

La vie devenait difficile. Peu à peu, on connut les restrictions, on apprit à vivre sur les réserves, à ressortir des greniers quantité d'articles mis au rebut ; ils fournissaient métaux, cuir, feutre, papier... Le cuivre avait été réquisitionné pour être fondu dans les usines d'armes de l'occupant. Les coupures d'électricité se multipliaient et les lampes à pétrole ou même les bougies étaient remises au goût du jour.

À côté des denrées alimentaires, on rationna bientôt les chaussures, les textiles pour lesquels il fallait des bons distribués avec parcimonie. Partout, le commerce subissait une baisse sensible. Les citadins surtout commençaient à souffrir des privations en zone occupée. Dans les villages et les bourgs, la moindre parcelle de jardin était cultivée, les petits élevages intensifiés. Chacun s'arrangeait avec un fermier pour avoir son champ de pommes de terre ; on avait recommencé à produire du seigle afin de pallier le manque de farine de froment.

Au fil des mois, il devint presque impossible de renouveler les stocks de tissus, vêtements, laine et articles de mercerie. Dans l'ignorance de la durée des restrictions, chacun économisait au maximum tout le nécessaire à la vie.

Fripon, le vieux cheval de Catherine, était mort depuis longtemps. La vieille femme se félicitait de l'avoir remplacé pour tirer les chars de foin. À présent, Nuage occupait une stalle dans un coin de l'étable. L'animal étant indispensable à une exploitation agricole, on ne l'avait pas réquisitionné lors de la déclaration de guerre. Faute d'automobile, Flora ou Sylvie l'attelaient parfois au vieux cabriolet que Pablo avait rénové de son mieux. Nuage permettait des promenades, à la grande joie de Géraud et de ses cousines.

Parti des grandes villes, le marché noir régna bientôt sur les campagnes. Certains s'enrichissaient aux dépens des autres ; encore fallait-il avoir de quoi payer. Viande et produits fermiers atteignirent rapidement des sommes exorbitantes. Les tickets de rationnement épuisés, les plus chanceux devaient se démunir de bijoux, fourrures, œuvres d'art, couverts d'argenterie pour acquérir à prix d'or de quoi ne pas mourir de faim. Les autres, qui n'avaient rien à vendre, cherchaient à emprunter mais les taux étaient exagérés, difficilement acceptables. Pour beaucoup, l'unique perspective restait de se coucher l'estomac creux.

Comme tous ceux qui attendaient des êtres chers, Flora était anxieuse pour son mari, pour Vincent dont on était toujours sans nouvelles. D'une saison à l'autre, le temps s'étirait, d'une intolérable lenteur. La jeune femme s'étourdissait de travail, soutenait sa mère, Gabriel qui, peu à peu, reprenait goût à la vie. Il tentait d'apprivoiser sa main gauche, bien rétive encore et maladroite. Un progrès, si infime soit-il, le mettait en joie pour le plus grand bonheur de Sylvie.

La tante Rosine s'était alitée avec une pleurésie et, malgré les soins de son mari et de Flora, après deux mois de souffrance, elle partit rejoindre Amandine et Gildas. Sans le soutien de Flora, Justin aurait sombré dans le désespoir.

La jeune femme ne savait comment annoncer la triste nouvelle à Bastien. Sa tante lui avait servi de seconde mère. Seul, loin de sa famille, sa peine serait immense. Elle commença par dire la maladie de Rosine, l'inquiétude de son médecin. Dans la lettre suivante, elle écrivit qu'il ne restait presque plus d'espoir de la sauver. Enfin, avec beaucoup d'égards, elle fut bien forcée de dire la vérité, annonçant ce décès comme une libération qui mettait un terme à de grandes souffrances. Certaine qu'elle raviverait le souvenir de ses parents, elle imaginait la douleur de son mari quand il lirait ces lignes.

Et dire qu'elle ne serait pas auprès de lui pour adoucir ce nouveau deuil...

Au mois de mars, Bastien donnait une nouvelle adresse. Il ne travaillait plus à l'usine d'habillement mais dans une ferme collective, dans un autre camp de la même région. Par chance, deux très bons camarades avaient été mutés en même temps que lui.

Durant un long moment, Flora contempla le cliché joint à cette lettre. Debout au milieu d'un groupe de prisonniers devant le mur d'une ferme moderne, Bastien se forçait à sourire. En retour, elle lui envoya une photographie récente d'elle et de Géraud ; fièrement, le petit tenait les rênes du cheval et souriait largement à l'objectif.

Son père allait le trouver bien changé. Si la fin des combats tardait longtemps encore – combien de mois, d'années ? –, au retour, Bastien ne reconnaîtrait pas son fils.

XXV

La guerre, toujours…

Un peu avant la mi-mars 1941, trois semaines plus tôt que les années précédentes, Romain Lacaze et son commis rentrèrent de tournée. L'hiver avait été glacial, les routes souvent enneigées, les étapes raccourcies. Le négociant ne se doutait pas que ce serait là son dernier périple. Sur les montagnes auvergnates, une épaisse couche de neige blanchirait les sommets plusieurs semaines encore.

À présent, il fallait bien apprendre à Victoire et à Catherine ce qu'il était advenu du benjamin de la famille. Sitôt descendu de voiture, Romain s'approcha des deux femmes qui s'étaient avancées pour accueillir les arrivants. Il trouva sa mère bien vieillie ; si, à quatre-vingt-trois ans passés, elle ne travaillait plus à la ferme, sa force morale ne faiblissait pas.

— Ne cherchez pas Vincent, dit-il très vite en détournant le regard, je ne l'ai pas ramené.

La mine stupéfaite de sa femme l'arrêta.

— Où est-il ? Qu'est-il arrivé ? Tu n'as pas prévenu, qu'est-ce que…

Incohérentes, les questions se bousculaient. Victoire s'avança, obligea son mari à la regarder.

— Il lui est arrivé malheur, c'est ça ? Eh bien parle, à la fin !

— Mais non, il va bien. Seulement, pendant la tournée, il a rencontré des jeunes gens qui partaient pour Londres et il les a suivis.

— Suivis ? À Londres ? Mais c'est impossible, que va-t-il…

Victoire, soudain, comprenait. Chaque soir, auprès de sa belle-mère et de Clémence, elle écoutait les messages de la radio qu'Édouard ne manquait jamais. Toujours brouillées, difficiles à suivre, les allocutions des volontaires ralliés autour du général de Gaulle leur redonnaient espoir.

— Tu es sûr qu'il va bien ?

— Oui, mentit Romain, absolument sûr.

— Je savais bien, moi, intervint Catherine, que mon Vincent était de cette trempe. Quand ils seront assez nombreux, ces garçons-là chasseront les Boches de chez nous !

— Maman, reprocha doucement Romain, fais attention !

— Attention à quoi, à qui ? Ici, la police de Vichy ne risque pas de m'entendre. Si nous étions à Aurillac, je ne dis pas, et encore… Ces beaux messieurs n'ont sans doute pas mis leur nez plus loin que Clermont-Ferrand. Mais nous n'allons pas nous en plaindre, au contraire !

Le soir au dîner, Édouard voulut savoir ce que Romain avait appris des dernières batailles des Alliés. Durant son voyage, dans les hôtels tout particulièrement, il avait rencontré quantité de gens qui se disaient bien renseignés.

— Mais ces bombardements sur Londres ! s'inquiéta Victoire. Quand je pense que Vincent est là-bas, seigneur, quelle folie !

— Allons, dit Romain, la bataille de Londres était finie depuis longtemps lorsque notre fils est parti. Et puis tu te doutes bien que les Forces de libération ont établi leurs quartiers loin des cibles de l'aviation allemande.

Il n'en savait strictement rien, mais pour rassurer Victoire, il interprétait au mieux les événements. D'ailleurs, il soupçonnait fort son fils d'avoir quitté Londres pour s'engager dans la guerre aux côtés des Anglais. Mais sur quel front ?

Le printemps, puis l'été passèrent sans changement notable pour les villageois. Les lettres de Bastien arrivaient à peu près régulièrement. Il semblait à Flora que leur vie était en suspens, que le temps s'était arrêté. L'existence ne reprendrait son cours que lorsque son mari, enfin, l'enlacerait en disant :

— C'est fini, me voilà ! Tout cela n'était qu'un mauvais rêve !

Chaque nuit ou presque, elle le retrouvait en songe. Parfois, un cauchemar lui montrait Bastien hagard, sanglant. Il l'appelait et elle se débattait sans parvenir à le rejoindre. Alors elle se réveillait en criant, le corps moite, le cœur battant d'angoisse et de terreur. Jusqu'à l'arrivée de la prochaine lettre, elle gardait en elle cette peur latente : il était arrivé malheur à Bastien.

Et puis arrivait un nouveau courrier de son mari et elle reprenait confiance. En regardant grandir son fils, elle s'apercevait que le temps passait, malgré tout.

Les péripéties de la guerre tantôt lui redonnaient espoir, tantôt la jetaient dans un désarroi extrême. Elle s'entretenait des événements avec Gabriel et Sylvie. Son frère avait épinglé au mur une carte du monde sur laquelle il notait les avancées allemandes et celles des Alliés. Leur préoccupation commune restait le sort de Vincent. Puis, peu avant la fin de l'année, une nouvelle rassura tout le monde : les États-Unis entraient en guerre. Au vu de leur force armée considérable, on était en droit d'espérer que les troupes d'Hitler finiraient par être battues rapidement.

Une autre nouvelle, familiale celle-là, laissa entrevoir une heureuse perspective. Sylvie venait de confier à sa belle-sœur qu'enfin elle attendait une naissance, prévue au mois de juin suivant. Depuis sept ans, elle avait fini par se persuader qu'elle ne serait jamais mère.

— Tu vas bientôt avoir un petit cousin, annonça Flora à son fils.

— Je jouerai à la course avec lui ?

— Bien sûr, dit sa mère en riant, mais il faudra le laisser grandir un peu. Et puis ce sera peut-être une petite fille, tu pourras jouer avec elle aussi.

— Peut-être une fille ? Alors tata Sylvie ne pourra pas choisir ? C'est dommage, un garçon pour courir avec moi ce serait beaucoup mieux !

L'automne venu, la pénurie de carburant, réservé à la police et aux ambulances, avait empêché la grande majorité des toiliers de reprendre les tournées. Les particuliers laissaient leur véhicule au garage et les chanceux qui possédaient un cheval s'estimaient privilégiés.

— Tu veux prendre Nuage pour refaire une campagne ? demanda Catherine à son fils.

— Non, c'est inutile. Je n'ai pas assez de marchandises pour qu'une nouvelle tournée soit rentable. Ou peut-être j'en ai trop ! La priorité des gens, ce sont les dépenses de nourriture. Pour tout le textile, ils vivent sur leurs réserves.

Les marchés et les foires ne se tenaient plus. Depuis le début de la guerre, la grande foire de Bort-les-Orgues où l'on aurait pu vendre et peut-être se réapprovisionner était supprimée. Partout, le commerce était paralysé et beaucoup couraient à la ruine.

Romain et Édouard installèrent de nouveaux rayonnages dans le magasin. À côté de la mercerie, Victoire, aidée de Clémence, proposait des vêtements qui n'avaient pu être écoulés. Pour les tissus, Romain préféra garder la plus grande partie de son stock ; au cas où la pénurie durerait longtemps encore, mieux valait ne pas trop se démunir. À cet égard, il se montrait prévoyant. Mais les bons de textile attribués à la clientèle ne permettaient pas d'achats très conséquents. À ce rythme, les réserves se maintiendraient longtemps encore.

La présence de son père empêchait Flora de venir au village aussi souvent qu'autrefois. En général, elle s'arrêtait chez son frère ; c'est là que Victoire la rejoignait, ou Catherine et Clémence. Cette dernière avait compris que Romain et sa fille étaient en froid depuis plusieurs années.

— Flora, dit-elle un jour, je sais que cela ne me regarde pas mais pourquoi n'as-tu jamais cherché à t'expliquer franchement avec ton père ?

— C'est inutile. Si tu le connaissais aussi bien que moi, tu ne poserais même pas la question. La famille Ménétrol a toujours été l'ennemi juré des Lacaze. Il en fait une affaire d'honneur. Le plus insensé, c'est que personne, lui non plus sans doute, ne se souvient de l'origine de cette histoire d'un autre temps.

Désœuvré, Gabriel était bien souvent d'humeur maussade. Pourtant, depuis peu, la perspective d'être père lui redonnait goût à l'existence. Il s'acharnait à rééduquer son bras gauche, à multiplier les gestes susceptibles de délier sa main. En regardant sa femme coudre des vêtements pour le futur bébé, l'idée lui vint d'ouvrir avec elle un petit atelier de confection. Faute de matière première, mis à part quelques rouleaux de toile cédés par Romain, le couple se spécialisa dans les vêtements d'enfants.

Le tissu était fourni par les clients, sous la forme de diverses tenues d'adultes à réutiliser. Dans un pardessus, on taillait un manteau ou une veste de garçonnet, dans la robe de la mère on trouvait de quoi en confectionner une pour la fille. Les chemises d'homme se changeaient en chemisettes ou en corsages. Les draps de laine un peu usagés se transformaient en chaudes doublures pour les pèlerines qui, par temps froid, habillaient les enfants.

Flora, dont le commerce stagnait de plus en plus, proposa ses services. Sylvie et Gabriel acceptèrent d'autant plus volontiers qu'elle leur apportait, avec les habitants de Grignat, une clientèle supplémentaire. Les jours de mauvais temps, elle travaillait seule chez elle ; dès que la route était à nouveau praticable, elle partait au village avec Géraud. Alors on s'affairait à couper et à coudre ; les clientes se pressaient dans la chambre transformée en atelier, satisfaites de n'avoir à payer que la façon des vêtements ainsi confectionnés.

À la fin de l'année, un matin où elle avait bravé le froid glacial, Flora trouva son frère d'humeur joyeuse. Elle avait à peine refermé la porte que Gabriel s'écria :

— Tu connais la nouvelle ? Les Allemands sont arrêtés devant Moscou ! Ces pauvres Russes ont eu d'énormes pertes, c'est vrai, mais Hitler avait annoncé un peu trop tôt l'anéantissement prochain de leur pays. Il était temps, ses troupes n'étaient plus qu'à dix kilomètres de la capitale. Finalement, l'hiver est devenu l'allié des Russes, un allié qui vient à bout des plus forts : le froid, la neige, le manque de ravitaillement, de soins aux blessés… Tu sais ce qui me vient à l'esprit ? Aussi puissant qu'il puisse être, le Führer n'a pas fait mieux que Napoléon en son temps !

Flora n'avait jamais vu son frère aussi exalté. La reprise de la guerre par l'armée française, malgré la désapprobation du nouveau gouvernement, l'arrivée d'alliés efficaces à ses côtés, tout cela faisait renaître l'espoir.

— Que le ciel t'entende ! dit Sylvie. J'aimerais tellement que notre enfant voit le jour dans un pays en paix.

Et, ajouta silencieusement Flora, que Bastien et Vincent nous reviennent au plus vite…

Le 12 juin 1942, Clémence arriva un matin avec ses filles. Le cheval sitôt immobilisé, Lydie et Léa se précipitèrent en criant :

— C'est une fille ! Elle s'appelle Lucie ! Elle est née hier soir !

À leur habitude, les jumelles commencèrent à se chamailler.

— Elle est née à 11 heures ! clamait l'une.

— Mais non, à minuit, tu dis n'importe quoi !

Clémence les calma, rassura sa cousine sur la santé de Sylvie et du bébé. Géraud faisait la moue.

— Moi je préférais un garçon comme cousin.

— Les filles, c'est mieux ! affirma Lydie.

— Sûr ! renchérit sa sœur.

Pour une fois, elles étaient d'accord. Mais Géraud s'entêtait.

— Les garçons courent bien plus vite ! Et puis les filles, ça pleure pour un oui ou un non.

Il avait eu cinq ans deux mois plus tôt ; en octobre, il rentrerait à l'école et se sentait plein d'importance. Du haut de leurs onze ans, les jumelles se montrèrent indulgentes.

— Tu as de la chance d'être petit, sinon je te montrerais qu'une fille c'est plus fort qu'un garçon, affirma Lydie.

— Oui, et ça court plus vite. Tiens, on fait le tour du parc, proposa Léa, on verra bien si ce n'est pas moi qui gagne ! Tu paries ?

— Peuh, fit le gamin qui voulait avoir le dernier mot, pas difficile avec tes grandes jambes !

Clémence fit cesser le débat en disant que filles et garçons se valaient à tous points de vue.

— Vous déjeunez avec nous ?

— Oh oui ! Maman, dis oui s'il te plaît !

— D'accord, dit Clémence, mais il faut prévenir Victoire. Je m'en charge si tu veux.

— Dis-lui que Géraud et moi repartirons avec vous pour faire la connaissance de Lucie.

Quelques mois avant la déclaration de guerre, Romain avait fait installer le téléphone, tellement utile à son commerce. Grâce à cet appareil, Flora se sentait plus proche des siens. Au moment du départ, elle confia un gros paquet à Géraud.

— C'est un cadeau pour Lucie, tu le lui donneras.

— J'espère qu'elle me dira merci !

— N'y compte pas trop, elle ne sait pas encore parler.

Flora et Clémence riaient, les jumelles aussi.

— Tu n'as donc jamais vu un bébé qui vient de naître ? Alors je te préviens, tu vas être déçu plus encore.

Lydie approuva les dires de sa sœur, si bien que Géraud se mit à bouder. Il se consola en pensant que bientôt, à l'école, il aurait beaucoup de camarades. Entre garçons, certainement on se comprendrait mieux.

Romain aidait Pablo et Édouard aux fenaisons. Pour compenser la baisse considérable des bénéfices de son commerce, il avait décidé d'agrandir la ferme. D'abord il augmenta un peu le troupeau. Puis, aux côtés des bovins, on éleva des moutons et quelques chèvres. Pablo, dont c'était le métier en Espagne, fabriquait des fromages avec le lait des brebis et des chevretons. Il était facile de les écouler, la nourriture étant recherchée au-delà de tout.

Des petites villes environnantes, le dimanche surtout, on voyait arriver à vélo des pères de famille en quête de denrées alimentaires. Pour le moment, ces gens et leurs fournisseurs n'étaient pas inquiétés. Mais le temps viendrait bientôt où il en serait tout autrement.

Au milieu de l'après-midi, les trois hommes virent soudain arriver Victoire, à l'autre bout du pré. Manuel guidait le cheval qui s'arrêtait, repartait, au fur et à mesure que les faneurs, munis de leur grande fourche, chargeaient le foin sec dans la charrette.

Romain mit sa main en visière pour mieux voir la silhouette qui accompagnait sa femme ; ce jeune homme lui était inconnu. Peut-être un client pour des produits laitiers... Arrivée à sa hauteur, Victoire désigna l'arrivant.

— Ce monsieur nous apporte des nouvelles de Vincent.

L'émotion, autant que la marche en plein soleil, empourprait ses pommettes ; sa voix tremblait un peu. Romain serra la main tendue de l'étranger, cependant il restait sur ses gardes.

— Il y a environ deux mois, j'étais en Tunisie auprès de votre fils. Lui et moi appartenions aux Forces françaises libres parties d'Angleterre avec les Alliés.

— Comment êtes-vous rentré en France ? dit Romain qui se demandait s'il devait ajouter foi à ce discours.

— J'avais pris les fièvres et j'ai pu profiter d'un convoi de blessés rapatriés vers les côtes de la Manche. On m'a déposé sur la côte espagnole, des pêcheurs m'ont ramené au sud de Perpignan. J'avais promis à Vincent de vous donner de ses nouvelles. Je pensais vous écrire en arrivant chez mes parents, près de Brioude en Haute-Loire et puis je me suis dit que vous aimeriez peut-être me poser des questions. Dès que possible, je tâcherai de repartir me battre.

Le jeune homme, Henri Delarbre, savait en effet beaucoup de choses sur les combats et les avancées des Alliés. Il resta deux jours chez Romain et Victoire ; des détails sur leur fils donnés par cet inconnu prouvaient sa bonne foi.

— On m'a contrôlé plusieurs fois dans le train et aussi quand j'ai pris le bus pour finir d'arriver ici. La police recherche les juifs. Vous n'êtes pas au courant ?

— Un peu, dit Romain, mais nous pensions que c'était seulement dans les grandes villes. À Paris, on vient d'en arrêter des milliers, paraît-il.

— À Paris et ailleurs. Et pas seulement arrêtés, emmenés par trains entiers en Allemagne, hommes, femmes, enfants, vieillards, des familles entières.

Un silence consterné régna un moment autour de la table.

— Mais, dit enfin Catherine, on ne peut tout de même pas faire travailler des enfants et des vieillards ! Alors ?

Le jeune Henri haussa les épaules en signe d'ignorance. Tous les adultes présents s'interrogeaient. Après trois ans de guerre, ils s'imaginaient avoir tout vu, même s'ils n'en avaient pas souffert directement : les réfugiés, l'occupation ennemie, les bombardements... Le monde occidental sombrerait bientôt dans la pire ignominie, le temps était loin encore où l'on chasserait l'envahisseur.

XXVI

Le retour

DANS LES SEMAINES qui suivirent les nombreuses arrestations, on vit arriver dans les campagnes des familles juives aux abois. Fuyant les villes, ces gens ne se montraient pas au grand jour comme les réfugiés du temps de la débâcle, en 1940. Ils se cachaient au contraire, voyageaient de nuit, toujours aux aguets.

Comme les deux polices, française et allemande, les recherchaient activement, ils n'étaient pas toujours bien reçus, au contraire ; les héberger était trop périlleux. Au fil des mois, un grand nombre de petits citadins que leurs parents éloignaient de la ville aux multiples dangers furent pris en charge par des volontaires. Malgré les avis placardés partout, même dans les villages les plus reculés, certains n'hésitaient pas à protéger ces malheureux. Beaucoup ne reverraient jamais leur famille, déportée vers des camps dont on ne savait rien.

En grand secret, on cherchait à ces enfants une famille d'accueil, de préférence dans les hameaux ou les fermes de montagne pour plus de sûreté. Suzanne, l'amie de jeunesse de Flora, occupait une place de secrétaire dans les bureaux de la préfecture de Clermont-Ferrand. Elle s'y était mariée et avait deux enfants. Comme Bastien, son mari était prisonnier. Le jour où une voisine frappa à sa porte, dès les premières arrestations, la jeune femme pensa aussitôt à son village de haute Auvergne.

Ses parents prévenus, elle donna leur adresse à cette veuve aux abois. Avec sa fillette, elle emmena ses deux neveux de six et huit ans. Suzanne lui avait procuré de faux papiers au nom de sa propre mère ; ainsi, elle pourrait prétendre se replier dans sa famille. Sur place, les parents de Suzanne s'avisèrent que leur logement était bien exigu pour tout ce petit monde. Prévenue, Flora décida de se charger des petits garçons.

— Tu n'es pas prudente, lui reprocha Gabriel. S'il y a un contrôle, que diras-tu aux gendarmes ?

— Les petits s'appellent Barraud, un nom bien français. Pour éviter qu'ils se trahissent, Suzanne a conservé leurs prénoms : Charles et Joël. Je prétendrai qu'une amie me les a confiés pour quelque temps. Ils sont chétifs, le médecin recommande une bonne nourriture, l'air de la montagne…

— En somme, tu as tout prévu ! Je te reconnais bien là, tu fonces tête baissée, comme toujours.

— Moi, dit Sylvie, je trouve qu'elle a raison. Si notre fille était pourchassée, à la rue, je serais bien reconnaissante à ceux qui voudraient s'en charger.

Gabriel regarda tour à tour sa femme et sa sœur.

— Mais bien sûr, moi aussi je comprends et je ne te blâme pas. J'ai peur pour toi et ton fils, c'est tout.

Géraud se montra très satisfait d'avoir chez lui deux nouveaux camarades. Bien qu'il fût le plus jeune du trio, il décidait des jeux sans être jamais contredit. Timides à l'excès, Charles et Joël lui obéissaient sans résister, avec plaisir même.

Par la suite, Suzanne adressa à son amie un couple âgé et leur petite-fille. Marcelin était venu les chercher pour les ramener à la ferme de sa mère.

— Ils passeront pour mon oncle et ma tante, avait-il dit sans hésiter. De toute façon, chez nous il n'y a jamais de visite étrangère !

Restaient deux fillettes que Suzanne avait promis de placer au plus vite. Par prudence Flora avait laissé ignorer à tous les villageois l'identité réelle des nouveaux venus. Vers qui diriger ces petites ?

C'est Georgette qui accepta de les prendre en charge. Le passeur bénévole reparti, Flora les conduisit elle-même à Cantolet. Sa tante les présenta comme les enfants de cousins éloignés pour écarter les soupçons de ses voisins.

Beaucoup plus tard, on apprendrait qu'environ six cents personnes d'origine juive avaient été cachées dans le département ou conduites à l'étranger depuis le Cantal.

La guerre continuait et l'Allemagne avait un besoin accru de main-d'œuvre dans ses usines. Après deux ans et demi de captivité, de nombreux prisonniers n'étaient plus assez performants. Une relève s'avérait donc nécessaire. Pressé par les autorités d'Occupation, le gouvernement vota une loi qui instaurait le travail obligatoire. Des hommes démobilisés au moment de l'armistice ou trop jeunes à l'époque pour être enrôlés furent contraints d'obéir.

Naturellement, cette loi était fort mal perçue. Alors on promit un échange : des prisonniers seraient libérés et remplacés par les nouveaux travailleurs. Les familles virent là un espoir hélas très vite déçu. Pour la forme, les Allemands libérèrent un très petit nombre d'hommes, malades ou invalides.

Flora, comme tant d'autres, dut abandonner la certitude de revoir bientôt Bastien. Après cette grande déception, elle se consacra davantage encore à ses différentes tâches. Les trois garçons l'occupaient beaucoup, elle continuait les travaux de couture chez Gabriel, s'occupait du ménage de l'oncle Justin, seul et vieillissant.

Pour échapper au travail obligatoire en Allemagne, nombre de jeunes gens avaient rejoint les réseaux de Résistance. Cachés dans les zones montagneuses et les forêts, on les appelait les « Maquisards ». Ces volontaires imprévus leur permirent de mieux s'organiser ; leur but, à long terme, était de harceler puis de chasser l'occupant. Cependant ils étaient hors-la-loi et leur vie clandestine se heurtait à de nombreux obstacles. Trop peu armés encore, ils attendaient l'aide des Alliés.

Cinq hommes avaient ainsi disparu à Grignat et deux au village. Chargés d'une enquête, les gendarmes visitaient toutes les familles. Mais la solidarité joua si bien qu'ils n'obtinrent aucun renseignement sur ces réfractaires. Leurs proches prétendaient qu'ils étaient bien partis rejoindre la préfecture pour participer au service de travail obligatoire. Étaient-ils parvenus à Aurillac ? On l'ignorait.

Évidemment, les autorités ne croyaient pas à cette version, mais le prouver était impossible. L'ensemble de la population comprenait enfin que les gouvernants jouaient le jeu des envahisseurs, menant à sa perte le peuple français. Une autre année d'attente, de privations s'achèverait bientôt dans la tristesse et l'inquiétude générales.

Un soir, les trois enfants endormis, Flora s'affairait au repassage. Volontairement, elle retardait le moment de se coucher ; l'insomnie la guettait, ramenant ses angoisses. Dans la journée, prise par ses multiples occupations, elle parvenait à les chasser de son esprit, la nuit, tout était différent.

Il était un peu plus de 22 heures quand elle crut entendre frapper à la porte du balcon. Les coups étaient tellement discrets qu'elle se demanda s'ils étaient bien réels. Lorsqu'ils reprirent, un peu plus distincts, elle posa son fer à repasser, s'approcha de la porte, inquiète. Recherchait-on les deux petits ? Avait-elle été dénoncée ?

— Flora !

Cette voix qui l'appelait… Non, c'était impossible ! Quand son prénom retentit à nouveau, son cœur fit un bond. Elle tourna la clé, ouvrit le battant. Cet homme dont elle ne distinguait pas les traits dans l'ombre, elle l'aurait reconnu entre mille.

— Bastien !

Elle se jetait dans ses bras et il la repoussait doucement, pressé de se mettre à l'abri. La porte refermée, elle sanglota, accrochée à lui qui pleurait silencieusement. Ils restèrent ainsi de longues minutes. Puis elle releva la tête pour le dévisager, s'assurer que c'était bien lui et qu'elle ne rêvait pas. Maigre et sale, son visage portait une barbe de plusieurs jours ; ses vêtements civils étaient tachés, fripés, poussiéreux.

— Je me suis évadé, j'ai quitté le camp depuis plus de trois semaines…

Reprenant ses esprits, Flora comprit soudain pourquoi elle n'avait pas reçu de courrier ces derniers temps.

— Tu dois avoir faim, viens !

Malgré son immense fatigue, il lui souriait. Maintenant qu'il avait atteint son but, ses forces tout à coup l'abandonnaient. Elle le regarda manger, boire, incrédule encore. Rassasié, il demanda :

— Géraud va bien ? Il dort, je suppose ? Je le verrai plus tard, il faut que je me lave, que je me change.

Avec un petit air d'excuse, il montrait ses vêtements comme s'il avait honte de se présenter ainsi à sa femme. Elle se contenta de lui sourire. La surprise de ce retour était si confondante… Il faudrait du temps avant qu'elle ne laisse éclater sa joie. Pourtant, elle réalisait peu à peu que Bastien était revenu. Et s'il devait se cacher, elle était prête à tout pour le garder, le sauver.

Plus tard, blottie contre son mari, elle ne trouvait pas le sommeil. Quand elle s'assoupit enfin, ses deux mains nouées autour de son bras à lui, ce fut pour s'éveiller en sursaut, plusieurs fois, et s'assurer qu'il était bien là, tout contre elle.

L'aube la trouva épuisée et pleine d'une force nouvelle. Que serait l'avenir ? Elle n'en savait rien mais, Bastien revenu, elle n'en avait plus peur.

Le lendemain, l'ancien prisonnier dut apprivoiser son fils, timide face à ce père soudain réapparu. Bastien avait laissé un bambin de deux ans, presque un bébé, il retrouvait un petit garçon de cinq ans et demi. Tout fier, Géraud lui montra son premier cahier où, maladroitement, il apprenait à tracer quelques lettres et à écrire le mot : papa.

Flora avait expliqué la présence de Charles et de Joël à son mari. Il l'avait d'autant plus approuvée que, durant son errance, il avait rencontré beaucoup de gens pourchassés ; comme lui, des familles dénuées de tout dormaient dans des granges, à la merci d'un contrôle, d'une dénonciation, toujours en quête d'asile et de nourriture.

Après douze jours de fuite vers la France, la route de Bastien avait croisé celle d'un groupe de prisonniers libérés par suite de l'échange avec les travailleurs forcés. Pris en charge par la Croix-Rouge, quelques-uns étaient si mal en point qu'ils voyageaient en ambulance. Ils arrivaient de la frontière polonaise et deux d'entre eux étaient morts en route. Un médecin du convoi avait cédé aux supplications de Bastien, à bout de forces ; il lui avait permis d'endosser l'identité d'un malheureux qui ne retournerait jamais au pays. Sans cette rencontre inespérée, peut-être n'aurait-il jamais pu franchir la frontière et les territoires de l'Est occupés.

On l'avait laissé dans la région de Bourg-en-Bresse ; de là, son errance solitaire avait repris mais il avait échappé à tous les dangers pour enfin rentrer chez lui. Grâce aux papiers fournis par l'équipe médicale de la Croix-Rouge, il n'hésita pas à se présenter aux gendarmes comme prisonnier récemment libéré. La confusion régnait plus ou moins et, loin de la préfecture cantalienne, on ne chercha pas davantage d'explications.

Il fut donc admis de tous que le mari de Flora faisait partie des trop rares élus échappant à la captivité.

Bastien ne redoutait plus de se montrer au grand jour. Lorsque Flora l'accompagna chez son frère, il n'éprouvait aucune appréhension. Gabriel lui tendit les deux mains en disant :

— Sois le bienvenu !

Le passé n'existait plus, la vieille querelle s'effaçait, abolie, dérisoire. Les larmes aux yeux, Sylvie embrassa Bastien et lui présenta sa fille. La petite Lucie, âgée de cinq mois, était tout sourire. Elle ressemblait étonnamment à son père dont elle faisait la fierté.

Le 12 novembre, une nouvelle épreuve s'abattait sur le pays. Depuis la veille, les Allemands occupaient peu à peu la zone libre. De Clermont-Ferrand, leurs divisions allaient poursuivre leur avancée vers le sud du Massif central. Évitant les régions montagneuses où, déjà, les premières neiges recouvraient les plus hauts sommets, elles s'infiltraient en suivant les vallées, jusqu'à Aurillac au sud-ouest, le long de la rivière Allier plus à l'est, pour gagner Le Puy et continuer leur marche vers le Languedoc et la mer.

L'espérance de voir l'occupant se retirer faisait place, au contraire, à la plus grande déception. Mais si les uns se dirent que tout était perdu, d'autres décidèrent de lutter encore ; ce fut alors le point de départ d'une résistance accrue, courageuse et déterminée.

Persuadée que son mari ne pouvait ignorer le retour de Bastien, Victoire n'osa pas lui en parler. De son côté, après quelques hésitations, Catherine se dit qu'il valait mieux laisser faire le temps. La vieille femme s'était grandement réjouie de l'attitude de Gabriel. Voilà que Bastien était maintenant son meilleur ami.

— Les épreuves changent les gens, dit-elle un jour à Victoire. C'est triste à dire, mais sans sa blessure, peut-être Gabriel n'aurait-il jamais fait taire son stupide amour-propre...

Avec l'invasion de la zone sud, l'année 1943 commençait sous les plus noirs auspices. Le rationnement était encore accru, dans tous les domaines. Si, dans les campagnes, on subsistait sans trop de dommages, la pénurie la plus complète s'installait dans les villes. Le marché noir devenait de plus en plus florissant. Par nécessité ou par choix délibéré, certains acceptaient de renseigner la police allemande ; ils en retiraient divers bénéfices, tout en s'attirant le mépris bien légitime de leurs compatriotes.

Romain se doutait que son commerce allait être réduit à néant. Faute de matières premières, les manufactures où il avait espéré passer commande ne fournissaient plus rien ou presque. On ressortait de vieux stocks mis au rebut, des rouleaux de toile où la trame présentait de nombreux défauts. Méprisés jusque-là, ils trouvaient preneur à des prix extravagants, les négociants se les arrachaient. Une filière clandestine vendait en cachette des marchandises venues d'Espagne et même d'Afrique du Nord. Ces tissus ne portaient aucune marque et leur revente était interdite. Dans les moindres villages, les services du ravitaillement effectuaient des contrôles et des saisies parfois fructueuses.

Bientôt apparaîtrait une nouvelle étoffe, légale celle-là, appelée la rayonne. Tissu fin et brillant, extrêmement fragile, il était tissé de fils de viscose à base de cellulose synthétique ; imitant la soie, il n'en avait aucune qualité.

— Une vraie camelote ! bougonnait Romain. Si quelqu'un m'avait dit que j'en serais réduit un jour à vendre une pareille pacotille… Présenter ça aux clients, jamais !

Pourtant, il y fut contraint par la force des choses. Faute de mieux, on taillait dans cette étoffe glissante, difficile à travailler, robes et corsages pour la belle saison. Quelques années plus tard, Romain apprendrait que la rayonne était le tout début des textiles artificiels fabriqués par l'industrie. On en utiliserait des quantités d'autres, moins chers et aussi résistants que les fibres naturelles.

À la mi-avril, Gabriel reçut un jour la visite de Marcelin. Depuis que Romain avait abandonné les tournées hivernales, son ancien commis n'avait plus quitté la ferme de sa mère dans la montagne. La plus jeune de ses sœurs venait de se marier et l'aînée, Claudine, attendait le retour de Vincent. La famille hébergeait toujours les réfugiés en attendant des jours meilleurs.

— Le bruit court que les Allemands vont nous envahir, nous aussi. Ils avaient peur de l'hiver, à présent ils vont se risquer dans nos montagnes. Remarque, ils ne sont plus très loin : Bort, Mauriac, Massiac sont occupés, bref ils sont à nos portes. Pour plus de sûreté, j'ai installé mes trois hôtes dans le buron d'estive. Quand je m'absente, Claudine les ravitaille.

— Tu t'absentes, toi ? Tu vas me trouver bien curieux, mais tu as donc trouvé du travail ailleurs ?

— Du travail, pas vraiment. C'est pour ça justement que je suis venu. Tu n'es pas sans savoir que, depuis un an surtout, les groupes de résistants sont de plus en plus nombreux par ici, grâce à un homme au courage exemplaire dont je tairai le nom. Un vieux camarade est venu me proposer de me joindre à eux ; depuis l'été dernier, je suis donc des leurs. Avec l'arrivée des Boches dans le secteur, des actions prochaines de grande envergure s'organisent. Le plus fâcheux, c'est le manque d'armes. Le 13 de ce mois, nous avons eu un parachutage dans le coin, mais c'est encore insuffisant.

— Je vois, dit Gabriel, songeur. Dis-moi, c'est vrai que depuis l'aéroport de Bort-les-Orgues des petits avions arrivent de Londres ou repartent vers l'Angleterre ?

— Rien n'est plus vrai. Le lieu avait été choisi parce que loin des grands centres et en zone libre. Hélas, dès que les Allemands ont occupé la ville, des traîtres les ont renseignés. Il y a trois mois à peine, leurs services de sécurité ont tout découvert et arrêté plusieurs résistants. Le bruit court qu'ils ont été fusillés.

Un silence suivit cette triste révélation. Gabriel s'inclinait devant l'audace de ces malheureux.

— Mais ce n'est pas ce qui va nous retenir, au contraire, reprit Marcelin. Gabriel, il nous faut de l'aide. Crois-tu pouvoir trouver des volontaires prêts à nous seconder ? Entendons-nous bien : il n'est pas nécessaire que tous s'installent dans les maquis. Ce qu'il faut maintenant, ce sont des agents de liaison pour assurer le ravitaillement, passer des messages, participer à des sabotages prévus pour couper routes et ponts. À Mauriac, on forme secrètement des volontaires au maniement des explosifs. Je t'ai parlé en toute confiance, je sais que je peux compter sur ta discrétion.

— Tu as ma parole. Pour le reste, je vais voir, je te tiendrai au courant.

Deux semaines plus tard, Bastien, Édouard et Gabriel se mettaient au service des résistants cantaliens. Marcelin avait confié à ce dernier un poste émetteur. Différents relayeurs, dont Bastien et Édouard, acheminaient les messages reçus. Au mépris de toute prudence, Flora se rendait chez des gens sûrs et demandait des armes pour les volontaires. Beaucoup de villageois avaient caché les fusils de chasse en 1939, lors de la réquisition.

Romain abandonna le sien à Édouard en disant :

— Autant qu'il serve à quelque chose !

La semaine suivante, il lui confia deux sacs de légumes secs et une caissette de fromages.

— Pour tes copains, dit-il simplement. Ceux-là, je les offre, les prochains, il faudra les payer... au prix coûtant, rassure-toi !

Et comme Édouard remerciait :

— Il faut bien les nourrir si l'on veut qu'ils soient efficaces. Je le fais pour eux, certes, mais aussi contre ces suppôts de Satan et pour qu'ils déguerpissent au plus vite !

XXVII

Résistance

Un mois après l'entretien de Marcelin et de Gabriel, le jeune Manuel rentra de l'école en disant :

— Le maître, je l'ai entendu, à la récréation il parlait avec le facteur. Tous les deux ils disaient que les Allemands sont passés à Grignat ce matin !

Le fils de Pablo disait vrai, mais il s'agissait en fait d'une installation et non d'un passage, à la grande consternation des habitants. Après avoir investi la petite ville avec side-cars, voitures d'officiers, camions, un détachement ennemi venait de réquisitionner tous les hôtels. Depuis 1940, négociants et voyageurs de commerce avaient déserté l'endroit ; après l'animation estivale qui avait fait sa renommée, Grignat ressemblait à n'importe quel bourg. Sur quatre hôtels-restaurants, deux avaient définitivement fermé leurs portes.

Les résistants nouvellement engagés durent redoubler de prudence. Dans un premier temps, il n'y eut pas de contrôles chez les particuliers. Si les occupants ne logeaient pas au village des Lacaze, ils y faisaient des incursions quotidiennes, s'installaient pour quelques heures à l'auberge et dans les cafés. Les hameaux et les fermes disséminées dans la montagne n'avaient pas eu leur visite.

Pourtant, Marcelin et son groupe de résistants décidèrent de se tenir sur leurs gardes. Ils se ravitaillaient de nuit à Cantolet où aucun uniforme vert n'avait encore été aperçu. Édouard et Bastien, volontaires pour effectuer un stage de manipulation des explosifs, devaient gagner la ville de Mauriac à la fin de l'été, pour deux ou trois jours.

Leur voyage serait risqué. Sur la moindre route, des patrouilles allemandes vérifiaient les papiers de tous ceux qui se déplaçaient. Les véhicules étaient fouillés minutieusement, certaines denrées saisies. Il fallait donner et justifier son lieu de destination. Naturellement, il n'était absolument pas question de transporter des armes.

Bon gré, mal gré, les habitants finissaient par s'habituer à cette présence, jusqu'au jour où un convoi allemand fut attaqué par des maquisards, à une vingtaine de kilomètres de Grignat. L'affrontement fit de nombreuses victimes parmi les troupes allemandes, un résistant fut tué, trois autres blessés ; leurs camarades réussirent cependant à les évacuer. Mais le groupe dut abandonner sa cache et s'installer beaucoup plus haut dans la montagne.

Gabriel avait soigneusement dissimulé le poste-émetteur qu'il n'utilisait que de nuit. Dès la fin mai, les instructions de Londres visaient à préparer la Résistance à la libération prochaine du pays. Mais cette organisation était d'une telle ampleur qu'il faudrait plus d'une année encore avant de réussir à la mettre en place.

Les messages à transmettre l'étaient toujours oralement. Ainsi, en cas de fouille, aucun papier compromettant ne serait trouvé sur les passeurs. Flora laissait volontairement ignorer à sa mère et à Catherine le rôle qu'elle jouait dans cette liaison avec le groupe de Marcelin. Sous prétexte de visites à sa tante, elle gagnait si besoin le village de Cantolet ; là, un maquisard venait chercher les instructions et les divers renseignements.

Depuis l'occupation de Grignat par le détachement allemand, on devait redoubler de prudence. Une dénonciation était toujours à craindre. La milice, nouvellement créée, avait pour rôle de rechercher et d'arrêter tous ceux qui, d'une façon ou d'une autre, aidaient les résistants. Recrutée parmi les Français adeptes de la collaboration, cette police bien renseignée se révélait plus dangereuse encore que la Gestapo ; le service de représailles allemand n'œuvrait encore que dans les villes, en attendant de traquer les maquisards dans les endroits les plus reculés.

Une double attaque de camions allemands en route pour Aurillac, réalisée aux portes de Murat, n'amena heureusement pas d'acte de vengeance dans la région. L'occupant comptait dix morts et six blessés. Plus tard, les participants de cette agression furent cités à l'ordre de la Résistance d'Auvergne.

Mais une partie de la population réprouvait de tels actes. La proximité de la petite ville de Murat faisait craindre aux habitants de Grignat et des alentours une riposte peut-être sanglante. Subir, se taire, telle était leur ligne de conduite.

Un jour, dans la boutique de Victoire, quelques clientes commentaient l'événement ; l'opinion était partagée.

— Ces maquisards sont plus dangereux que les Allemands ! S'ils continuent de la sorte, on va tous se faire arrêter !

— Arrêter ? Pas seulement ! Comme ils l'ont fait ailleurs, ils prendront des otages pour les fusiller !

— Alors, à votre avis, il faut accepter d'être une annexe de l'Allemagne, d'être privé de toute liberté ? Et nos prisonniers alors ?

Un silence suivit ces paroles. Celle qui venait de parler avait un fils et deux neveux dans les camps. Et elle taisait, bien sûr, que son plus jeune fils n'était pas parti au travail obligatoire mais qu'il avait rejoint le maquis.

Quand Victoire rapporta ces propos à sa belle-mère, la vieille femme s'indigna.

— Avec des froussards de cette espèce, on n'irait pas loin ! Heureusement que d'autres ont assez de courage pour passer outre…

Récemment, Catherine avait eu quatre-vingt-cinq ans. À cette occasion, elle avait confié à Flora sa crainte de mourir avant que le pays ne retrouve sa pleine liberté.

— Voyons mémé, tu es solide comme un roc !

— C'est possible, mais je ne suis pas éternelle, comme tout le monde ici-bas... N'empêche ma petite, recommande bien à Gabriel et à ton mari de prendre garde. Je me tue à le répéter à Édouard : rien de plus dangereux que les poltrons. De nos jours, il faut se méfier de son voisin comme de la peste !

Quand l'Italie abandonna tout combat pour capituler fin juillet 1943, Édouard déclara, plein de satisfaction :

— Autant d'ennemis en moins à combattre ! Si le Japon avait la bonne idée d'en faire autant, Hitler se retrouverait seul face aux Alliés !

— Ne comptons pas trop là-dessus, fit Romain. Ou je me trompe fort ou ceux-là ne sont pas près de déposer les armes !

Catherine, étonnée, regarda son fils :

— Te voilà bien renseigné ! Qu'est-ce qui te permet d'affirmer ça ?

— Je ne l'affirme pas, c'est simplement mon avis. Je suis de près les événements et je me fais une opinion. Mais elle peut être tout à fait fausse, évidemment !

On échangeait ces propos pendant le repas. Léa et Lydie ne se mêlaient pas à la conversation et s'ennuyaient ferme. La guerre, unique préoccupation des adultes, était un sujet obscur pour des fillettes de treize ans. Pourtant, sans en comprendre vraiment la cause, elles percevaient la gravité des événements et le malaise général les habitait aussi. Leurs parents ne confiaient rien, mais elles n'ignoraient pas que leur père se livrait à des actes dangereux.

Comme tous les enfants du village, les jumelles avaient la consigne de ne pas parler aux Allemands si, par hasard, elles croisaient une patrouille. Parfois, Géraud, Charles et Joël tentaient de les convaincre de « jouer à la guerre » avec eux ; c'était une affaire de garçons qui ne les intéressait pas. Lydie avait surpris son père qui partait, une nuit, furtif et silencieux ; elle n'avait pas même osé en parler à sa sœur. Où allait-il ? Le plus étrange, c'est que le lendemain il était là, au petit déjeuner, serein. Avait-elle rêvé ?

Clémence tremblait. Avoir tout fait pour échapper aux ennemis et se retrouver au milieu d'eux, quelle malchance ! Si le sort leur était contraire, si Édouard était arrêté, qui sait s'ils ne découvriraient pas son identité véritable ? Alors...

Quand Bastien et Édouard partirent pour Mauriac, ils avaient pris soin de se munir d'un laissez-passer de commerçants en toile ; le second était censé jouer le rôle d'un commis occasionnel. À l'aller, Bastien dirait partir s'approvisionner ; au retour, il faudrait bien expliquer le manque de marchandises, il suffirait alors de certifier que la livraison n'avait pas été acheminée. Évidemment, le mieux serait de réussir à échapper aux contrôles.

Inquiète, Flora n'approuvait pas ce plan qu'elle trouvait trop aléatoire. Pourtant, on n'avait pas trouvé de prétexte plus plausible à l'absence des deux hommes. Il n'avait pas été prévu qu'ils ramèneraient des explosifs et elle s'en réjouissait. Après le vol d'une partie d'un stock de poudre, les résistants avaient de quoi entreprendre les sabotages prévus.

Le lendemain de ce départ vers le centre de formation, deux Allemands frappèrent à la porte de Flora. Trois jours par semaine, on ouvrait le magasin où mari et femme se relayaient ; la plupart des rayons étaient vides et très rares les occasions d'y ajouter quelques nouveaux articles.

Aussitôt elle pensa :

— Bastien a été dénoncé !

Les soldats demandèrent à visiter magasin et remise. Le premier n'était guère fourni, le second entièrement vide, mis à part le vieux cabriolet de Gildas Ménétrol ; quand on avait besoin de se déplacer, un voisin louait le cheval qu'il employait aux travaux des champs.

Une fois le rationnement instauré, Flora avait transporté la plus grande partie des rouleaux de toile et tissus chez Justin ; retraité, l'oncle de Bastien ne subirait, en principe, aucune perquisition. Les soldats visitèrent ensuite appartement et grenier, pour repartir enfin sur un bref salut.

Deux jours à attendre le retour de Bastien. Le troisième soir, les deux volontaires n'étaient toujours pas rentrés. Chaude et oppressante, la nuit revint peser sur la petite ville ; ni Édouard ni Bastien n'étaient réapparus. Le lendemain, Flora chercha vainement un moyen d'obtenir des nouvelles. Pour se rassurer, elle se disait sans y croire que le stage durait plus longtemps que prévu.

En se couchant, Géraud demanda :

— Papa est encore en voyage ? Il va bientôt revenir ?

Elle réussit à lui sourire, promit que son père rentrerait très vite. À chaque instant, elle espérait voir revenir Nuage et le cabriolet de Catherine. Elle guettait le bruit des roues dans un silence absolu, impressionnant. Peut-être Bastien rentrait-il à pied depuis le village ? Par la fenêtre entrebâillée, elle scrutait la nuit, totale, illimitée. Le couvre-feu plongeait la ville dans le noir absolu.

Le lendemain, Clémence arriva aux nouvelles ; devant la mine désolée de Flora, elle comprit que c'était inutile. Alors elle s'effondra.

— Ils ont été arrêtés, j'en suis certaine, peut-être même morts, c'est affreux !

Flora qui ne dormait plus depuis cinq jours refusa énergiquement d'admettre une telle horreur.

— Non, Clémence, non ! Ils étaient en règle, ils avaient pris toutes les précautions, je te le jure !

Oui, Bastien avait tout prévu. Mais, là où ils étaient reçus à Mauriac, qui sait s'il n'y avait pas eu un contrôle de la Milice ou de la Gestapo ?

La nuit suivante, Flora ne s'était pas couchée. Son impuissance à agir l'amenait au bord du désespoir. Sans la présence de son fils et de ses deux petits protégés, au mépris de toute prudence, elle serait partie à la recherche de Bastien, jusqu'à Mauriac, plus loin encore s'il l'avait fallu.

Au-dessus des toits, une énorme lune brillante déversait sa lumière bleuâtre, accentuant les ombres d'un noir profond, découpant sur un ciel d'encre les crêtes des montagnes qui abritaient tant de mystères et d'espoirs. Soudain, depuis l'extrémité de la rue, un bruit de moteur au ralenti mit Flora en alerte. Un claquement de portière et l'automobile fit demi-tour.

Aux aguets, elle écouta ; un pas traînant, incertain, se rapprochait de la maison. Bientôt elle distingua un souffle irrégulier puis, tout près de l'entrée du parc, le bruit mat d'un corps qui s'affaissait. Les arbres de clôture lui cachaient celui qui, péniblement, avait tenté de venir jusqu'à elle. Mais, avec une absolue certitude, elle savait.

Quand elle courut vers le portail, un épais silence était retombé, plus angoissant encore. Comme un énorme phare rond d'un blanc éblouissant, la lune éclairait l'homme affalé devant la grille. Agenouillée près de lui, elle pressa sa main sur sa bouche pour retenir un cri d'effroi. Ces cheveux tout collés de sang séché, ce visage tuméfié, ces lèvres fendues, c'était lui ! Bastien !

À la petite fontaine proche, elle mouilla son mouchoir, revint laver doucement les paupières closes, les joues creusées par la souffrance. Il respirait faiblement. Alors elle lui parla, des mots sans suite se pressaient sur ses lèvres. De crainte qu'ils ne soient surpris, elle murmurait à son oreille, caressait ses cheveux. Enfin, il ouvrit les yeux, la reconnut, voulut parler et sa bouche saigna.

Un bras passé autour de ses épaules, elle l'aida à s'asseoir, à se relever, à monter les marches une à une. Dans leur chambre, elle le déshabilla, lava une fois encore son visage, son cou, sa poitrine où le sang avait coulé en longues traînées brunes.

Enfin il s'endormit d'un mauvais sommeil, veillé par celle qui l'avait tellement attendu. Le lendemain, il ne dit qu'un seul mot : les miliciens ! Flora comprit alors pourquoi on l'avait relâché en cachette. Ces bandits agissaient dans l'ombre. Ils seraient capables de récidive.

Au village, de la même façon, Édouard venait de rentrer chez les Lacaze ; lui aussi avait été battu. Il raconta comment, au retour de leur mission, quatre miliciens les avaient arrêtés, Bastien et lui, séquestrés, sommés de dénoncer les terroristes qui leur donnaient des ordres. Ils n'avaient rien dit, ni l'un ni l'autre, se contentant de nier appartenir à un réseau de Résistance. Le mari de Clémence ne connaissait pas ces hommes. Bastien, lui, avait reconnu leur chef, celui qui frappait le plus fort ; c'était le frère de Julie Cormeil.

Le mois suivant, Édouard et Bastien, assistés de bien d'autres, remplissaient leur engagement. De nuit, avec mille ruses et précautions, il s'agissait de saboter des lignes électriques à haute tension en plaçant des explosifs au pied des pylônes. Sur une période de plusieurs mois, quarante tentatives dans le département se soldèrent par dix réussites.

Les deux hommes rentrés sans dommage, les activités clandestines se multiplièrent ; mais la mésaventure qui avait failli leur coûter la vie les avait rendus extrêmement prudents.

Un matin de septembre, Clémence devait venir chercher Flora et les trois garçons. Stupéfaite, la jeune femme vit son père descendre du cabriolet ; il était seul. Depuis huit ans, elle n'avait fait que l'apercevoir, en cachette le plus souvent. Venait-il lui annoncer un malheur ? Vincent ? Sa grand-mère ? Sinon, sa visite était inconcevable…

Très tôt, le matin, Bastien était parti chez Gabriel pour prendre les dernières instructions. Flora ne pouvait se résoudre à descendre à la rencontre de Romain ; de son côté, celui-ci hésitait visiblement à gagner l'appartement de sa fille. Enfin, il commença à gravir l'escalier qui menait au balcon. Sa vivacité d'autrefois laissait place à une certaine lenteur qui trahissait son âge. Il aura bientôt 61 ans, se dit Flora avec un petit pincement au cœur. Une émotion intense, inattendue, la clouait sur place. Qu'allait-il ressortir de cette visite ? Une nouvelle épreuve sans doute…

Elle ouvrit la porte, ils se dévisagèrent. Parle ! l'exhortait silencieusement Flora. Parle, je t'en supplie !

— Tu es seule ?

— Les petits sont à côté.

— Ton mari ?

— Il est parti de bonne heure chez Gabriel…

À quoi rimait cet interrogatoire ? Où son père voulait-il en venir ? L'inquiétude de Flora redoublait, des pensées sans suite se bousculaient dans sa tête.

— Ton mari… Bastien… c'est quelqu'un que j'estime, lui et toi, Marcelin, Édouard, Gabriel, vous faites preuve d'un grand courage et… Je n'aurais pas dû, je me fais beaucoup de reproches, c'est toi qui avais raison… Flora, est-ce qu'il est trop tard ?

Romain était en proie à un trouble si grand qu'il ne trouvait plus ses mots. Elle secoua la tête, fit un pas vers lui.

— Non papa, il n'est pas trop tard ! Il y a si longtemps que je t'attendais…

Elle pleura sur son épaule, consciente que depuis toutes ces années elle avait espéré ces retrouvailles sans le montrer jamais, à personne et surtout pas à Bastien.

Quand ils entrèrent dans la cuisine où Catherine mettait à cuire une poêlée de pommes de terre, le visage rayonnant de Flora renseigna aussitôt la vieille femme.

— Eh bien, vous deux, on peut dire que vous en avez mis du temps !

Ce fut son seul commentaire, mais le bonheur qui baignait son visage plissé de rides parlait pour elle.

XXVIII

Les lendemains qui chantent

QUELQUES SEMAINES après la réconciliation de Flora et de son père, Géraud et ce dernier étaient devenus de grands complices. Le petit garçon s'était à peine étonné de voir subitement cet homme rechercher sa compagnie ; avant, bien au contraire, il disparaissait dès que l'enfant se montrait, avec ou sans sa mère. En général, il s'arrangeait pour être absent pendant leurs visites, d'ailleurs toujours annoncées. L'été durant, la ferme était interdite à Géraud et à ses deux compagnons.

— Vous gênez là-bas, affirmait Catherine, restez plutôt là, dans la cour, ce n'est pas la place qui manque !

Souvent, les trois gamins s'échappaient ; accompagnés parfois des jumelles, ils jouaient dans l'herbe, sous les arbres du verger, chipaient quelques pommes vertes et acides, quand ils ne cabriolaient pas dans le foin de la grange. Si la rencontre avec Romain était inévitable, il se contentait de les ignorer. À sa femme qui craignait de le voir rabrouer les enfants, il avait dit un jour :

— Je te vois inquiète, tu as tort. Tiens, pour moi ces gosses n'existent pas, tout simplement !

De temps à autre, pourtant, Géraud posait quelques questions embarrassantes.

— Maman, quand mémé Catherine et mémé Victoire viennent chez nous, pourquoi mon grand-père ne vient jamais, lui ?

— Il a trop de travail, et puis il n'aime pas du tout quitter sa maison...

Le gamin se contentait de ces réponses. Dans la famille, chacun des adultes avait une place bien définie ; pour lui, Romain était quelqu'un d'un peu étrange, et voilà tout.

Quand Bastien et son beau-père s'étaient retrouvés face à face, le mari de Flora n'avait pas attendu que la gêne s'installe. Simplement, il avait tendu la main en souriant. S'il éprouvait quelque rancune, pour sa femme il s'était promis de ne pas le montrer.

Assez mal à l'aise, Romain avait serré cette main amicale et rendu le bonjour.

— Vous restez déjeuner avec nous ?

Refuser cette invitation aurait été faire preuve de la plus grande maladresse.

— Avec plaisir, mais nous sommes cinq...

— Où est le problème ? D'ici midi, Flora et Clémence ont largement le temps de préparer le repas.

C'est ainsi que la glace avait été rompue. On avait ajouté une seconde table dans la grande cuisine et, pour la première fois, douze personnes avaient pris place devant une énorme fricassée de volaille.

Si Romain parlait peu, à son habitude, le plaisir de tous était évident. Victoire n'avait qu'un regret : si seulement Vincent se trouvait là, au milieu des siens... Le reverrait-elle un jour, celui qu'elle continuait à appeler : le petit ?

Au fil des mois, les réseaux de Résistance cantaliens, bien organisés maintenant, faisaient provision d'armes pour le jour où ils recevraient la consigne de multiplier les attaques. Pas moins de trente-deux opérations de parachutage avaient eu lieu, de nuit, dans cette région isolée ; il s'agissait ensuite de redistribuer ce matériel, d'en acheminer une grande partie vers le sud, en échappant aux recherches continues de la police.

À la suite d'un sabotage de locomotives à Aurillac, en janvier 1944, les Allemands étendaient leurs poursuites répressives aussi haut que le permettait la campagne enneigée. Après la dissolution de l'armée française, nombre de militaires avaient rejoint les maquis un peu partout sur le territoire, avec équipements et véhicules. Au début de l'été, des résistants enlevèrent armes et cartouches au 6e escadron de la garde, basé à Vic-sur-Cère.

Comme il fallait s'y attendre, les représailles allemandes se multipliaient, des combats sporadiques éclataient un peu partout avec, dans les camps, des pertes d'hommes parfois importantes. Le débarquement des Alliés en Normandie déclencha nombre d'actions de sabotage prévues de longue date. On faisait sauter entrepôts d'armements, ponts et rails de chemin de fer pour empêcher les divisions hitlériennes de se porter en renfort à la rencontre des libérateurs.

Fin juin, une grande offensive allemande dans le nord du département fut fatale à Marcelin. Un délateur était à l'origine de ce déploiement d'un millier d'ennemis destiné à prendre dans une nasse les chefs de la Résistance auvergnate, autour de Bort, Riom, Condat et jusqu'aux portes du village des Lacaze. Les maquisards avaient mis en place une guérilla pour harceler l'arrière-garde des assaillants et tenter de l'éliminer. Hélas, l'ancien commis de Romain et quelques hommes de son groupe n'en réchappèrent pas.

Édouard et Bastien qui rentraient sains et saufs cinq jours plus tard rapportèrent cette terrible nouvelle à la mère de Marcelin. Dans la famille de négociants, ce fut la consternation et la tristesse. Gabriel était d'autant plus effondré qu'il se reprochait de ne pas combattre ; son bras manquait toujours de mobilité, il aurait été inefficace.

On fit tout ce qui était possible pour venir en aide à la mère du malheureux qui avait tant œuvré pour la délivrance de son pays. Considérée comme la fiancée de Vincent, sa sœur Claudine fit face, épaulée par tout le clan des Lacaze.

La famille de Vincent ignorait qu'il faisait partie des troupes parachutées en Bretagne, la nuit précédant le débarquement sur la côte normande. Près de trois mois plus tard, il participait à la libération d'Aurillac, pour remonter ensuite vers Clermont-Ferrand.

Dans l'allégresse générale, le jeune homme retrouva sa famille pour quelques jours. Il fit la connaissance de sa nièce, la petite Lucie, âgée de deux ans ; il avait à peine reconnu Géraud. Malgré les larmes de sa mère, Vincent repartit bientôt prendre part aux derniers combats. Certes, Paris était libéré, mais une grande partie du pays, les régions de l'Est surtout, restait aux mains de l'ennemi. Et puis, en Allemagne, des milliers de prisonniers devaient être délivrés des camps nazis.

Début octobre, Flora eut la certitude qu'elle attendait un autre enfant. Naîtrait-il en temps de paix, enfin ? Sur de nombreux fronts, la guerre continuait, prisonniers et déportés ne rentraient pas. Bientôt, leur rôle terminé, les maquis seraient dissous.

Le retrait des troupes allemandes avait certes réjoui les populations ; mais, au hasard des campagnes, des groupes de jeunes armés contribuaient à entretenir un climat de peur. Ils réclamaient argent et ravitaillement, n'hésitant pas à dépouiller petits commerçants et fermiers et même, parfois, à assassiner les contestataires.

— Patience, disait Romain à sa famille, le retour au calme sera long, très long. Mais cette fois nous sommes certains que le pire est passé.

S'il n'en confiait rien, l'avenir de ses fils le préoccupait. Gabriel, Vincent, Bastien pourraient-ils reprendre un jour leur métier de négociants ? Pour lui, la vente itinérante semblait définitivement révolue. Cependant, il espérait bien se tromper. Les revenus des magasins de tissus et vêtements divers étaient presque inexistants. Sans la ferme, de quoi auraient-ils vécu, tous ? Le Cantal était un département d'élevage ; grâce à des pâturages riches et nombreux, le sud de la région leur permettrait au besoin de devenir fermiers éleveurs. Faute de mieux, ses fils et son gendre devraient se reconvertir, acheter au besoin une autre ferme, peut-être même deux.

Ce soir-là, après le dîner, Bastien avait joué un long moment dans le parc avec les trois garçons. Charles et Joël s'étaient aguerris, mais le plus hardi, le plus remuant restait toujours Géraud. Flora eut quelque peine à obtenir que les enfants montent faire leur toilette ; il faisait jour encore et ils répugnaient à regagner leur chambre.

La lumière éteinte, elle se sentit lasse. Toutes ces années de lutte, ces angoisses… Elle pensait à Marcelin, à tous les héros inconnus sacrifiés, à Vincent qui se battait encore ; un découragement inhabituel la saisit. Bastien entra dans la chambre, surpris de la voir assise dans l'obscurité, devant la fenêtre ouverte sur le soir encore tiède de ce début d'automne. Un vent très léger agita soudain les feuillages des arbres du parc, la fraîcheur entra dans la pièce.

Bastien poussa le battant, s'assit près de sa femme. Après ces années de trouble, de luttes continuelles, l'inaction lui pesait un peu.

— Au printemps prochain, Géraud va avoir un petit frère. Il aura huit ans, peut-être ne prendra-t-il pas très bien la chose…

— Mais si, bien sûr ! En tout cas, moi j'en suis très heureux.

Il l'enlaça pour l'embrasser avec tendresse.

— Notre fils aura huit ans, j'en aurai 31. Si tu savais comme je me sens vieille !

Bastien se mit à rire.

— Vieille, toi ? Jamais, jamais tu ne seras vieille ! Pour moi, tu resteras toujours celle qui m'est apparue un jour de printemps, souviens-toi…

Ce 8 mai 1945, quand les garçons furent partis pour l'école, Flora sut que l'heure de sa délivrance était proche. Elle chargea Bastien de prévenir le médecin et sa mère ; les deux femmes avaient convenu que les trois petits seraient gardés au village quand s'annoncerait la naissance.

Pourtant le bébé ne se pressait pas de faire son entrée dans le monde. Vers 17 heures seulement, une violente douleur annonça son arrivée prochaine. Près de Flora, Victoire et Sylvie s'affairaient ; le médecin revint bientôt.

Soudain, alors que la petite sœur de Géraud poussait son premier cri, une volée de cloches mit toute la ville en émoi. Le carillon durait, durait, son bruit joyeux gagnait les campagnes jusqu'aux monts dressés contre le ciel. Dans les rues, les gens criaient, s'appelaient :

— L'armistice, c'est l'armistice ! La guerre est finie ! C'est la victoire, vive la France !

Déjà les drapeaux fleurissaient aux fenêtres, les postes de radio relayaient l'immense nouvelle tant espérée. Rassuré sur la santé de sa femme, Bastien courut au-dehors pour revenir bientôt, les yeux brillants.

— C'est bien vrai ! La victoire, enfin, la paix !

Il embrassa fougueusement Flora qui, la douleur oubliée, riait de bonheur sa fille dans les bras.

— Je te présente Amandine-Victoire ! dit-elle.

— Amandine... dit Bastien, la gorge serrée. Ma plus belle victoire à moi !

Il pleurait, Sylvie et Victoire ne retenaient plus des larmes de joie, de soulagement. Dans le cœur de Flora se leva tout à coup une grande lumière triomphante.

L'heure était venue des règlements de comptes, des arrestations, des procès. À Clermont-Ferrand, comme dans toutes les villes, les collaborateurs étaient recherchés, punis, emprisonnés. Dans le lot des femmes qui s'étaient affichées avec l'ennemi se trouvait Julie Cormeil. Elle n'avait pas hésité à profiter des largesses des officiers allemands, à dénoncer ses voisins.

Quand la nouvelle se répandit dans le village d'où son frère avait fui depuis longtemps, Catherine dit simplement :

— J'ai honte pour elle et je plains ses parents. Leurs deux enfants traîtres à la patrie, s'il s'agissait des miens je préférerais la mort ! Pauvres gens !

Plus tard, en même temps que Vincent, revenait la mère de Charles et de Joël ; leur père ne rentrerait jamais des camps. On l'hébergea quelques mois, le temps qu'elle reprenne des forces. Par la suite, aux vacances d'été, les deux garçons passaient toujours deux mois dans ce village de montagne où ils avaient trouvé une famille.

Associés, Gabriel, Vincent et Bastien travaillaient désormais avec une nouvelle clientèle. Hôteliers, restaurateurs, commerçants s'adressaient à eux en tant que grossistes et distributeurs. Chacun à son tour prenait la route pour cinq à six semaines, accompagné de deux commis. Beaucoup de commandes se passaient par téléphone. Leur commerce s'était étendu à la literie, aux meubles, aux tapisseries et tissus d'ameublement. Presque toutes ces marchandises étaient vendues sur catalogues, aux grands hôtels plus particulièrement et aux collectivités.

La vie des négociants voyageurs n'était plus du tout celle d'antan. Peu à peu, leur profession allait disparaître, avec elle toute une dynastie de « toiliers ». Leurs fils choisiraient une autre voie. Retraité depuis 1947, Romain éprouvait beaucoup de regrets ; le déclin de ce qui, plus encore qu'un métier, avait été durant des générations une passion incontestable l'emplissait de vaine amertume.

Vincent avait deux fils. Que feraient-ils dans la vie ? Et Géraud ? Lucie et Amandine travailleraient, elles aussi, épouseraient un avocat, un professeur, un médecin ou peut-être un cultivateur…

Très vite, le monde allait changer, quantité de métiers disparaître. La nostalgie du passé n'était plus de mise. Pour la nouvelle génération, celle de l'après-guerre, il fallait reconstruire, aller de l'avant.

Merci à Monique, pour l'importante documentation
sur le métier de « négociants toiliers itinérants en Auvergne »
recueillie auprès de leurs descendants.

Merci à ceux et celles qui ont accepté
de lui confier leurs souvenirs.

Table des matières

Achevé d'imprimer en avril 2022
sur les presses de la Source d'Or
63200 Riom
Numéro d'impression : 204315

Imprimé en France
Dépôt légal : juillet 2022
ISBN : 978-2-8129-2868-0
ISSN : 2556-1898

www.deboree.com
livres@centrefrance.com